普 孔

GUAN JIAN
KONG SHI
——WENXUE ZUOPIN DE GONGYONG YU MEILI

管见孔识
——文学作品的功用与魅力

时代出版传媒股份有限公司
安徽文艺出版社

贡发芹◎著

贡发芹，笔名亚鲁、贡晖，大学文化，律师。安徽省文史研究馆特约研究员，明光市政协常委、文化文史和学习委员会主任，中国民间文艺家协会、散文学会、诗歌学会、纪实文学研究会、通俗文艺研究会会员，中华诗词学会、当代文学学会会员，安徽省作家协会、文艺评论家协会、历史学会、文史资料学术研究学会会员。中国近现代史史料学学会理事，安徽省民协理事、报告文学学会理事，安徽省散文家协会主席团成员兼副秘书长，滁州市散文家协会常务副主席，捻军研究学会特聘理事。

著有诗集《蹒跚学步》《浅唱低吟》《柔声细语》《轻描淡写》，散文集《帝乡散记》《帝乡散忆》《故园乡愁》《明光史话》，文艺评论集《管见孔识》，史学专著《吴棠史料》《史林拾荒》《明光人文概览》《明光历史人物》等作品360余万字；主编《明光政协史》、《嘉山县志》（手稿点校）、《明光出了个朱元璋》（主审）、《中国民间故事全书·安徽滁州·明光卷》、《明光历史文化集存》、《明光文史》（八、九、十辑）、《明光文史目录》等书10数本约600万字；参编《滁州风韵》《文言文学习手册》等书35本。

管见孔识

——文学作品的功用与魅力

贡发芹◎著

时代出版传媒股份有限公司
安徽文艺出版社

图书在版编目（ＣＩＰ）数据

管见孔识：文学作品的功用与魅力/贡发芹著. --合肥：
安徽文艺出版社,2021.9
ISBN 978-7-5396-7238-0

Ⅰ．①管…　Ⅱ．①贡…　Ⅲ．①文艺评论－文集　Ⅳ.
①I06-53

中国版本图书馆 CIP 数据核字(2021)第 123480 号

出　版　人：段晓静
责任编辑：张　磊　　　　　　　装帧设计：张诚鑫

....

出版发行：时代出版传媒股份有限公司　www.press-mart.com
　　　　　安徽文艺出版社　www.awpub.com
地　　址：合肥市翡翠路 1118 号　邮政编码：230071
营销部：(0551)63533889
印　　制：安徽联众印刷有限公司　(0551)65661327

....

开本：700×1000　1/16　印张：15.25　字数：270 千字
版次：2021 年 9 月第 1 版
印次：2021 年 9 月第 1 次印刷
定价：35.00 元

....

目　录

初知浅感

短序简跋

文来友往

序

贡发芹约三十万字的文艺评论集《管见孔识》即将出版,嘱我为之作序。我虽年高体弱,力不从心,但觉得义不容辞,慨然应允。

我任滁州市文联主席期间就听说过贡发芹这个人,文笔很好,但并不相识。1998 年,我任滁州市政协常委、文史委主任时,收到贡发芹一篇研究皖东清史上唯一封疆大吏吴棠的文稿,决定收入《皖东文史》专辑,但觉得史料仍有补充的必要,就专程赴明光访问他。但那时他既是高中语文教师,又是知名律师,两次均因其出差办案,未得相见。后来,他应约到滁州回访我,于是我们得以相识、相处、相交。他一直称我为老师,我也没有推辞过。

彼时,贡发芹利用业余时间自费前往一档、国图、南图、皖图、川图等三十余家图书馆、档案馆查阅资料,研究晚清历史名人吴棠,可以说贡发芹是中国研究吴棠第一人,他后来编著出版的《吴棠史料》一书也是国内外第一部研究吴棠的专著,是他的努力,让被历史遗忘的近代人物吴棠为皖东人民所熟知。我发现贡发芹具备一般青年人所没有的特质,为人谦逊,治学严谨,慎独内敛,诚信坦荡,不事张扬,淡泊名利,历史知识广博丰富,学术基础深厚扎实,目光高远,悟性别致,且刻苦钻研,勤奋好学,不懈努力,孜孜以求。我在欣赏之余,大加鼓励,全力支持,不断推介,始终助威。贡发芹不负众望,几乎每年都有新的成果问世,令人欣慰。后来作为特殊贡献人才,当地破格将贡发芹选调入明光市政协专门从事文史工作,他从此如鱼得水,充分发挥特长,成绩斐然,已出版各类著作二十余部,正在创作史学传记《吴棠评传》一书,是他把当地文化做出自信,做成品牌,把当地文史做到极致,做亮安徽。其作品《明光史话》获得"安徽省社科普及优秀读物"奖,个人被安徽省文史馆聘为全省最年轻的特约研究员,是滁州在职人员中唯一一个,实在难能可贵。

七年前,我曾以一个老政协委员、文史工作者名义具函向滁州市政协主席推荐了贡发芹:"……我在政协文史委工作时就发现明光贡发芹同志在文史方面知识渊博,富有才气。后经几年接触后,觉得他不仅对明史、清史和近代史颇有研究,特别在人品、文品方面,也即是做人方面值得肯定和效仿。我特向您推荐贡发芹同志作为文史委工作人员。如能成行,对市政协文史委的工作定会多有光彩和建树! 我的意见供主席您参考。"主席同志欣然接受我的意见,但因体制束缚,虽多方努力,未能奏效,很是遗憾。

贡发芹除历史领域成果丰硕外,文学方面也颇有建树,诗歌、散文均有多卷问世,且独具个性特色,集中体现了明光地域乡愁的深切内涵,文艺评论方面也很有特长。他涉足文艺评论园地,乃是源于我的嘱托。

今安徽涡阳是捻军的主要发源地,涡阳大部分区划来自我的家乡蒙城。捻军是中国近代史上最后一支声势浩大的农民起义队伍。从 1853 年至 1868 年,捻军竖旗抗清,兵锋波及黄河南北十省,是 19 世纪仅次于太平天国运动的中国北方规模巨大的民众运动,既是太平天国的北方屏障和盟友,又是太平天国运动的继承者。虽然声势略逊于太平天国,但其活动的范围和影响很大,经历的时间很久很久,成了腐朽清王朝的心腹之患,沉重地打击了清朝的统治势力,严重地动摇了清朝的统治基础,有力地加速了清朝的灭亡进程。作为捻军故里的后人,我一直想撰写一部纪实作品歌颂我的先辈们可歌可泣的战斗故事,但因各种原因,未能如愿以偿。我的忘年交,上海《新闻晚报》资深编辑、记者,版画家,著名作家史清禄先生十数次深入涡阳、蒙城调查,收集资料,十年磨一剑,终于创作了百万言全景式反映捻军起义的长篇章回体历史巨著《捻军》(第一部),2007 年 9 月由上海人民出版社隆重推出。我第一时间获赠,拜读这部巨著,很是震撼,也了却了我多年的心愿。史清禄先生多次来电,请我写篇评论推介这部巨著,作为朋友没有理由推辞,但我那时正有大量创作任务缠身,无法抽出时间,于是就将此事转托贡发芹。他很谦虚,答应试试看,但不一定能完成任务。

两个月之后,贡发芹撰写了一万余字文艺评论《一部气势恢宏的农民起义史诗——简评史清禄长篇历史小说〈捻军〉》。全文分五个部分,对长篇小说《捻军》做了全面、客观、公正的剖析评价,富有建设性、深刻性和独到性,其中三、四部分,以《一部气势恢宏的捻军史诗——评长篇历史小说〈捻军〉人物、语言》为题发表在 2008 年 6 月 12 日上海《文学报》上,全文发表在 2009 年 8 月(下半月)《当代小说》(总第 422 期)上,产生了积极的社会影响,圆满地完成了请托任务。史清禄先生非常满意,我也很是欣慰。于是,我对贡发芹更加刮目相看了。

后来,贡发芹的文艺评论《浅析余华小说〈活着〉》《历史文化美食三位一体——评武佩河先生长篇小说〈欧阳修与太守宴〉》《再现历史鲜活画面 还原江南水乡风情——评史清禄长篇传记小说〈唐伯虎〉》等文学评论陆续发表在《安徽文学》《文学界》《传奇·传记文学选刊》等刊物上,且颇有见地,足见贡发芹在文艺评论上也有相当深厚的功底,具备徜徉各个文学领域的能力。

除了赏读品鉴、解析点评名家作品外,贡发芹在文艺理论上还有深入研究、真切感悟,分享大家;为当地作家作品作序题跋、展示推介,不懈努力;与文朋艺友交往实实在在、温和坦诚,敞开心扉。所有这些文艺评论作品都是贡发芹的个人思考,公正恰当,既有深度,又有广度,有助于开阔大家的眼界,提升大家的认知,增强大家的悟性,启迪大家的心智。这次,贡发芹选取其文艺评论作品四十八篇,分为品鉴赏读、初知浅感、短序简跋、文来友往四个部分结集出版,展示了他在文艺评论领域的可贵探索,充分展示了地方文化的自信,在皖东地区富有开创性,值得充分肯定。我对此坚决支持,举双手赞同!

希望贡发芹有更多的文艺评论作品问世!

是为序。

吴腾凰

2021 年 3 月 31 日琅琊山下崇实斋

(吴腾凰,中国作协会员,中国民协会员,太平天国研究会理事,中国著名传记文学作家)

品鉴赏读

浅析余华小说《活着》

余华是中国先锋派小说的代表人物,与叶兆言、苏童、格非等人齐名。他的代表作长篇小说《活着》和《许三观卖血记》同时入选百位评论家和文学编辑评选的"90 年代最具有影响的 10 部作品"。《活着》早在 1993 年 11 月由长江文艺出版社第一次出版,发行量还不足 1 万册;1998 年 5 月由海南出版公司重新出版以来,畅销不衰,一年后突破 20 万册。

《活着》是余华小说创作的一个分水岭。余华说:

> 《活着》讲述了一个人和他命运之间的友情。这是最为感人的友情,他们互相感激,同时也互相仇视,他们谁也没有理由抱怨对方。《活着》讲述了眼泪的丰富和宽广,讲述了绝望的不存在,讲述了人是为了活着本身而活着,而不是为了活着之外的任何事物而活着。

一、活着就要面对艰难

德国现代著名哲学家、生存意志论的奠基人叔本华说过:"人生即是痛苦。"中国当代著名小说家余华用长篇小说《活着》,形象地诠释了这一哲学命题。

余华长篇小说《活着》中的所谓"活着",实际上是在苦难中挣扎,是痛苦地生存,是生命延续的最原始的过程和状态。活着也好,生存也好,必须面对艰难。

既然活着是艰难的,生存是充满苦难的,那么当一个苦难连着一个苦难,特别是长时间永无休止的苦难就像无穷无尽的狂风一样始终跟随并袭击人的生存旅程时,或者说,在没有任何心理准备时,面对突然降临的一个接一个灾难,处在无力无助境地的人会怎么样?人能怎么样?人应该怎么样?这是人在面对活着、面对生命、面对存在时无法躲避又不得不思考的一个根本命题,决定着生存的艰难程度、生存的质量。人靠什么"活着"?人该怎样"活着"?小说主人公福贵的生命历程就是最好的答案。

《活着》这部作品,展现了一个又一个人的死亡过程,掀起一波又一波无边无际的苦难,表现了一种面对苦难生活、面对死亡的可能的态度。农民福贵向"我"讲述了他坎坷的一生,从抗日战争到现在,历经了无数的苦难沧桑,亲眼见过了许多人"一个挨着一个死去",而他仍然活着,并且还可以真切地回忆别人的死亡过程。他原来是一位地主少爷,年少的时候,浪荡不羁,又嫖又赌,不思进取,无所不为。抗战爆发后,他输光了家产——一百亩田地,沦落到社会的底层。父亲在痛骂儿子一顿后,挺直腰板,变卖了家产,还清了儿子的赌债,但也因此丧失了活下去的信念,掉入粪缸死了。不久,母亲重病,福贵不得不进城请医生,但医生没有请成,半路上却被国民党军队抓了壮丁。两年后,他回到家中时,得知母亲早已病故。虽然是新社会了,却遇上了三年困难时期。艰难刚熬过去,儿子有庆却死于无辜——医生为了救县长的女人,超量抽血,无情地剥夺了他的生命。女儿凤霞嫁给了城里搬运工二喜,出嫁时风风光光,全村人都为之大吃一惊,但不久就死于难产。三个月后,妻子家珍死于困扰她多年的软骨病。四年后,女婿二喜死于工作时的一次意外事故。三年后,外孙苦根吃豆子时活活被撑死。面对一场又一场的死亡,让人不禁感到生存异常艰难,艰难到每一步都埋伏着无端的不测和风险。冥冥之中,死亡不可臆测的成分越大,就越能体会到命运的可畏和生存的不易。

小说从头到尾都没离开一个"死"字,主人公福贵的父亲死了,母亲死了,儿子死了,女儿死了,妻子死了,女婿死了,外孙死了,战友死了,赌友死了,他身边的许多人都死了……就是这样一部不断死人的书,被余华取名为《活着》。

并非毫无道理。至少主人公福贵虽已老迈,但直到书的结尾时候还没有死,一直艰难地活着,活在死亡频频发生的阴影中。余华说《活着》"讲述了人是为了活着本身而活着,而不是为了活着之外的任何事物而活着"。他的意思可能是:既然还没有死,那就先活着吧。小说讲述的就是这样一种属于中国人的"生死观"。

离开时代以及小说涉及的时代意识形态,想真正读懂这部小说,无疑是十分困难的。值得一提的是,书中一些诡异的玄机让很多人都津津乐道:因为他输了,所以他赢了。福贵跟龙二赌博,输掉了家里的田产,所以他后来躲过了被当作恶霸地主遭枪毙的厄运,代替他的是龙二,福贵因此是赢了;赌博赢了的龙二最终却输了。不过这本书的深意应当是:赢了又怎么样呢?

小说可以说是一部死亡发生学。这里的死亡呈现出"多姿多彩"。诸如福贵的父亲是掉入粪缸死的;战友老全说完"老子连死在什么地方都不知道"就一下子死了;赌友龙二死前说"福贵,我是替你去死啊";儿子有庆献血时被活活抽血抽死了;女儿凤霞产后大出血死了……福贵就是这样,已习惯了面对死亡——福贵的妻子家珍说:"福贵,有庆、凤霞是你送的葬,我想到你会亲手埋掉我,就安心了。"福贵在家珍死后,欣慰的也是:"家珍死得很好,死得平平安安,干干净净。"已冷静得不能再冷静!

作为一本死亡亲历记,死亡被文字立体化、形象化,随手可以触摸:"有庆躺在坑里,越看越小,不像是活了十三年,倒像是家珍才把他生出来。我用手把土盖上去,把小石子都捡出来,我怕石子硌得他身体疼。""那天雪下得特别大,凤霞死后躺到了那间小屋子里……我站在雪地里听见二喜在里面一遍遍叫着凤霞,心里疼得蹲在地上。"没有安魂曲,没有死后世界的消息,死亡没有任何遮掩,直截了当地横陈在读者的面前,让人读后酸楚至极,却无以言表!

所有这一切都在告诉人们:活着就要面对艰难。当然,它比叔本华"人生即是痛苦"的哲学观点更加直接、形象,更容易领会。

二、生命得艰难活着

活着本身很艰难。延续生命就得艰难地活着。正因为异常地艰难,活着才具有深刻含义。

小说主人公福贵一生经历了太多太多,许多是不可能中的可能,军官的暴躁、战场上无情呼啸的子弹以及被围困后的饥饿;女儿凤霞因为发高烧,成了聋哑人;解放后三年的困难时期;"大跃进"时连有庆辛辛苦苦喂养的两只羊也被充了公;医生为了救县长夫人直接致使有庆死于非命;愚昧的村人对凤霞的残疾和嫁不出去指指点点等,都足以说明生存不易,艰难地活着的生命中有许多不确定的因素。福贵成了六七十岁的老人还要拼死拼活地下田种地,虽辛苦劳作却仍然在最穷困的生活水平线上苦苦挣扎,忍受无休无止的饥饿。队长的一句话砸了全村的锅,又一句话,全村人又都去买锅。福贵一开始就很苦,到了七十岁,有了外孙,仍然"苦是苦,累也是累"。这些都是福贵在"活着"这种状态的遭遇,这种活着本身就是苦难。不管苦难多大,都要艰难地生活下去,这样才能体现苦难的本质。曾经沧海难为水,福贵应当体验最深啊!

毋庸讳言,世上的苦难大多数都是降临在底层的平民特别是农民头上,而底层农民由于自身力量的弱小、地位的低下,要想改变自己的真实生存处境,几乎没有可能。面对冰冷的现实,面对巨大的苦难,弱势群体无法改变,弱势个体更是无法改变,只能认命。

话说回来,正因为这些底层民众如此的精神面貌和心理状态,他们无法去抗争苦难,无力去否定苦难,最终只能承受苦难,别无选择。只要苦难的压力没有超过死亡,忍受是他们唯一正确的选择,任何奇思妙想、先进行动都是不现实的。

在小说的主人公福贵身上就表现出了超乎寻常的承受苦难的能力,无论是国家民族的风云变幻,还是基层农村的朝令夕改,福贵都是忍受、都是承担。从一开始福贵下田种地,用自己的双手来养活自己,到最后一人一牛犁地,福贵无论什么时候都是用劳动来默默地承担苦难,无论自身和生存目的受到多大打击,福贵永远不会游手好闲,浪荡瞎混。几十年的艰苦劳作,他从骨子里变成了一个真正的底层农民,只有劳动,只有种地才能让他感受到生存的脚踏实地、实实在在。

余华在韩文版自序中说:"《活着》也讲述了我们中国人这几十年是如何熬过来的。"他们活着是"熬",多么形象!结合中华民族的性格,可以这样说,这种忍受苦难的巨大力量是保证本民族得以延续的根本基础。

忍受苦难的顽强和坚韧需要高度的内在精神支撑。在底层民众的群体心理上，自然选择传统中的民间道德，因此，他们善良、仁爱、淳朴、诚实、讲义气。但仅有这些远远不足以使他们在苦难重压下自给自足。在这些优秀品质之内，他们有着不无乐观的心态，也正因为乐观，他们往往在承认苦难存在的同时，认可命运无可改变的同时，对未来尚存有说不清道不明的希望。因此，福贵孤苦的晚年还能以埋葬了全家人，没有任何牵挂来自慰。家珍死时对于自己苦难的一生也感叹道："做人能做成这样，我也就知足了。"他们的希望多么可怜而廉价，甚至有些自欺欺人。但他们又能怎么样呢？他们固然不会认清自己的真实处境，也不会理解知识分子孤愤绝望的战斗姿态，然而如果连希望都没有，他们又凭什么去抗拒无穷无尽的苦难呢？如果他们看穿自己真实处境，他们还会有忍受苦难的耐力吗？这种平和、乐观的心态带来的是"顺天知命"的生活姿态，也在无形之中帮助他们看淡了外界的苦难，从而理所当然地将这些苦难作为生活本身的一部分去接受、去忍受。如此年复一年，他们的生命力由此也就被磨得异常坚韧，令人敬畏。

《活着》为读者明确了这样一个主题：活着虽然是一个过程，但活着本质上却是一种静止的状态。余华在这里想告诉读者：生命中其实是没有幸福或者不幸的，生命只是活着，静静地活着，有一丝孤零零的意味。活着就是忍受，去忍受生命赋予我们的责任，去忍受现实给予我们的幸福和苦难、无聊与平庸。

或者说，人只要活着就有希望，人只要活着就是一种胜利。没有比活着更美好的事，也没有比活着更艰难的事！生不可选，死不该选，唯有硬着头皮坚持活着。活着就得面对艰难，活着比一切都好！

三、《活着》的来龙去脉

《活着》是作家余华创作上突破和风格上转变的一个重要标志，而且这种突破和转变与中国当代文学发展有着直接的关联。只有弄清《活着》来龙去脉，才能更深层次理解《活着》主题。

20世纪80年代的余华小说,以不动声色、不动感情、毫无价值取向的叙述为其赢得了"冷漠的余华"的评价,但余华这种对罪恶、死亡、暴力等极端场面的直观描绘,实际就已经暗示了他对社会的批判。更何况当时的余华对人作为一种存在及人在各种条件下的异化极端敏感,因此,比其先前创作更深刻的是他对异化后的人、异化后的场面及被异化的情节的极端描绘,作品中大量地显示了人性恶和人性中理性的匮乏。这种姿态是与当时知识分子主张民主精神和批判意识异常高涨的大环境相符合的。

进入20世纪90年代以后,余华的文学姿态开始改变,由先锋趋向对民间世界的认同,叙述风格由怪异转为平实,叙述场面也由暴力、死亡等极端情景深入日常人的平凡生活领域。这种转向当然和余华个人在风格上寻求突破和创作革新有关。但是突破、革新以往的作品风格,以哪种形式重新出现在文坛上,则更多取决于社会大环境的影响。20世纪80年代到90年代中国当代文学的主要变化是从鲜明的社会批判意识转为执着的生存意识,由关注社会变为关注内心,由"启蒙精神"统领文坛变为在市场经济冲击下的文坛多样化并存。余华在此时将支撑自己作品的精神支柱由向内寻求精英意识、启蒙思想变为向外寻找底层民众"活着"的坚韧、生存的顽强等理念,也就是自然而然的事了。余华的前后变化,实际上在一定程度上代表了中国20世纪80年代文学和90年代文学的不同。

这种变化在一定程度上弥补了20世纪文学,尤其是新中国成立之后文学在真正地关注个人、关注内心上的不足,促进了文学的多样化,多多少少也矫正了80年代对精英意识的过于务虚现象。

余华在此书的韩文版自序中说:"活着的力量不是来自于喊叫,也不是来自于进攻,而是忍受……去忍受现实给予我们的幸福和苦难、无聊和平庸。"但是在作品之中,最感人之处往往不是是非曲直。讲述福贵如何忍受漫长的苦难固然以平淡的语言和严峻的现实之间形成鲜明有力的对比,但在这对比之中,更吸引读者注意力、写得更好的却是对严峻现实的细致刻画。仅仅对于人物而言,读者记忆更深的显然是与漫长的忍受形成对比的偶尔几点主体意识的闪现。如父亲挺身还赌债,福贵领回送人的女儿,有庆死后福贵怒打县长,忍受需要界限,此界限是由主体来决定的。如果没有鲜明的主体意识作为支撑,那么活着的意义又是什么?人们也就无从寻找到答案了。

细细琢磨余华的外部实践活动,你会发现:作者将之作为民间底层民众的一种生活姿态来宣扬也有很多问题。首先,底层民众也有很多藏污纳垢之处;其次,这样无疑是对知识分子立场的放弃。面对苦难,知识分子首先想到的是抗争,是战斗,而底层民众首先考虑的则是忍受,是"活着"。生存之中,知识分子考虑最多的是责任,是义务,而底层的民众则考虑怎样躲过苦难,仍然是"活着",活着始终是第一位的。知识分子在"活着"中寻求自身价值、理想境界,悲天悯人,有时不免孤愤绝望,而底层民众则"为活着而活着",一切为了活着。这种断然放弃无论是从作品内部的精神力量来看,还是从其社会实践性来看,都是有些贸然的。从另一个角度也可以说明,《活着》的出现具有一定的偶然性。

《活着》是作家余华创作生涯中的一大收获——不是忍受,是"活着"。活着,是一种态度,是一种无边无际的坚强的忍耐和高迈。我们应该为了活着本身而活着,这不仅仅是尊重生命,也是尊重那些离开的人,他们都希望活着的人好好地活着。正像作者自己所说:"以笑的方式哭,在死亡的陪伴下活着。"一个人从生下来,死亡就无时无刻不在陪伴着他,但他仍然淡然地活着,这是一种从容不迫的态度。哪怕是活着的过程中有人先我们而去,我们也仍应保持这种态度,坚持这种理念。

《活着》是一部生命哲学启示录,作者意在用主人公福贵的一生启示我们:珍惜生命,热爱生命,要好好地"活着",活得更加自由,更加幸福,更加精彩!

这就是余华,这就是他的《活着》。

2011 年 11 月 1 日

——发表于 2011 年 12 月下半月《安徽文学》(总第 341 期)。

一部气势恢宏的农民起义史诗

——简评史清禄长篇历史小说《捻军》

上海著名青年作家、《新闻晚报》资深编辑、记者史清禄先生的长篇小说《捻军》(第一部),是一部一百零五回的章回体历史小说,洋洋百万言,2007 年 9 月由上海人民出版社隆重推出。我花了近两个月时间拜读了这部大作。现将我个人的感受简述如下,以此就教于方家。

一、走进历史画面,还原生活,再现场景

早在清嘉庆年间,淮北淝水、涡河流域的亳州、蒙城(包括今涡阳县,1863 年由曾国藩上疏建县)、寿州等地产生了贫苦百姓的自发性组织——捻子。多人聚在一起为一股,"每一股称一捻","捻"即一股、一伙的意思。清嘉、道年间,民不聊生,贫苦百姓为生活所迫三五成群结捻,贩运或保送私盐,赚取差价或保费,用来养家糊口、填饱肚子,偶尔也劫富济贫,对抗官府。

道光末年,咸丰初年,特别是受太平天国运动影响,捻子开始发展壮大,由几人、几十人、上百人发展到数百人、上千人甚至数千人,形成了规模,成为民间穷苦百姓的反清结社。其成员有农民、手工业者、盐贩、饥民、游勇等,活动地域早期在皖北淝水和涡河流域,后逐渐扩展到山东、河南、江苏、湖北各地,朝廷称之为捻党。捻党居则为民,出则为捻,平时种地糊口,关键时聚成武装。捻党中很多人敢于争当抗官救民、行侠尚义、排难解纷的仁义光棍(英雄好汉)。这时的捻党开始公开贩运、保送私盐,公开劫富济贫,公开打捎吃大户(地方上土财主),打击日子主(地方上地主恶势力),夺取大户财产、粮食分给贫苦百姓,敢于对抗官府,不怕官兵弹压,带有比较明显的地方武装性质,引起清廷、省府、州县

的高度重视。

1853 年,在太平军的巨大影响和推动下,在官府的严峻的逼迫下,一小股一小股捻党慢慢会聚,终于有了核心,形成了气候,在今涡阳县城雉河集会盟,高举五色义旗,公开反清,聚成纵横数省的大军,后人称这支农民起义队伍为捻军。捻军是中国近代史上最后一支声势浩大的农民起义队伍。从 1853 年至 1868 年,捻军竖旗抗清,兵锋波及黄河南北十省,是 19 世纪仅次于太平天国运动的中国北方规模巨大的民众运动,既是太平天国的北方屏障和盟友,又是太平天国运动的继承者,虽然声势略逊于太平天国,但其活动的范围和影响很大,经历的时间很久,成了腐朽的清王朝的心腹之患,沉重地打击了清朝的统治势力,严重地动摇了清朝的统治基础,有力地加速了清朝的灭亡进程。

但人们对捻军知之甚少,远不如太平天国。其中一个重要原因就是全面真实地反映捻军历史的非常有影响的文学作品太少,史清禄先生的长篇历史小说《捻军》终于填补了这项空白。作为全景式反映捻军起义的长篇历史小说,《捻军》以大量史料为依据,精心构思故事情节,着力塑造历史人物形象,详细地描写了捻军的兴起、发展、全盛到衰亡整个过程。史清禄先生计划以三百万字鸿篇巨制来全面反映整个捻军的历史,把捻军发展分为三个阶段:1850—1856 年为第一阶段,即捻军准备和兴起时期;1857—1863 年为第二阶段,即捻军发展时期;1864—1868 年为第三阶段,即捻军全盛和衰亡时期。每个阶段写一部,每部一百余万字。本次出版的为《捻军》第一部,主要讲述捻军的兴起过程,以清朝咸丰年间为背景,反映安徽淮北平原的亳州、蒙城、寿州等地的农民,因大歉年缺吃食,在大趟主张乐行和太平军北伐部队的影响下,组织捻军武装,公开打捎吃大户,挖取富户浮财,打击河南永城牛家集的牛老会、八丈集的联庄会团练等地主武装,举五色义旗与清朝军队勇敢作战的动人故事。

故事从道光皇帝驾崩、咸丰登基开始,至张乐行率五万捻军攻克河南夏邑县城为止。当时淮北涡河流域的情形是"咸丰二年半,家家都打齐头钗"和"跟着张老乐,有吃又有喝"。小说从朝廷到地方,从州府到民间,从城镇到乡村,从政治到军事,从官吏到百姓,从上流到底层,从财主到灾民,从商贩到农夫,从敌人到友军,从生活到打仗,从饥饿到赈济,从压榨到抵制,从读书到种田,从顺从到反抗,从尚勇到斗志,从结捻到起义,全方位地反映了咸丰朝前半段淮北平原上掀起的这场风起云涌的农民起义运动从准备、发动,到爆发的详尽过程,展示了当地特有的风俗民情,刻画了当时真实的社会生活,再现了当年宏大的战争场面,带领人们走进晚清鲜活的历史画面,为人们还原了一百五十多年前动人的生活情景,诅咒了奄奄一息行将就木的大清王朝,抨击了黑暗腐朽没落的封建制度,描绘了捻军奋起反抗清王朝的可歌可泣的英雄事迹,歌颂了捻军战士前仆后继浴血奋战的牺牲精神。书中的捻军历史史实,晚清官场礼仪,特定社会环境,人名字号,乡俗习惯,徽班社戏,行营会哨,山川河流,自然现象,地理风貌,描述得都非常准确,显示了作者深厚的历史功底和高超的文学才情。读完长篇历史小说《捻军》(第一部),备感真切,给人的感觉是,它既是小说又是历史,既是历史又是小说。《捻军》是在真实历史的基础上构思的长篇小说,用家喻户晓的小说形式描写捻军悲壮历史,经得起史学界人士的细细推敲,值得文学界同人的细细品味。

二、故事情节生动,波澜起伏,张弛有度

捻军起义过程中,有许多故事,如以捻军为中心的,有太平军故事,捻军故事,清军故事;捻军领袖每个人都有许多故事,每个人的故事既有相似的地方,又各不相同;捻军中有大人故事,小孩故事,有男人故事,女人故事;有小故事,有大故事,小故事连大故事,大故事套小故事。许多故事源于生活,又高于生活,构成了小说情节。

读《捻军》犹如读《水浒传》,叙事层次分明,结构井井有条,故事生动有趣。故事从亳州代理知州孙椿侄儿孙家楼日子主孙立阶横行霸道开始。咸丰初年,皖北地区连续发生水旱灾荒和蝗灾瘟疫,百姓流离失所,十室九空。腐败的朝廷既不治水,也不救荒,反而加紧对农民进行搜刮。土财主孙立阶带领一伙人,在雉河集以对付南蛮长毛、修筑圩寨为由,狗仗人势,强逼受饥严重、正在死亡线上挣扎的乡民依照人头交纳银两,丝毫不顾乞哀告怜的乡民们的死活。光天化日

之下，他竟然丧心病狂，狠出一脚将哭诉下跪的孤老婆婆踹翻在地,朝秀才田云山怀孕的妻子程娟娟做了个隆起腹部的下流动作,然后随河南永城牛老会会长牛庚的枪棒教头、打手王照琼到牛庚开在雉河集的牛记人市行里公开贩卖二十个妇女。没挑到甜货,却遇上了卖艺的父女,孙立阶顿起霸占民女歹意,将眼里噙泪抱紧女儿死活不肯放松的卖艺老汉踢倒在地,不省人事,出手将老汉十五六岁女儿横搁在马背上,驮上要走。如此丧尽天良,自然激起民愤。孙立阶遭到受过龙山老道真传、爱打抱不平的龚得树一顿暴打,气得七窍生烟,猛地打腰间拔出单发短枪射向龚得树左眼后骑马逃走。事后,孙立阶仗着代理知州孙椿势力,到州府告恶状,诬陷龚得树,欲置龚得树于死地。龚得树是当地大善人、大趟主、护送私盐镖局总头目张乐行的好兄弟,也是为张乐行出谋划策的军师,龚得树眼睛被孙立阶打瞎自然激起张乐行的愤怒,为龚得树报仇雪恨势在必行。此间,又有牛记人市行被火烧,条子(妇女)跑掉,王照琼解俘亳州,被张乐行哥哥张敏行中途毁桥巧妙劫走等事,更加惹恼了亳州官府。官府的倒行逆施,又进一步激怒了张乐行,于是就有了张乐行攻打孙家楼,夺取孙立阶粮食赈济饥民之举,同时得到巨额钱款银两二万两。这次打捎吃大户行动使得张乐行赢得了更多乡民的拥戴,奠定了张乐行的盟主领袖地位,也进一步激化了张乐行与官府之间的矛盾。双方的矛盾已不可调和,官府不可能放过张乐行,张乐行也不可能做出让步,更不可能出卖捻子朋友,向官府低头。

故事进一步发展,矛盾不断升级,亳州代理知州孙椿、蒙城知县宋维屏一再派兵捉拿张乐行,或设下圈套诱捕张乐行。安徽巡抚蒋文庆则坐镇寿州亲自鼓荡平捻,游击徐清漠亲任统领,会同宿州知州郭士亨、候补知县王启秀和知县宋维屏定下剿、抚毒计,张乐行的捻党已没有任何退路,只有竖旗反抗才能活命。

这期间又有刘饿狼向张乐行借兵攻打牛老会中计,遭牛老会和其盟友桑殿元联庄会夹击,大败,张乐行侄儿张珊等人严重受伤,族侄张得才等十八人被俘,被关进河南永城县大牢。因此,张乐行与牛老会会长牛庚、联庄会会长桑殿元结下深仇大怨。十八捻子好汉必须救出,张乐行箭在弦上,不得不发。于是张乐行甘冒"学南蛮造大反罪名",以"捻子出兵永城,杀牛庚老儿为纾民怨"为借口,发出檄文,历数曾经劫持张老家盐车的牛庚九条罪状,光明正大召集四乡八邻捻子装旗。几天之内,下牒装旗了一支近万人的捻子大军。故事顺理成章地发展到十八铺捻子首领在雉河集"山西会馆"聚义结盟,决心"杀富济贫,替天行道",公推张乐行为捻首大趟主,张敏行为捻首二大趟主,龚得树为军师,郑景华、田云山为红笔师爷。大军用五色为旗,分为五路大军,竖旗起义,一举攻下永城,杀掉作恶多端、鱼肉乡里、草菅人命的牛老会会长牛庚。捻军在淮北大地成功起义,最终引起朝廷恐慌,剿捻势在必行。与此同时,太平军攻克省府安庆,巡抚蒋文庆兵败被杀。朝廷异常震惊,皖北已显得尤为重要。于是诡计多端的周天爵前来招抚张乐行,企图稳住皖北局势,张乐行乘机利用周天爵,借此谋得兵器、衣服和一冬吃食,这就注定招抚失败,张乐行彻底反清。这中间朝廷则陆续派来吕贤基、李鸿章、袁甲三、李嘉端、福济等大臣前来安徽办理团练武装,对付围剿捻军。捻军与朝廷已势不两立,只有发展壮大,继续斗争。故事不断发展,情节生动,始终吸引读者目光。

作者巧妙构思,运用故事把捻军起义过程中的许多人物联系在一起。代父在孙家楼侍候日子主孙立阶的穷酸秀才苗沛霖,受孙的指使,前来张老家探听张乐行的虚实,没想到在张记茶馆不小心碰倒外地客人的价值五百官银的天价花瓶,跌得粉碎,无钱赔偿,走投无路时,张乐行出手相助,用一对柴窑瓶代为赔还。苗沛霖感激涕零,说出了真情,愿意效命张乐行,也促使张乐行实施了攻打孙家楼吃孙立阶大户的行动。苗沛霖野心勃勃,多次鼓动张乐行起事没有成功,不受张重用。于是苗沛霖盗窃张乐行五千两银子回老家下蔡办理团练武装,途中被饿昏在路上的河南固始人李昭寿绊倒。苗沛霖救了李昭寿,告诉李昭寿去投奔张乐行,张乐行资助李昭寿五百两银子回河南起事。这样,故事以张乐行为主线,把捻军起义中的重要人物苗沛霖、李昭寿联系在一起;以同样的方法,又把定远的起义军首领陆遐龄以及太平军北伐军首领林凤祥、李开芳联系在一起。历史上可能不是这么回事,但是《捻军》是小说,可以虚构,通过虚构,把众多事件和人物联系在一起,使人感到故事真实可信,生动有趣。

故事情节的发展,波澜起伏,张弛有度,既有大风大浪,大起大落,也有清风细雨,风平浪静。叙事不紧不慢,舒缓适度,显示了作者深厚的文学功底。

三、人物形象鲜活,个性独特,栩栩如生

小说《捻军》成功地塑造了捻军大趟主、大汉盟主、黄旗捻军总首领张乐行,捻军二大趟主、副大汉盟主、黄旗捻军副总首领张敏行,捻军军师、白旗捻军总首领龚得树,红旗捻军总首领侯士维,蓝旗捻军总首领韩奇峰和首领刘永敬、任乾、任柱、刘天福,黑旗捻军总首领苏天福和首领冯金标、李月、王贯三,黄旗捻军首领卢老照,捻军女捻首领杜金蝉、张刀姐,捻军黄旗童子军首领张禹爵、张宗禹等众多可亲可敬的捻军英雄形象;塑造了其他类似捻军起义组织首领陆遐龄、苗沛霖、李昭寿、薛之元和太平天国北伐军首领林凤祥、李开芳等人的生动形象;塑造了朝廷官员周天爵、吕贤基、李鸿章、袁甲三、曾国藩、福济、和春等,地方官员祝垲、宋维屏、孙椿、郭士亨、王启秀、何桂珍等众多令人愤恨的官吏形象;塑造了牛庚、桑殿元、孙立阶、王照琼等许多让人不齿的财主恶霸形象。

整部《捻军》有名有姓人物数百个,没有名姓的人物也有数百个。每个人物形象都是鲜活的、丰满的,有血有肉,富有立体感。张乐行是淮北涡河一带闻名的"大善人",他的性格主要是通过无偿帮助陌生人苗沛霖代赔打碎的花瓶,周密策划打捎吃孙立阶大户,耐心处理刘永敬傲慢挑战,巧妙夺取蒙城县衙洋炮,慷慨资助李昭寿回河南老家起事,善于听取龚得树等人进言,机智识破蒙城知县的诱捕,视捻子朋友为兄弟姐妹,为让饥饿乡民活命不怕惹恼官府,遇事认真思考不急于表态,看问题能综合大家意见,时机成熟水到渠成时才果断聚捻装旗起义等一系列故事情节和人物活动表现出来的。他心地善良,乐得解衣推食资助别人;疾恶如仇,敢于挺身而出扶危济困;沉着稳重,遇事不慌不忙进退自如;胸有城府,平时喜怒哀乐从不外露;足智多谋,善于应对处理复杂矛盾;勇敢善战,开战身先士卒誓死杀敌。这些都是通过事件、细节、语言、行动刻画出来的,真实可信。其他人物也是如此。张敏行救急纾难,敢闯敢拼;龚得树多谋善断,武艺超群;刘永敬骁勇善战,缺少谋略;杜金蝉大手大脚,柔楚豪侠……性格无不鲜明,呼之欲出。

有些人物形象是通过肖像描写表现出来的。如苗沛霖是一个落魄的穷愁潦倒的小知识分子,是一个不甘于现状、充满野心、见风使舵、善于投机钻营的家伙。小说第七回是这样通过龚得树的独眼刻画苗沛霖肖像的:"白脸红点麻子,一对眼珠老是没专注的时候,中等身材,着合适的秀才棉袍,从头到脚一副谦逊里埋着辛酸,温厚里藏有横蛮;一举一动透露出是一龙一蛇的变化,尚未成鬼却已非人的东西。"寥寥数笔白描,就把史书上评价的苗沛霖"反复多疑,机变莫测","为人阴鸷有胆略,喜怒不形于色"的人物性格惟妙惟肖地刻画了出来,令人拍案叫绝! 有的是通过这一人物对另一人物评价来刻画人物形象的。如对李昭寿的形象就是通过张乐行和龚得树的眼睛和心理活动来进行的。小说第二十六回:

"想在捻……"张乐行嘴里应着,"这是好事嘛!"心里却在思忖:眼前的这一位柴瘦汉子简直就是苗沛霖的亲兄弟,看他眼嘴鼻哪点儿不像? 老法上有句话,"人走到天涯海角,这世界有一个自个儿一模一样的人"。脸模子相似就脾气差不多,这是相书上说了再说的;再闹出一苗沛霖……龚得树也在心里寻思:老子大圣人说过"看人第一眼为是"。我龚瞎子看李昭寿第一眼,就估摸出他是个能做大事的人物,可惜似乎心术不正,墙头草两面倒……

着墨不多,就把历史人物流氓无产者李昭寿"幼而贫,秃而黠",反复无常,有奶就是娘的性格刻画了出来。事实也正是如此,李昭寿后来的历史充分证明了这一点,因经常偷盗,蹲过商城、固始、霍邱监狱,结捻起义失败后投靠清道员何桂珍,没有得到好处,不久又杀掉何桂珍投靠太平军,隶属忠王李秀成,官至七十二检点,河南文将帅,再次加入抗清行列。但他并不满足,又在滁州清流关接受清军三省帮办军务胜保招降,授参将,迁总兵,升江南提督,帮办军务大臣,盘踞滁州。胜保被革职拿问,他又想投靠曾国藩,遭漕运总督吴棠参劾交出兵权退出滁州后,仍不思悔改,最终被清廷捕杀。这是历史,但作者用文学手法表现出来,给人留下更深的印象。

另外,小说中的人物大多有外号、绰号。如张乐行外号张老乐、老乐,张敏行外号张闯王、老闯,龚得树外号龚瞎子,张宗禹外号小阎王,韩奇峰外号韩嚷子、清军以谐音称韩狼子,苏天福外号苏老天,张得才外号张扬,卢老照外号双老汉,冯金标外号冯锤手,李月外号月亮,刘永敬外号刘饿狼,刘金鼎外号刘山猫,刘玉渊外号二老渊,刘玉渊三弟外号刘三疯,刘玉渊四弟外号刘四麻子,张慎得外号头号雷,张慎聪外号张三闪,李允泰外号李大肚子,等等。外号、绰号也表现了人物的性格和外部特征。所以,我们可以这样说,小说《捻军》人物形象鲜活,个性独特,栩栩如生,读后就好像这些人物就活动在你的眼前。

四、乡土语言贴切,符合身份,原汁原味

小说是语言的艺术,靠语言来刻画人物形象、塑造典型,靠语言来叙述故事情节,交代事件过程,描绘自然景物,概括社会现象。语言是构成小说的第一要素。小说《捻军》使用了皖北浍水和涡河流域方言,充满了乡土气息。小说一开始就为我们描绘了故事发生的特定地点:

> 亳州和蒙城有个交界的地方叫雉河集,雉河集紧靠涡河,所在位置距亳蒙各约百里之遥。在涡河流域内,雉河集的名头也算得上是个响的。集上的几条街,要数前街和后街最热闹。前街有粮行、盐号、槽坊、酒楼和文庙蒙馆,后街有洋货铺、宝局、土栈、木楼和贩卖人口的人市行。在普济桥边,还有座老古建筑,石板横额上刻着"山西会馆"。

这段语言贴切生动,再现了一百五十多年前的特定社会环境,这个地方是小说各色人物主要活动的舞台,富有生活情味。

小说语言主要是人物语言。"地丁钱粮没完没了,我一孤老婆子已经穷命半条,连嗑嘴钱都没有,这银子呆哪弄……"这话只能出自哭着下跪、乞哀告怜的寡居老婆婆的口。"你个老不死的!下心眼子说孬话,是想鼓动刁民造反

呀?"这话只能出自狗仗人势的地痞无赖恶霸孙立阶之口,他不仅说了,而且更是做了,"说罢,狠出一脚将老婆婆踹翻在地",这也只有没有丝毫人性的孙立阶才能干得出来。"救人一命胜造七级浮屠,晓事的就赶紧把人放下走你的路!我们这一头'孩娃不哭奶不胀',没谁跟你过不去!"既要救人,又讲道理,还给对方台阶下,语气坚定,没有余地,先礼后兵,以不出手为上策,这话只能出自路见不平、拔刀相助的捻首龚得树之口。"到了张老家都是客人,都是主顾。两山碰不到一块,两人总有碰头的时候,世上没有啥过不去的河。宝瓶打碎了也不能锔上,炭晶的啥买卖价? 听都没听说过,谁也没有断法。二位且请息怒,别把话说饧了,喝碗茶,平平气儿,这茶钱就算小号里送了。一旦经官,就各位打点衙门也难摆划。我看这么办吧……我手头有一对柴窑瓶,算是替这位朋友赔还如何? 这桩案子,拉拉手,点点头就算结了。"排难解纷,仗义疏财,古道热肠,主动出手相助素不相识的打碎别人贵重花瓶的苗沛霖,这话只能出自当地大善人张乐行之口。……这些人物语言都是从日常生活中提炼出来的口语化、通俗化的淮北涡河流域语言,使用这些方言俗语,富有生活气息和地域特色,贴切自然,好读好懂,符合人物身份。张乐行的语言只能是张乐行的语言,龚得树的语言只能是龚得树的语言,绝对不能混淆,这就是这部小说语言的魅力。

作者非常熟悉当地的风土人情。小说对晚清时期淮北涡河流域人们生产生活、经商贩运、交往流动、入捻结社、家长里短、生老病死、官场陋习、百姓苦难和斗换星移、沧海桑田、世事变迁、民族矛盾都做了详细的刻画,富有浓厚的地方特色和乡土气息,这些主要得力于作者二十多年的执着努力。为了进一步了解捻军,作者多次按图索骥、寻根溯本,去亳州、涡阳、宿州、蒙城、寿县、商丘等地,收集捻军文物,与田野冬闲的当地后人,在场角檐前笼袖曝日,家长里短倾谈为乐;大量时间花费在诞生"老庄"的涡河流域的"粗糙贫薄、衣饰华宇"的"捻军研究"上。十年磨一剑,功到自然成。作者出生在上海,生活在上海,工作在上海,但凭着对捻军历史的深厚研究和对当地生活的亲身体验,通过二十多年的努力,他充分了解了捻军发祥地的风土人情。因此,小说《捻军》使用了经过提炼加工的纯正的乡土语言,原汁原味,力透纸背,具有深厚的艺术感染力。

许多淮北涡河流域特有的地方语言和晚清时期官制术语,特别是一些历史环境和历史词汇,现在的读者大多不懂,字词典上恐怕也难以查到。如"不恤典",是清代朝廷对死亡大臣的一种处理方式,现在的读者很少有人知道是什么意思。作者在出现此词的一回后面做了注解:"即清朝政府不予办丧银两,也不举行任何仪式。以正一品大员卒而不予恤典的事,在清代是绝无仅有的。这是季昌芝阻挠接受继位锦匣的结果。""上忙下忙",是清代田赋征收制度,也是很少有人知道是什么意思的,作者在回后做了注解:"清时,田赋分上下两期征收。上期二月起开征,五月停征,先收半数,叫着'上忙';下期八月起开征,十一月间全部收齐,叫着'下忙'。""装旗"——捻子用语。捻子每次出动之前,由首领发出号令,把农民从田野里召回,放下锄头,拿起刀枪,按照旗帜的颜色集中起来。这一集中过程,称"装旗"。"卖堆"——方言,即不讲理、耍赖的意思。这些官制术语、方言俚语、特定语言、历史词汇,如果改成现代白话文,那就失去了小说的乡土气息、地方风味、历史韵味;如果不改,就有许多人看不懂,于是作者就在每一回后面做了注释,很好地解决了这一问题,确保了小说语言的原汁原味。

五、表现手法娴熟,继承传统,推陈出新

小说《捻军》采用了明清时代传统的章回体小说形式。章回体小说来自于宋元说书,说书人以专讲小说故事和历史史实为业,每次讲的时候,都以"话(却)说……"来开头,至情节发展到高潮紧要动听的时候,便突然刹车,用"要(欲)知后事如何,且听下回分解"戛然收尾,从而吸引听众下次光顾。小说《捻军》采用了传统的章回体长篇小说表现形式,吸收了古典章回体小说故事情节扣人心弦、故事结构平行展开、故事语言妙趣横生等叙事优点和描写技巧,表现手法娴熟。如小说第一回写的是道光驾崩、咸丰登基之事,第二回写的是孙立阶霸道遭打、龚得树仗义中枪之事,从朝廷故事写到地方故事,结构上是平行的,是同一时间里不同地点发生的不同故事,看上去没有多大关联,但仔细分析,它们也有内在联系,朝廷故事是地方故事发生的背景,朝廷故事是大故事,地方故事是小故事,大故事背景下产生一个个小故事,小故事又成为大故事的基

础,大小故事联在一起就构成了社会发展过程,就是历史。这样作者采用章回体这种传统小说表现形式,把不同地点相同时间里或不同时间里发生的同捻军有关的故事串联到一起,形成了庞大的捻军故事,从而诞生了长篇历史巨著《捻军》,形象化地再现了捻军发展史。小说《捻军》是一部生动的文学版捻军史。

《捻军》继承了我国章回体小说的传统,但并非全盘照搬。古典章回体历史小说像《三国演义》《水浒传》等,有时无限夸大史实,甚至背离史实,抛开史实基础着意虚构故事,千方百计制造悬念、卖弄关子,刻意堆砌辞藻渲染气氛。《三国演义》中行军主簿杨修恃才放旷,由于识曹操门上书一"活"字之意——阔,知曹操"一盒酥"之意——一人一口酥,晓得曹操梦中杀人之意,帮助曹植出邺城门,数犯曹操之忌,最终因见曹操随口曰"鸡肋"二字,便叫随行军士,各收拾行装,准备归程,被曹操以"造言乱我军心"为由,喝刀斧手推出斩之。历史上不可能有此事,完全是作者为增加小说趣味性杜撰出来的。小说《捻军》则摈弃了这些,做到推陈出新,游刃有余。小说《捻军》虽然有许多虚构的故事情节,但是它忠实于历史,虚构的故事完全建立在历史真实之上,符合客观实际,使人觉得真实可信,但又富于文学性、艺术性、趣味性。作者不局限于故事情节长短,能长则长,该短则短,有短到两千字左右一回的,也有长到两万多字一回的。根据历史事实和故事情节需要,以历史事实为前提,围绕历史事实虚构故事,把枯燥简单的历史生活化、具体化、文学化,既继承了古典章回体小说的优良传统,又推陈出新,充分展示了小说《捻军》独有的个性特色。

小说《捻军》长于叙事,整体故事即大故事以历史史实和时间先后为顺序,小故事依附于大故事,用大故事带出小故事,或者在大故事中倒叙、插叙、补叙小故事。如叙述龚得树仗义中枪故事时就插叙了龚得树个人的成长故事;叙述张敏行救人故事中补叙了事先毁桥故事;叙述蒙城知县宋维屏设计擒拿张乐行时插叙了张得才、张振江保镖押送盐车被牛庚劫持故事和张禹爵、张瑗牛家寨赶羊故事。这样,就使故事情节变得丰满完整,互为照应,真实可信。

此外,小说叙述语言口语化,人物语言个性化,描写语言形象化,都是非常成功的表现手法。还有,几乎每一回里都引用了捻军歌谣,这些歌谣与捻军历史有很大关系,真实生动,活泼风趣,使得小说的文学色彩更加浓郁,感染力更强。可以毫不夸张地说,长篇历史小说《捻军》是新时期历史和文学有机结合的典范,无疑将在新时期文学殿堂中占有重要一席。

以上只是我个人的一些粗浅看法,不足之处在所难免,希望得到方家指正。

2008 年 3 月 18 日

——发表于 2009 年 8 月(下半月)《当代小说》(总第 422 期),其中三、四部分曾以《一部气势恢宏的捻军史诗——评长篇历史小说〈捻军〉人物、语言》为题发表于 2008 年 6 月 12 日上海《文学报》。

一代学界大师、巨匠的心灵史

——皖籍作家窦忠如不同凡响的人物传记《奇士王世襄》

皖籍中国作协会员、"中国最具独立精神和践行能力的学者型青年传记文学作家"窦忠如(1973 年生,字子徽,号嘉山,安徽省明光市苏巷镇人)55 万字的长篇章回体人物传记《奇士王世襄》一经北京出版社在 2014 年 8 月第二十一届北京国际图书博览会上隆重推出,便在社会上产生了强烈的反响。

《奇士王世襄》立体再现了奇人王世襄多姿多彩的传奇人生。

王世襄(1914 年 5 月 25 日—2009 年 11 月 28 日),号畅安,汉族,北京人,祖籍福州,生于北京一个仕宦家庭。高祖王庆云系道光九年(1829)己丑科进士,官至四川总督、工部尚书;曾祖父王传璨,福州府学附生,曾任刑部主事;祖父王仁东,曾任内阁中书,江宁道台;大伯祖王仁堪系光绪三年(1877)丁丑科状元,曾任苏州知府,卒于任上;父亲王继曾曾是清廷军机大臣张之洞幕僚,改任清廷赴法国留学生监督,民国元年(1912)任北洋政府外交部政务司司长,并先后出任中华民国驻墨西哥公使兼理古巴事务,民国十三年(1924)一月任北洋政府国务院秘书长,资深外交官。出生在这样一个家庭的王世襄受到了中西文化的良好熏陶,成就了他奇特的一生。

官宦子弟王世襄幼年顽皮出奇,自曰:"……而我则顽皮淘气,不肯念书,到处惹祸,如上房、打狗、捅马蜂窝等,亲友都讨厌我。"晚年仍作诗自遣:"髫年不可教,学业荒于嬉。"然而,王世襄不管怎么玩,都不能违背母亲金章规定的原则:"凡对身体有益的都准玩,有害身体的则严加管教,绝对不许可。"所以,王世襄玩出了自己的境界,玩物不丧志,竟然玩成了"京城第一大玩家",玩成了大雅,玩出了文化,玩出了一门"世纪绝学",玩成了中国著名的文物专家、学者、文物鉴赏家、收藏家。新中国成立后,王世襄成为国家文物局中国文化遗产研究院研究员,中央文史研究馆馆员,第六、七届全国政协委员,国家文物鉴定委员会委员,被人们称为京城奇士。王世襄先生学识渊博,对文物研究与鉴定有精深的造诣。王世襄先生研究的范围很广,涉及诗歌、音乐史、书法、绘画、雕塑、烹饪、民俗、建筑、火绘、收藏、鉴定、驯养等方面。他对工艺美术史及家具,尤其是对明清家具、古代漆器和竹刻等,均有深入研究和独到见解。他注重长期的实践考证,积累了丰富的第一手资料,写出了专著10余部,论文90余篇。其中在家具方面的专著有《髹饰录解说》和《明式家具珍赏》等。后者阐述了明代家具的制作工艺、榫卯结构基本结合的分类、家具用材的选择、装饰的技法工艺等,自1985年9月出版发行后,引起了很大反响和重视,已被译成英、法、德等多种文字版本。王世襄先生兴趣广泛,喜爱古诗词,在家具、髹漆、竹刻、传统工艺、民间游艺等诸多方面的研究上均有论述,并都有深刻见解。

王世襄一生最自豪的一件事是,抗战胜利后任国民政府教育部"清理战时文物损失委员会平津区助理代表",北上开展追还被敌伪劫夺的文物。1946年12月,他主动请缨,赴日本追还被日本劫夺的原中央图书馆所藏善本图书107箱3860部34970余册,亲自从日本横滨随船押运到上海,由郑振铎派员接收。两个月后,王世襄就任故宫博物院古物馆科长及编纂。奇士干成一桩千古奇事。

窦忠如自1998年开始从事中国历史、文物、考古、收藏、世界文化与自然遗产及近现代人物传记方面的研究与传播,作品涉及许多专业领域,曾主持、参与多种相关图书的策划出版工作,创作成果丰硕,先后在海内外出版了《梁思成传》《王国维传》《罗哲文传》《世间绝唱:梁思成与林徽因》《中华古建名胜丛书》《中国·世界遗产探秘丛书》《中华之谜丛书》等50余部作品。

2007年,中国著名建筑学家梁思成的弟子、享有"京城第一大玩家"美誉的中国文物大师、93岁高龄的王世襄先生看到窦忠如的《梁思成传》一书后,在第一时间通过国家文物局古建筑专家组组长、中国文物学会会长罗哲文先生联系,主动约谈了窦忠如,对当时还不到35岁的窦忠如撰写的《梁思成传》

褒奖有加。当时因王世襄年事已高，组织上给他安排了一位生活秘书，并规定每天接待来访以 10 人为限，每人 10 分钟。那天，王世襄与窦忠如一见如故，谈话非常投机，10 分钟之后，秘书前来提醒，王世襄说："请大家等等。"又过了 10 分钟，秘书走过来还没开口，王世襄就说："请大家再等等。"半个小时后，秘书再次催促，王世襄说："请大家改日再约，今天我只接待小窦先生。"半天时间不知不觉过去了，王世襄提出请窦忠如来写他的传记，并解释说，此前已有许多全国著名作家向他提出来过，他都没答应："他们文笔没有丝毫问题，但对文物透彻了解的不多，你才是最佳人选。"这一提议正中窦忠如下怀。随后，王世襄先生不断接受窦忠如访谈，提供身边资料，提供自己朋友、同事等访谈线索给窦忠如，使得窦忠如掌握了许多别人掌握不了的核心和关键资料。在掌握全面丰富资料的基础上，窦忠如经过 8 年精心筛选、提炼和着意打磨、修饰，终于成就了 55 万字的巨著《奇士王世襄》一书。著名作家王波认为，作为中国文史出版社编辑部主任、机关党委书记的窦忠如治学严谨，不但多次拜访当面讨教，还采访老先生的许多友人，收集几百幅和先生相关的图片，立体展现了老先生多姿多彩的传奇人生，特别是通过一代大家王世襄老先生从事学术研究的现实生活，将王世襄对中国历史的痴情、对祖国母亲深深的爱恋和作为中国民族大家庭一员对祖先伟大成就的无上自豪感，活灵活现地显现在笔端，栩栩如生地刻画出一代巨匠王世襄老先生的情感世界、精神家园，不由得让人深深地叹服，不但是真、美、全的人物传记，而且堪称一代学界大师、巨匠的心灵史。

《奇士王世襄》刚刚面世时，就产生了非凡的社会反响。首版软精装 8000 册被抢购一空；二版函封精装上下册，次月即开始印制；三版金丝楠木盒珍藏品紧张设计之后很快出版；香港版、台湾版很快授权出版，美国版翻译授权之后顺利面世。随着影响不断扩大，其他国家文字版本也随之而来。

2014 年 8 月 30 日下午，北京出版社与北京市龙顺成中式家具有限公司等多家单位联合在第二十一届北京国际图书博览会现场举行了窦忠如《奇士王世襄》一书首发式，邀请了国家文物界许多顶级名流莅临现场，他们对《奇士王世襄》一书给予了高度评价。

罗哲文之子,时任中国民间文艺家协会常务副主席、分党组书记,书法家罗扬先生在首发式上叙述了他们父子与王世襄先生的交往经历、先生教他捉蝈蝈的细节和先生玩蝈蝈的境界,认为:"《奇士王世襄》一书融史料性、学术性、文学性、可读性、可视性于一体,用神来之笔再现了奇士王世襄坎坷曲折而又辉煌丰富的一生,既有李白的浪漫文采,又有司马迁的严谨风格。实在不可多得!"

老舍之子、中国老舍研究会原会长、中央文史馆馆员、中国现代文学馆原馆长、中国博物馆学会副会长、著名作家、博士生导师舒乙先生,在首发式上深情地回忆了王世襄与他们父子之间数十年的交往,介绍了中国现代文学馆收藏王世襄散文《秋虫六忆》等文章手稿的过程和王世襄做菜绝活,认为王世襄是中国文化巨人,诗词歌赋、琴棋书画无所不通,代表了中国文化的方方面面,最后肯定窦忠如《奇士王世襄》一书:"窦忠如《奇士王世襄》一书真是了不起!这是一本好书,文笔好,装帧好,都是一流;这是一本大书,分量特别大,大气磅礴,张弛有度;这是一本好看的书,精选了大量的精美图片,许多是第一次面世,图文并茂,不容易,非常难得!"

中国高级建筑师、达沃斯巅峰旅游景观设计中心总策划师、北京旅游学院旅游科学研究所名誉所长、著名旅游专家杨乃济教授与王世襄是世交,他在首发式上回忆了王世襄先生收藏明式家具的情况和王世襄先生赠他小马甲的曲折过程,做出了这样评介:"窦忠如《奇士王世襄》一书生动地刻画了可贵的文物大师王世襄先生形象,方方面面都写全了,非常完整,让我们看到了一个既大俗又大雅,既大土又大洋,既大文又大野的现实生活中的王世襄,令人耳目一新,叹为观止。"

1947年就认识王世襄先生的国家文物局顾问、国家鉴定委员会常委、中国文物学会名誉会长、中国历史文化名城专家委员会委员、中国文物法规制定的起草者和执笔人、中国著名文物专家谢辰生先生,在首发式上回忆了王世襄先生追还国家文物的情节。1946年12月至1947年2月,王世襄先生被派赴日本任中国驻日本代表团第四组专员,交涉追还战时被日本劫夺的善本书等文物事宜,

1947 年初追还被劫夺的原中央图书馆所藏善本图书 107 箱,由日本横滨押运到上海。谢辰生作为国民政府教育部清理战时文物损失委员会接收敌伪文物负责人郑振铎的秘书,受郑振铎派遣前往上海接收了这批珍贵的文物。这是抗战时期被日本劫走的众多文物中唯一被追回的一批文物。谢先生认为:"王世襄这一贡献不得了,别人没有做到,只有他做到了。王世襄先生是个好人,是个奇才,是个爱国者。窦忠如《奇士王世襄》一书生动地描写了王世襄先生热爱祖国、热爱中国文化遗产的优秀品德,符合当今宣传主流,是一本难得的好书,应当大力推介。"

故宫博物院研究员、故宫博物院学术委员会委员、国家文物鉴定委员会副主任委员、国家文物局咨议委员会委员、中国古陶瓷学会名誉会长、中国历史博物馆顾问、首都博物馆顾问、炎黄艺术馆鉴定委员会会长,享有"中国古陶瓷第一人"美誉的 93 岁耿宝昌先生与王世襄先生曾经是同事,在首发式上回忆了"京城第一大玩家"王世襄是怎么玩的,"奇士王世襄"的奇特之处,认为窦忠如《奇士王世襄》一书生动地再现了王世襄先生"不仅是京城第一大玩家,而且是中国第一大玩家。玩家会玩,玩出了特有的套路,玩出了高雅的境界;玩家并不是纯粹停留在玩上,而是在玩中研究,玩出了学问功夫,玩出了文物的价值,研究出了文物的文化底蕴和深沉内涵","《奇士王世襄》一书是窦忠如继《梁思成传》之后又一大贡献,将引领传记文学领域一大潮流。应当特别感谢作者窦忠如! 祝贺窦忠如!"

整个首发式现场座无虚席,引来许多人站着围观旁听,比预定结束时间推迟了一个多小时,非常成功。此后《奇士王世襄》一书先后得到了中国文联主席、中国作协主席铁凝女士,中国作协副主席、书记处书记兼中国现代文学馆馆长陈建功先生等名家的高度赞赏。

2014 年,《奇士王世襄》一书获得中宣部、中央广播电视总台"中国好书"奖,名列文学类第 2 名,此后又获得"中国大众好书"奖,"中国影响力图书"奖。2018 年,《奇士王世襄》一书入选"第五届中国传记文学优秀作品(长篇)"。该奖项从 1995 年起,每 6 年评选一次,以思想性与艺术性高度统一为评选原则,旨在表彰中国优秀的传记文学作品,推动和繁荣当代中国传记文学创作。足见《奇士王世襄》是一部不同凡响的人物传记。

想了解一代学界大师、巨匠王世襄的心灵史吗?请阅读传记名作《奇士王世襄》一书。

2014 年 9 月 1 日初稿于市政协文史委办公室
2020 年 7 月 9 日二稿于市政协文史委办公室

历史文化美食三位一体

——评武佩河先生长篇小说《欧阳修与太守宴》

中国作家协会会员武佩河先生的长篇小说《欧阳修与太守宴》新近由黄山书社出版发行。我是较早获赠此书的人，自然先睹为快，且认真拜读了一遍。该书描写了北宋文学家欧阳修于庆历五年（1045）至庆历八年（1048）知滁州期间发生的有关菜肴方面的故事。读后最大的感触是此书集历史、文化、美食三位于一体，可以说是当代小说创作上一大突破。

首先，《欧阳修与太守宴》是一部历史小说。庆历五年秋，北宋文坛领袖、皇帝近臣、朝廷右正言知制诰欧阳修被贬为滁州知州。欧阳修为什么会知滁呢？这里涉及了欧阳修的个人成长历史、被贬历史，欧阳修与北宋改革家、文学家范仲淹交往的历史，欧阳修参与范仲淹"庆历新政"的历史，北宋朝廷改革派和保守派斗争的历史，"朋党"之争的历史，欧阳修遭陷害的历史。滁州是一个什么地方呢？这里就涉及了宋以前滁州的历史，滁州历史名人琅琊王司马睿，唐代诗人韦应物、王禹偁等人的历史，李阳冰滁州篆刻历史，琅琊山的历史，清流关的历史，西涧的历史。欧阳修到滁州做了哪些事呢？这里就涉及了欧阳修治理滁州两年多的历史，欧阳修与琅琊寺和尚智仙、方丈慧觉交往的历史，欧阳修与当时滁州文人雅士、山民樵夫交往的历史，欧阳修公务之暇与谢判官等幕僚游赏滁州山水、吟诗作文的历史，欧阳修与当时国内名士梅尧臣、苏舜钦、韩琦等许多文朋故旧交往的历史，与徐无党、徐无逸、曾巩等得意弟子交往的历史。欧阳修是一大文豪，一代宗师，他在滁州做了哪些与文学有关的事，写了哪些优秀诗文呢？这里就涉及了滁州醉翁亭、丰乐亭、醒心亭、古梅亭、六一亭等富有象征意义、寄托美好愿望的众多人文景致的建造历史，千古美文《醉翁亭记》《丰乐亭记》的形成历史,欧阳修与众多文士诗词唱和的历史,珠联璧合的欧文苏体《醉翁亭记》碑形成的历史。欧阳修宴请宾客不拘形式,不拘内容,就地取材,就地烹制而成,别有情趣,这里就涉及了开化寺名菜"宝应遗爱"的历史,太守宴最终形成的历史,太守宴代代传承的历史,滁州邻县招信县太平集(今明光市政府驻地)的酿酒历史,梁武帝以水代兵,在招信县境内淮河上修筑浮山堰的历史,堰成十万士兵同饮太平集美酒大醉三天的历史,等等。

鉴于此,我们说《欧阳修与太守宴》是一部历史小说,应当是恰当的。这里的历史不是枯燥的说教,而是富有情趣的生动的故事,寓历史于绘声绘色的文学描写之中,情节生动,具有良好的可读性。

其次,《欧阳修与太守宴》是一部文化小说。欧阳修知滁之前,滁州文化是琅琊文化、清流文化、西涧文化。欧阳修知滁,对滁州和文坛的最大贡献是创作了千古绝唱《醉翁亭记》,滁州因此名扬世界。读书人不可能不知道欧阳修,知道欧阳修就必然知道《醉翁亭记》,知道《醉翁亭记》就必然知道滁州、知道琅琊山、知道中国四大名亭之首醉翁亭。欧阳修知滁后形成了滁州独特的文化氛围——醉翁文化,包括了琅琊文化、清流文化和西涧文化。这是一种儒佛有机结合的文化,属于中国正统文化。其核心就是与民同乐,与山水同乐,与禽鸟同乐,与自然和谐相处,乐观面对人生各种遭际境遇。

古代许多文人被贬后都心境悲凉,落魄失意,寄意山水,无所作为。韩愈被贬潮州后对生活几乎失去希望,途遇其侄孙韩湘时竟然说:"知汝远来应有意,好收吾骨瘴江边。"(韩愈《左迁至蓝关示侄孙湘》)白居易被贬后,卧病浔阳,与黄芦苦竹相伴:"春江花朝秋月夜,往往取酒还独倾。"(白居易《琵琶行》)欧阳修则不同,始终以积极向上的心态对待一切,绝不在唉声叹气、消沉抱怨中虚度光阴。在不到三年的知滁期间,欧阳修游刃有余,将滁州治理得井井有条,世泰民丰,百姓安乐,政绩斐然,深受士民拥戴,实属难得。他在《醉翁亭记》中写道:"树林阴翳,鸣声上下,游人去而禽鸟乐也。然而禽鸟知山林之乐,而不知人之乐;人知从太守游而乐,而不知太守之乐其乐也。醉能同其乐,醒能述以文者,太守也。太守谓谁?庐陵欧阳修也。"太守是前代郡的行政长官称号;宋代有州无郡,欧阳修时任滁州知州,就将自己比作前代太守。作为太守能与民同乐者,欧阳修也;能陶醉于山水述以文者,欧阳修也;振兴滁州地方文化者,欧阳修也。有了欧阳修,滁州的人文底蕴才真正丰厚起来。

作为受儒家思想主导的文学家欧阳修,对佛家思想也情有独钟,所以,他能与琅琊寺的和尚智仙、方丈慧觉成为知音。正因为如此,才有了醉翁亭,才有了《醉翁亭记》,才有了醉翁文化。欧阳修知滁的最大贡献是"述以文",让以"乐"为核心的醉翁文化得以永久传承,逐代发扬光大。

小说《欧阳修与太守宴》形象地揭示了滁州醉翁文化的形成过程和丰富的内涵,在生动的故事叙述中、鲜明的人物对话中和形象的景物描写中,不露痕迹地为读者解读了滁州宋代以前的大量文学名篇、石刻书法名篇,解读了众多与贬谪有关的《琵琶行》《滁州西涧》等中国古代文学名篇和白居易、韦应物、范仲淹等文学名人,解读了欧阳修在滁州创作的《醉翁亭记》《丰乐亭记》《醒心亭记》《菱溪石记》等绝妙华章和《题滁州醉翁亭》《游琅琊山》《琅琊山六题》《谢判官幽谷种花》《菱溪大石》《丰乐亭游春三首》《丰乐亭小饮》《幽谷小饮》等众多精美诗作,解读了曾巩、梅尧臣、慧觉等当时众多与欧阳修唱和的诗文《奉和咏滁九首》等,解读了上百首(篇)诗文详细的创作过程,观点新颖,品评到位。读小说《欧阳修与太守宴》,在欣赏曲折生动的故事情节的同时,也欣赏了众多的诗文,特别是欣赏了众多有关于滁州的诗文,欣赏了众多的滁州山水美景和人文景致,欣赏了众多别致的滁州田园风光,即欣赏了滁州醉翁文化。琅琊山蔚然深秀,醉翁亭翼然凌空,清流关抚古怀今,琅琊寺参佛悟道,醒心忘返,归云意往,幽谷鸟语,西涧秀色,都让人流连忘返,回味无穷。因此,我们在阅读《欧阳修与太守宴》过程中会获得许多文化上特别是文学上的愉悦和享受。

《欧阳修与太守宴》更是一部美食小说。"太守宴"是小说的重点和宗旨所在。"太守宴"是特定历史条件、特定文化氛围、特定地域背景、特定自然环境下的产物。"宴",酒席也。"太守宴"是什么样的宴席呢?"太守宴"是指太守欧阳修宴请宾朋。后人为追寻当年太守在山林中、小溪边宴请宾朋时的雅兴,便常用山林中寻得的山肴野蔌招待客人,并戏称为"太守宴"。

"太守宴"是别具一格的盛宴,是美食文化中的一朵奇葩,一道亮丽的风景。

"太守宴"自然环保。欧阳修在其《醉翁亭记》中作了生动记述:"临溪而渔,溪深而鱼肥。酿泉为酒,泉香而酒洌。山肴野蔌,杂然而前陈者,太守宴也。"可见,"太守宴"并非燕窝熊掌、海参鱿鱼、珍禽异味、玉露琼浆,而是就地取材,因地制宜,因时而异。酒菜均来自溪水、山野、林中,绿色环保。诚如作者所言:"欧阳修到滁后,其文友、学生、昔日同僚等来访不断,其待客并不铺张。山林中、小溪边、斋堂里、山野人家都是他待客之所。枝头上的斑鸠,草丛中的野兔,山野中的狼、梅花鹿、獐子、野猪,溪流中的鱼、虾、蟹、鳝,山林中的山珍野蔌都成了下酒的佳肴。"这些都是来自自然的绿色环保食品。这样的宴席可以吃出地方味道,吃出自然雅趣,吃出文化风情,吃出环保理念,当时可能是不得已而为之,却为当今人们所提倡、所向往。

"太守宴"美不胜收。"太守宴"是文人之宴,经众多文人雅士美化,"太守宴"也因之充满了高雅的情趣,令人陶醉。一年有四季,"太守宴"也随之变化。"太守宴"之春——野芳幽香,之夏——佳木繁荫,之秋——风霜高洁,之冬——水落石出,全从欧阳修《醉翁亭记》中点化而来,富有诗情画意,即使没有品尝过,听听宴席之名,便会产生无穷联想和想象。"太守宴"都由哪些菜肴组成呢?请看:"太守宴"之春——野芳幽香:太守游春(六道冷碟)——野岭春早、野谷拾春、山溪唱春、山泉赞春、琅琊寻春、农家咏春;太守迎宾(甜、咸两盆开胃汤)——菱溪春池暖、西涧荡春波;太守咏春(六碟炒菜)——春香千里醉、太守雅意、幽谷新篁、翡翠幽谷、丰山早春、春林静寂;太守之乐(六道烧菜)——太守之乐、山溪之乐、农院之乐、春色醉人、春江水暖、盛世人家;宴酣之乐——早春黎明歌千里,溪底称王河宫戏;面点与主食;时令果盘。琳琅满目的菜肴,富有诗意,富有雅趣,富有自然气息,富有文化氛围,令人耳目一新。这样的一桌宴席实在是美不胜收,若有幸品尝一次,定会齿颊留香,永生难忘。

"太守宴"其乐无穷。品尝"太守宴",重在乐趣。欧阳修在《醉翁亭记》中是这样描写的:"宴酣之乐,非丝非竹,射者中,弈者胜,觥筹交错,起坐而喧哗者,众宾欢也(宴会喝酒的乐趣,不在于音乐,玩投壶的射中了目标,下棋的赢了,酒杯和酒筹交互错杂,有人站起来或坐着大声喧哗,这是宾客们尽情地欢乐)。"

后来宴酣之乐就具体化了:"太守宴"之春——野芳幽香,宴酣之乐——早春黎明歌千里,溪底称王河宫戏;之夏——佳木繁荫,宴酣之乐——爱之欲忘返,月光水净洁;之秋——风霜高洁,宴酣之乐——临溪而渔,秋溪欢歌;之冬——水落石出,宴酣之乐——飞鸟噢相和,白雪席上珍。这是欧阳修对书圣王羲之的著名"兰亭之宴"的进一步发扬光大。作者在《太守宴记(代序)》中做了很好的注解:"'太守宴'的核心在于一个'意'字,即诚意、意境。这个'意'字表现了主人待客的真诚,没有半点虚情假意。宾主围席而坐,下酒菜信手拈来,他们要的是随心所欲、宾主同乐,把自己融入大自然青山绿水之中,达到'酒不醉人人自醉'的意境。"现在的"'太守宴'除具备一般美食的'色、香、味、形'外,'意'字贯穿其中,不仅赢得了美食感官上的舒坦顺畅,而通过'意',去追求醉翁亭饮食文化的内涵深厚之处,并给人提供了一个领略'味外之味'的心理服务平台"。

这就是"太守宴"。近千年间,许多文人墨客追忆先贤,寻迹沓来,留下了许多佳话,生出了许多令人难忘的故事。"太守宴"也逐渐成了醉翁亭饮食文化的载体,并成为滁州宴席之首。

武佩河先生用小说的形式,将历史、文化、美食熔于一炉,精心创作了长篇小说《欧阳修与太守宴》,在小说创作上取得了探索性突破,是对滁州地方历史文化建设、醉翁亭美食研究开发、文学家欧阳修评价和小说创作的一大贡献,将得到全社会的广泛肯定和认可。读完小说,你将获取许多历史知识、文化知识、美食知识。《欧阳修与太守宴》是全面了解滁州的一本好书,即使你从未到过滁州,你也能从中认识滁州的历史,熟悉滁州的文化,品尝滁州的美食,游览滁州的美景,领略滁州的风情,感受滁州的魅力,品味滁州的内涵,看到滁州的希望,可谓受益匪浅。

以上是我拜读长篇小说《欧阳修与太守宴》后的一些心得体会,愿以此就教于大方之家。

2011 年 11 月 5 日初稿于市政协文史委办公室

2011 年 11 月 6 日修改

——发表于 2011 年 10 月(下半月)《文学界》(总第 122 期)。

再现历史鲜活画面　还原江南水乡风情

——评史清禄长篇传记小说《唐伯虎》

　　由重庆出版集团重庆出版社隆重推出的二十五万字长篇传记小说《唐伯虎》，是著名青年作家、上海《新闻晚报》资深编辑史清禄先生继百万字长篇历史小说《捻军》（第一部）之后又一部精心打造的力作。史清禄，字申记，号布衣老史。1956年生于上海，祖籍山东济宁。长期从事新闻工作，现为《新闻晚报》编辑，上海市作家协会会员。曾发表过《唐伯虎》《神农架探奇》《徒步长城路》《卡通三杰》《〈聊斋志异〉手稿传奇》《歃血结盟》等长篇文学作品。长篇历史小说《捻军》（上海人民出版社），被评为"上海市'十一五'重点文学项目"。《滑头买卖》在上海人民广播电台配音播出，并获得"上海第二届白玉兰杯广播剧奖"。蒙史先生厚爱，第一时间赐阅《唐伯虎》，认真拜读之后，受益匪浅。主要感受如下：

一、鲜活的历史人物

　　传主明代著名画家唐寅，字伯虎，号六如居士，是一个妇孺皆知的历史文化人物，工诗文，善书画，尤擅长画仕女人物，居吴门"四大才子"之首，而其则自命为"江南第一风流才子"。明成化六年（1470），唐寅出生于苏州一个商人家庭，十六岁中秀才，十九岁成婚，二十五岁痛失父母妹妻儿五位亲人，二十九岁中应天府乡试解元，次年会试遭到诬陷入狱，饱尝人间劫难。出狱后他壮游江南，续娶歌伎为伴。宁王慕其名，重金相聘，为避免成为皇室争斗牺牲品，他于是装疯卖傻逃出宁王府，从此看破红尘，绝意仕途，迁居桃花坞吟诗卖画为生。嘉靖二年（1523），唐寅走完乐花眼月而又坎坷曲折的一生，享年五十四岁。唐伯虎曾用一首律诗描绘了自己内涵丰富的一生：

> 醉舞狂歌五十年，花中行乐月中眠。
>
> 漫劳海内传名字，谁信腰间没酒钱。
>
> 书本自惭称学者，众人疑道是神仙。
>
> 些须做得功夫处，不损胸前一片天。

　　这首诗对他一生的描绘太艺术化了，而历史资料中的唐伯虎又太简单化了，《三笑》等传奇剧中的唐伯虎又太神秘化了。现实生活中的唐伯虎是个什么样子呢？读了史清禄长篇传记小说《唐伯虎》后你就知道了。这里的唐伯虎是现实生活中的唐伯虎，有说有笑，有苦有恼，有喜有悲，有乐有愁，有七情有六欲，有血肉有骨架，形象丰满。

　　儿时唐伯虎天资聪颖，活泼顽皮。灵岩山作画途中，唐伯虎竟然趁主人不在，翻墙入院偷摘橘子，不承想掉进牛粪池，臭气熏天，有苦难言。但他灵机一动，骗取好友张灵（字梦晋）为自己垫背："梦晋，里厢没人，你快进来，橘子好吃着呢，甜得死人！"害得张灵急猴似的翻过墙，结果差点一头栽进粪池，亏得伯虎拉住，他这才留得半个身子在外面。而伯虎则哈哈大笑："这叫命途多舛，有难同当！"再如，偷取蜂蜜涂在画中花上招来蝴蝶、偷窥尼姑洗澡等等，类似例子很多，足见其聪明、顽皮性格。

　　少年唐伯虎勤奋好学，放诞不羁。蒙大画家沈周推荐，唐伯虎与张灵进徐鼎靖私塾就读。因唐伯虎"最能吃苦读书"，得徐鼎靖偏爱真传，十六岁即童试高中第一，还得到学政大人手书"思乐泮水，薄采其芹"的墨宝奖励。他参加簪花之礼，坐在马上，好不春风得意，自比《报晓图》中公鸡，满腔豪情壮志。他为画美人图，寻求美女真容，玄妙观里巧遇侍女秋香。秋香"三笑"：冷冷一笑、扑哧一笑、抿嘴一笑，给唐伯虎留下永久印象。但唐伯虎与张灵两个新秀才竟然赤裸着在学府内泮池戏水，有辱斯文，又顶撞司讯，不肯认错，自然大祸临头，惨遭革斥府学学籍，两轮（六年）不得参加科考。他从此放诞不羁，不加约检，竟然敢假扮乞丐去搅苏州知府曹凤伴友游览虎丘野炊雅兴,简直是"调皮捣蛋"了。

青年唐伯虎风流倜傥,直面不幸。唐伯虎弱冠娶亲,娇妻徐蔗"生儿颖慧","削肩长项,瘦不露骨;眉目清秀,顾盼神飞,少女善良缠绵之态,令他渴念急于享用",可谓锦上添花,艳福不浅。而他仍旧携伎游山乐水,伴友寻奇探胜,足见风流有加。但命运多舛,唐伯虎二十五岁之时连遭不幸,一年之内痛失父母妹妻儿五位亲人,生离死别,肝裂魂扬,失去朝气和兴致,"一夜之间,须髯花白,身体佝偻。一遇人和事便双眼惊恐失神"。但在朋友规劝下,伯虎又振作起来:"名不显时心不朽,再挑灯火看文章。"

中年唐伯虎恃才傲物,忘情山水。而立之年的前一年,唐伯虎得网开一面,参加应天乡试,名列榜首,高中第一名解元,荣归故里,风光无限。续娶何氏,成婚出行,参加次年京城会试。因傲气十足,口吐狂言,遭人嫉妒,朋友都穆一句酒后失言,"程大人肯定告诉了他们试题,是我亲眼看见唐伯虎在《论语》里圈出试题'周有八士至季随'",被当作参劾依据,唐伯虎和徐经因此遭受牢狱之灾,身陷囹圄,蒙受不白之冤,彻底断送科名仕途。冤案澄清后,唐伯虎被取消会试资格,永远不得参加科举,贬至浙江藩府为吏。但因与解元梦想相去甚远,最后唐伯虎婉言谢绝礼部侍郎吴瓠庵等人相助,决定"立言"于世,"游山玩水,心高意远,壮志凌云,享受我多娇河山"。回到苏州,唐伯虎生计没有着落,受不了妻子何氏冷嘲热讽,一纸休书,斥去妒妇,决定娶歌伎沈九娘为妻,并开始千里壮游。明弘治十三年(1500),唐伯虎离开苏州,船行古运河,首先抵达吴江,依次游览了嘉兴、杭州、富春江、天台山、雁荡山、九鲤湖、鄱阳湖、庐山、湘水、洞庭湖、岳阳楼、君山、九华山、黄山、休宁、齐云山等名胜古迹,历时九个多月,踏遍名山大川,大开眼界,大长见识。三十六岁归隐城北桃花坞,以丹青自娱,靠卖画鬻文为生。病中得沈九娘悉心呵护,情感益深,两人终成眷属,传为佳话。

晚年唐伯虎穷愁潦倒,失意落魄。明正德九年(1514),唐伯虎被明宗室宁王以重金征聘到南昌,半年后发现身陷宁王政治阴谋之中,遂佯装疯癫,甚至在大街上裸奔才得以脱身回归故里。后来宁王起兵反叛被朝廷平定,唐伯虎幸而逃脱了杀身之祸,但也引来不少麻烦,从此思想渐趋消沉,转而信佛,自号"六如居士"。"六如"取自《金刚经》:"一切有为法,如梦幻泡影,如露亦如电,应作如是观。"自治一方印章"逃禅仙吏"。从南昌回家后因常年多病,不能经常作画,加上又不会持家,生活艰难,甚至常向好友祝枝山、文徵明俩人借钱度日。其间有著名书法家王宠常来接济,并娶了唐伯虎唯一的女儿为儿媳,成了唐伯虎晚年最快乐的一件事。嘉靖二年(1523),五十四岁的唐伯虎撒手人寰。临终时留下绝笔诗,表露了他刻骨铭心的留恋人间而又愤恨厌世的复杂心情:"生在阳间有散场,死归地府也何妨。阳间地府俱相似,只当漂流在异乡。"遵生前意愿,家人将其葬于桃花坞。一代风流才子,魂归故土。

这就是明朝后期中国画坛奇才,"江南第一风流才子"唐伯虎的传奇一生。

为什么为唐伯虎作传? 作者在后记里表述得非常清楚:

> ……我对唐伯虎起敬了,想仰攀他这个朋友,后来我才知道,想交唐伯虎为友的大有人在。……
>
> 我是唐伯虎的第几位朋友? 他认不认我这个朋友? 看来无妨,只要我有心交他这个朋友便是了。是朋友就要赤诚相待,我关心他的诗、文、书、画,关心他的坎坷不幸,关心他的"一日兼作两日狂",关心他的朋友的朋友……
>
> 于是为"虽不同时"的朋友唐伯虎歌于斯、哭于斯,撰写了这册《唐伯虎》。

传记小说《唐伯虎》的最成功之处就是塑造了唐伯虎、张灵、沈周、文徵明、仇英、祝允明、沈九娘等众多鲜活的历史人物形象。小说中的唐伯虎是一个真实可信且血肉丰满的立体化人物,其一言一行都让你难以忘怀。作者的高明之处就是以唐伯虎知心朋友的身份向读者娓娓道来,生动地叙述了唐伯虎坎坷曲折离奇的一生,生活、才艺、仕途,才子浪尖低谷皆寂寞;亲情、友情、爱情,情圣错爱一生,真实感人。

当然,作者不可能超越时空距离,作者把唐伯虎当成朋友只能是神交,而且是神交已久的知心朋友。因此,唐伯虎的喜怒哀乐、言行举止、举手投足都是非常逼真的。

唐伯虎首领明后期的画坛,博学多能,吟诗作曲,能书善画,却经历坎坷,英年早逝。史清禄的《唐伯虎》以史实为依据,熔正传、传说于一炉,文学再现了江南第一风流才子唐伯虎非凡的才华和曲折、坎坷的人生,人物鲜活,值得品味。读了《唐伯虎》,你会认识一个集历史、文化、艺术、生活于一身的立体的、真实的人物唐伯虎。

二、独特的江南风情

唐伯虎是一个才子,才子是特定环境中的产物。唐伯虎生活的特定环境就是美丽的江南水乡,有着淳朴的风土民情,悠久的历史底蕴,深厚的文化内涵。江南的灵山秀水、人文精髓孕育了唐伯虎。

先看唐伯虎诞生、成长之地:

沿长江顺水流而下,由京口(镇江)再折入江南运河,东绕太湖,就来到了苏州城。这里春秋时即为名城,隋置苏州,宋为平江府,元时改为平江路,在明代则叫苏州府了。此地河道纵横,密如蛛网。环城的大运河和里城河,如两条翠带,围裹着全城。城内河流纵横,桥梁栉比。据《吴县志》记载,城厢内外共有桥三百一十座,再加近郊的六百四十九座,合计有桥近千。桥下之水与太湖之水息息相通,因而都是富有生气的活水。民居则临河依水,粉墙照影,蠡窗映波,形成了"人家尽枕河"的一大特色。唐代诗人李绅诗云:

烟水吴都郡,阊门驾碧流;

绿杨浅深巷,青翰往来舟。

盘、阊、胥、葑、娄、相是苏州当时的六大城门,诗中所说的阊门是西城门,也是城内最繁华的所在,俗称"金阊门、银胥门"。

明宪宗成化六年(1470)二月四日,苏州阊门内皋桥南吴趋坊的一户唐姓人家,一个男婴呱呱坠地。因为是寅年所生,属虎,所以名"寅",字"伯虎"。

典型的江南景致——上有天堂,下有苏杭;吴中温柔地,繁华富庶乡。桥河错落有致,活水清丽秀美。唐伯虎一生下来就与水结下不解之缘。出门便是水,水伴人一生。水上有桥桥如虹,桥下有水水如镜,桥水相依,水桥相容;水边民居居水边,民居临水水中居,居不离水,水不离居。水孕勃勃生机,水益精神心智。有水才有灵气,有水才有诗画。这样优雅的环境,水流舒徐温缓,人气凝聚旺盛,正是诞生诗人画家的好地方。一方水土养一方人,唐伯虎就诞生在人间天堂苏州城,生活在人间天堂苏州城,置身诗画世界,成长为诗人画家也就顺理成章了。

次看唐伯虎居住、生活之地:

伯虎所住的皋桥南吴趋坊,石卵子铺地,青砖头打墙,笔笔直直一条街,一眼望到底,像直筒裤的一条裤脚管。吴趋坊虽说面子上笔直,一点不打弯,不像那种丝瓜一样纤细纤细的弄堂,两边人家出门碰鼻头,但夹芯子里却九曲十八绕。一扇扇门面,大大小小,拱形方形圆形,外面看看不稀奇,踏进去却是别有洞天,世界全做在门洞里。一扇大门进去,一通通出去,十七八亩地也有。六七十间房间,三五十家人家,一两百口老小,全扣在一个门洞里,进门方能看见大石库门里面套小石库门,小天井里面通大天井,绕过来串过去,通过来弯过去。小孩子玩耍官兵抓强盗倒是一等的好地方。

独特的江南建筑,纤细幽深的弄堂内外建筑粗看似乎一个模式,但细看却是形态各异,千变万化。这样的居所犹如魔方般神奇,是培养孩子浓厚的学习兴趣、开发儿童智力的好地方。这里有得天独厚的人文资源,别具一格的人居环境,适合交往,常通有无。聪明的孩子居住在这里会更加好奇、求索、上进。天资卓越的唐伯虎成长为文坛奇才,一点不足为怪。

再看唐伯虎临摹写生之地:

石湖位于苏州近郊,距古城十余里,山清水秀,人文荟萃,风光柔美秀丽,凝聚江南山水田园之精华,有无数历朝遗迹散落其间,素有"吴中胜地"

之称。

这日,雨后初晴,伯虎跟祝允明约了西百花巷椒香坊的歌伎、沈九娘,雇小船,在石湖游赏。小船溅起水花哗哗响,行至九环洞桥,祝允明关照船家停船,帮伯虎摆开笔墨纸砚。伯虎照着倚着船舷的两位貌美歌伎临摹起来,沈九娘便在其中,见伯虎画自己,遂侧过脸面,朝伯虎嫣然一笑,妩媚动人。

伯虎也微微一笑,一口气临摹了好几张,歇笔后向二位美人行揖致谢:"万分过意不去,我一门心思画起来就忘记时辰,真不应该!"

标准的水乡风光。唐伯虎新婚宴尔,在家享尽温柔;青春时光,出门美人相伴。置身仙境,心旷神怡;徜徉画中,激情飞扬。唐伯虎临摹写生的地方和情景别有趣味,人与自然和谐交融,美景生情,美人动情,情景相得益彰,物我合二为一。好友细心安排,周密照顾,心照不宣,灵感不邀自来;歌伎温婉一笑,柔情缱绻,顾盼生辉,奇思当如潮涌。有丰富的历史底蕴熏陶性情,有醇厚的人文精神感染心灵,得天独厚,焉能不出画家诗人?

最后看唐伯虎交往游览之地:

苏州葑门外有一座灭渡桥,气势非凡,跨径有三十步,桥面宽八步。桥北进葑门就是苏州闹市区,青砖黛瓦飞檐吊角的店肆,鳞次栉比,一派繁华景象。出葑门桥南就是乡下,水田农舍错落有致,别有田园风光。苏州城里老百姓出葑门过河到对岸去,全走这座桥,用不着渡船担惊受怕,所以取名叫"灭渡桥"。

伯虎因张灵卖画进账五两银子,特邀请祝允明、文徵明同游竹亭寺。张灵因母亲生病,只得在家伺候,没能同来。

文徵明与伯虎同年,天资聪颖,诗文书画可谓全才,性格内向纯正,从不狎妓,也曾劝伯虎少接触此类人物。祝允明对伯虎和文徵明的评价是:"伯虎敏感自傲,徵明醇厚谦恭;伯虎脱略大度,徵明谨言慎行。两人极得相辅相成之妙旨。"竹亭寺满目竹林,风吹过去,竹叶奏出天籁之音。竹亭寺住持与祝允明相识,见三人前来,非常高兴,打开平日里不对外的藏经塔院,任他们自由观看。

地道的水乡佳境。一桥连接城乡两个世界,闹市欣赏繁华景象,乡村享受田园风光。竹亭寺内翠竹青青,爽心悦目,陶情怡性;藏经塔院神奇奥秘,究根寻底,省身悟佛。唐伯虎长期置身这样的环境,有清幽美景养性,有文人雅士伴游,有朋友知己交流,有儒家佛法慈护,心灵得到净化,感情受到滋润,思想获得启迪,眼界得到开阔,情趣自然就会高雅起来。细细观察,悉心体会,认真思考,用心感悟,必有所得。览物生情,吟诗作画,抒胸中真意,绘眼底风光,身边尽是素材,尽管信手拈来,才情自然就横溢起来了。

以上只是书中几处较为平常的环境描写,优美的环境描写很多很多,这里无须再费笔墨。这几处环境描写非常典型,已足以说明奇异的江南美景、独特的水乡风情孕育了唐伯虎等一代又一代江南才子。有江南风情才有江南才子,有独特的江南水乡典型环境,才能塑造出唐伯虎丰满的人物形象。

三、图文并茂

小说《唐伯虎》描绘了画坛奇才唐伯虎的传奇一生,以风趣的文字、幽默的笔触,将一个有血有肉的唐伯虎推介给热爱"唐伯虎故事"的广大读者,让人过目不忘。该小说一个与众不同之处就是图文并茂。书中插进四十四幅图画,其中三十三幅是唐伯虎的名画,一幅仕女是张灵的名作,十幅是作者史清禄根据本书内容情节自己绘制的版画。

唐伯虎文学上亦富有成就。工诗文,其诗多纪游、题画、感怀之作,以表达狂放和孤傲的心境,以及对世态炎凉的感慨,以俚语、俗语入诗,通俗易懂,语浅意隽。著有《六如居士集》。作者在传记中引用唐伯虎诗文超过百首(篇)。读完传记《唐伯虎》也就拜读了唐伯虎的诗文名篇。

但唐伯虎的杰出才能不是诗文,而是绘画。用文字来介绍唐伯虎的绘画名作如何呢?可以,但不能给读者以直观感受。于是作者匠心独运,将唐伯虎三十三幅名画、张灵一幅名画有机嵌入文字当中,仍觉美中不足,又根据故事情节和主题内容,自绘十幅版画放进叙述文字之中,收到锦上添花之功效。

我们首先粗略了解一下唐伯虎的书画成就:

　　唐伯虎擅画山水、人物、仕女和花鸟,尤以山水、仕女著称。唐伯虎的山水画,早年师法沈周,传世之作甚少。中年的山水画,主要宗法周臣,笔法严谨雄浑、风骨奇峭,采宋、元众家之长,融会贯通,逐渐形成自己的风格。画面布局严谨整饬,造型真实生动,山势雄峻,石质坚峭,皴法斧劈,笔法劲健,墨色淋漓。代表作品有《王鏊出山图卷》《事茗图卷》《莳田行犊图轴》《匡庐图》等。晚年画风已脱出周臣的风范,自立门户。此时细笔山水居多,作品有《守耕图》《高山奇树图》《野亭霭瑞图》《落霞孤鹜图》《桐庵图》《越来谿图》《行者桥图》《秋声图》《震泽烟树图卷》《后溪图》等。其画风构图简洁清朗,用笔多为细劲中锋,犹如游丝描,纤而不弱,力而有韵,具有刚柔相济之美。山石的皴法丰富,多有短砍、长皴、顺笔、逆毫、方折、圆转等笔墨。林木、房舍、溪流等景物,穿插有序,密而不窒,杂而不乱,极富韵律和文人画秀润空灵的美感,墨色淋漓,又富浓淡变化。唐伯虎的山水画之所以有这样大的艺术成就,一方面是他能打破门户之见,认真学习,博采众长,革新创造,最后形成自己的画风。另一方面,最重要的是他对自然山川有着亲身的体察和真实感受,从取之不尽、用之不竭的真山真水中汲取营养,从而对他的山水画创作起着重要的滋养作用。他的作品气魄雄伟壮阔,造型严谨准确,笔墨精湛高深,都超过了同时代的一些画家。

　　唐伯虎的仕女、人物画,大致没有逾越南宋人物画藩篱,尤其是他的敷施重彩的工笔人物画,那种明眸、皓齿、红颜、粉颊……还是南宋遗风。他的人物画,大体上分为两种,一种是线条劲细,敷色妍丽,气象高华。如《玉蜀宫妓图》《牡丹仕女图》《吹箫仕女图轴》《仿唐人仕女图》,画家以传统的工笔重彩的手法,以"三白法"染仕女的面部,突出了宫女的浓施艳抹。衣纹用细劲流畅的铁线描,服饰施以浓艳的色彩,显得绮罗绚烂,把宫妓们竞相装扮、斗绿争绯的情态刻画得生动入微，不愧为唐伯虎仕女画的优秀之作。另一种是，笔墨流动爽利，转笔方劲，线条抑扬起伏。代表作品有《秋风纨扇图》《嫦娥执桂图》《摹韩熙载夜宴图卷》《李端端图轴》《东方朔》《高士图》《琴士图》《琴士图轴》等，画风由工丽变为简逸高雅，画面富有韵律感，写实功力较强，形象准确而神韵独具。

唐伯虎的花鸟画，传世作品不多，现存作品有《梅花图轴》《风竹图》和《柘槎鸲鸰图》以及《临水芙蓉图》《采莲图》《牡丹图扇》等，画风刻意求精。《梅花图轴》中唐伯虎用水墨画梅花一枝，意笔写花干，没骨法点梅花，笔法秀逸洒脱，颇具质感；而《柘槎鸲鸰图》则用水墨随意点画，活泼洒脱，自有一番清新活泼之趣。

唐伯虎弘扬了文人画的传统，促进了吴门画派的崛起；诗书画有机结合，和谐一体；诗情与画意紧密结合，为传统绘画做出了巨大的贡献，

另外，他还深化了文人画的题材内容，促进了山水、人物、仕女、花鸟各科的全面发展，加强文人画自我表现意识等，都给后世造成深远影响。

唐伯虎的书法不及绘画、诗文出名，但天分也极高。中晚年成就较高，于秀润中见遒劲，端美中见灵动。用笔迅捷而劲健，沉着而痛快，八面出锋，率真自如，追求力量、速度和韵味；同时又融诸家笔法于一体，使结体、用笔均富于变化，并达到了挥洒自如、神机流走的境地。代表作品有五十岁以后作的《西洲话旧图轴》上款题、《看泉听风图轴》上款题等。

以上是后世方家对唐伯虎书画成就的研究、评价、介绍，笔者只是对方家的观点做了简单概述。但这些概述特别是评论术语是不宜出现在人物传记《唐伯虎》中的，否则，《唐伯虎》就不是传记文学，而是艺术评论，充满说教，读来枯燥无味了。

写唐伯虎在中国画坛上的卓越建树，就必须写唐伯虎的绘画才能，不写唐伯虎绘画，就无法塑造才子唐伯虎有血有肉的人物形象。作者在传记中着重描述唐伯虎曲折坎坷的风雨人生，呈现"江南第一风流才子"唐伯虎成长历程，展示

唐伯虎书画名篇的详细形成过程,还原唐伯虎挥毫泼墨时的真实情景。一幅成功的画作往往是传主唐伯虎一段生动有趣的离奇故事,一份惊世骇俗的感情体验,一次刻骨铭心的游览记忆,一处超凡脱俗的亮丽场景,让人读后久久不能忘怀,这说明作者的努力是非常成功的。

但语言的功能毕竟是有限的,没欣赏过唐伯虎书画作品的人对唐伯虎的书画作品仍然是抽象的。为了弥补这方面的缺憾,作者选择唐伯虎三十三幅名画、张灵一幅名画有机嵌入文字当中,让文字与绘画有机结合,相辅相成,相得益彰。此举虽非作者首创,但图文并茂,富有直观感,增加了人们的阅读兴趣,无疑是值得提倡的。

不过作者仍感到美中不足,于是又发挥自己作为著名版画家之特长,自绘十幅版画放进叙述文字之中,形象再现传记中的人物对话、故事场面、生活情景,形象直观,功效显著。

这里可以肯定地说,图文并茂,也是史清禄人物传记《唐伯虎》一大成功之处。

——发表于 2011 年 2 月(下旬)《传奇·传记文学选刊》(总第 308 期)。

沂蒙精神的生动再现

——简析吴腾凰先生传记新著《吴兴娴传略》

薛守忠　贡发芹

中国作协会员、中国民协会员、滁州市作协名誉主席吴腾凰先生曾任滁州市文联主席,滁州市政协常委、文史委主任,是著名的传记文学作家。今年81岁高龄的吴老不辞辛劳,深入沂蒙山区采访、调研,查阅资料,创作出15万字新著《吴兴娴传略》,新近由团结出版社公开出版发行,真是可喜可贺,可敬可佩。

《吴兴娴传略》一书是沂蒙精神的生动再现。什么是沂蒙精神? 沂蒙精神是沂蒙人民在长期的革命和建设实践中形成的先进群体意识,是中华民族优秀文化的重要组成部分,是沂蒙地区人民乃至全国人民宝贵的精神财富。2013年11月25日,习近平总书记在临沂考察时指出:"沂蒙精神与延安精神、井冈山精神、西柏坡精神一样,是党和国家的宝贵精神财富,要不断结合新的时代条件发扬光大。"总书记还把沂蒙精神的特质高度概括为"水乳交融、生死与共"。有关方面总结沂蒙精神要点为:"吃苦耐劳、勇往直前、永不服输、敢于胜利、爱党爱军、开拓奋进、艰苦创业、无私奉献。"《吴兴娴传略》这部传记,生动地再现了沂蒙精神。

传主吴兴娴女士平凡而崇高的一生处处体现了沂蒙精神。吴老对传主吴兴娴一直怀有深厚的感恩之心。据作者在后记中交代,作者称吴兴娴为"娴母",是因为吴兴娴的丈夫史文晋与作者的父亲抗战初期在安徽蒙城是战友。三年困难时期,吴兴娴、史文晋夫妇无私援助了作者,使其渡过了难关,考取了大学,所以作者尊称吴兴娴为"娴母"。

吴兴娴,1926年5月19日出生于山东省郯城县东北乡吴家月庄一户殷实人家。前面有两个姐姐,父亲吴殿选为其起名三巴,巴望再生个男孩(巴来两弟两妹）。上学后取名兴贤，希望她成为一个有道德有才能的人。结婚后，其丈夫史文晋为其改名兴娴，"娴"，文雅美丽，文静大方，这样才名副其实。吴家月庄原为郯城县第二办事处，1940 年 10 月，共产党开创沂蒙抗日根据地，建立临沭县抗日民主政府，吴家月庄为民主县政府和县苍马办事处驻地，划归临沭县笊山区，现在属临沭县店头镇。八路军一一五师"老四团"即在这里领导人民抗战。1941 年夏，小学三年级的吴兴娴在吴家月庄妇救会会长、地下党员李德英引领下，开始教妇救会妇女识字，被推荐到区妇救会工作，从此投身革命队伍，在区妇救会主任李秀芝（县委书记兼县长白涛妻子）手下工作，其间吃苦耐劳，奋不顾身，受到领导一致好评。这一年冬天，日本鬼子对沂蒙地区进行了大扫荡，革命队伍为保存实力分散隐藏，几个月没有衣服换洗。吴兴娴曾冒死潜回村庄，为同志取得换洗衣裳，在反扫荡斗争中经受住了考验，因"机智、勇敢、不怕苦、不怕死"受到领导表扬。组织上觉得她虽然年轻，但意志坚定，机警过人，完全信得过，就推荐她到县暑假教师集训班学习，结业后被安排到村小学和妇女识字班当老师，并开始单独做妇女工作。至 1943 年，三年最艰苦的沂蒙抗日战争，磨炼了吴兴娴的革命意志，坚定了吴兴娴的政治信念，使她从一位萌芽状态的热情的革命者，逐步成长为一位自觉的冷静的革命者。后来吴兴娴进入八里巷抗日模范小学学习，正式参军，分派到海滨二军分区医训队学习护理知识技能，被评为训练队打针能手，多次受到指导员牟锋同志（谷牧夫人）表扬。七个月后，吴兴娴成了一名名副其实的白衣战士。抗战胜利后，吴兴娴在部队当上了模范护士班长。但抗战胜利没多久，国民党开始大举进攻山东。1946 年 6 月 26 日，蒋介石打响了内战第一枪，叫嚣"五个月内在军事上解决中共"。这时组织上为了提升吴兴娴业务水平，将她送到滨海军区医训班进修深造。就在吴兴娴进修期间，华东野战军司令员陈毅指挥了宿北、鲁南、鲁中三大战役，取得了一个比一个更大的胜利。这几次战役之后，吴兴娴以优异成绩完成进修，并升为医生助理，投入到孟良崮战役、淮海战役等战场伤病员的救治当中，冬天冒着枪林弹雨，顶风冒雪，跋山涉水，抬着伤员过冰河，出生入死，英勇无畏，冲锋在前，直到积劳成疾，病倒住院治疗。经过革命战火洗礼，吴兴娴终于成长为一名合格的军队医生。

吴兴娴住院期间还意外收获了爱情,被军区直属卫生所副所长史文晋 (1922—2014)看中,由领导穿针引线,经相互了解恋爱、组织批准,1950年9月1 日结为伉俪,成就了人间一桩美好姻缘。不仅如此,当月,丈夫史文晋升任鲁中 南军区医院医务主任,吴兴娴由预备党员转为正式党员,实现了多年的心愿,迎 来了崭新的生活。

作为在战争中成长起来的白衣革命战士,解放后吴兴娴相夫教子,夫唱妇 随,表现优秀。她先后生育一子四女,抚养教育义务基本上是吴兴娴一人承担下 来,再苦再累再窘再难,从不拖丈夫后腿。1952年她支持丈夫史文晋调到北京 军区后勤部卫生部工作,后又支持史文晋考到上海第二军医大进修深造五年。 史文晋毕业后回到济南军区,先后被组织上调到徐州、潍坊等十多个部队医院, 吴兴娴坚决服从部队安排,随丈夫史文晋工作变动不断变换单位,居无定所,但 她始终以饱满的热情投入新的工作岗位。1955年,中国人民解放军实行军衔 制,吴兴娴被迫离开军队医院转到济南地方工作。1964年,史文晋调任平度解 放军一四七医院任副院长,吴兴娴则转到平度县酒厂当厂医;一年后,史文晋调 到莱阳济南军区后勤十分部卫生处工作,吴兴娴则转到莱阳面粉厂医疗室工作, 后来还曾改任莱阳中医院司药、莱阳制药厂厂医。直到1987年离休,随史文晋 (副师职待遇)住进莱阳干休所。十年时间搬家六次,工作安排一次比一次差, 像“临时工”一样,但她从无怨言。她不论到哪工作,无论条件有多艰苦,困难有 多大,她都无条件服从安排,任劳任怨,兢兢业业,认真负责,忘我工作,病人都称 赞她是“八路军好医生”。如今颐养天年的她已93岁高龄,思维仍然清晰。

这就是沂蒙地区成长起来的八路军女战士吴兴娴——吴家月庄升腾的一颗 红星。

《吴兴娴传略》是一本传承沂蒙精神的好教材。吴老在《吴兴娴传略》中生 动地叙述吴兴娴一生的事迹后,最后做归纳:“吴兴娴作为一位老干妈、老党员, 她不忘初心,坚守理想信念,从未有丝毫动摇。”“不论出于什么情况什么环境, 吴兴娴几十年来,对党的忠诚、对人民的热爱是一贯的,是从未改变的,对人对事 是真诚纯朴的,从未听她讲一句假话、一句大话,这实在是不容易的,是高尚的,是高风亮节的体现。""温馨热爱小家庭,呵护小家庭。……她对这个小家庭呕心沥血,付出一切,忠心不二。在家庭日常生活中,她尊敬随军的婆母,相夫教子,支持丈夫的工作,疼爱儿孙,是一位好媳妇,好妻子,好母亲。……可以说,几十年来,她为这个家庭奉献了一切。""吴兴娴对亲戚、对朋友慷慨大方、以诚相待,在亲戚朋友遇到困难时,她伸手相助,毫不吝啬。"……这就是吴兴娴精神,她的个人精神是沂蒙精神的缩影。

山东省委原书记姜春云(曾任中共中央政治局委员、国务院副总理)曾对"沂蒙精神"做过言简意赅、恰如其分的概括:"沂蒙人民在长期的革命和建设中,形成一种'沂蒙精神',这就是立场坚定、爱党爱军、艰苦创业、无私奉献。"

《吴兴娴传略》以吴兴娴的人生经历,生动形象地诠释了沂蒙精神,解读了沂蒙精神,是一本传承弘扬沂蒙精神的好教材,值得一读。

2018 年 12 月 26 日—28 日初稿于市政协文史委办公室

——发表于 2019 年 2 月 14 日《滁州日报》。

纯真真的回来了

——评苏中联的诗集《赠岸》

　　读了中联的诗集《赠岸》之后，我觉得很有必要写点什么。

　　中联是我的同乡，早在中学时代，我就已闻其名。此后时有悟面机会，但交往并不深，只是蜻蜓点水而已。究其原因大概是，鄙人喜欢提笔涂鸦，偶有豆腐块见诸报角，尤以所谓诗歌居多，于是便自命为文人。我以为文人者第一要素是真诚，不真诚便不能成为真正的文人。为人作文之道是先要做人，然后作文，文如其人。做人须真诚，作文亦然，尤其是写诗更需要有真情实感。而中联跨出校门踏上社会之后，一直从事商业工作，曾一度任明光一家非常红火的国有金属公司的负责人，无意之中被我划进商人之列。商人给我的印象是东奔西跑，大腹便便，追名逐利，浑身上下弥漫着铜臭味。他们整天出入于歌馆楼台等社交场所，灯红酒绿，酬答应和，觥筹交错，难寻真诚之辈，自然与文学无缘，与抒情言志、至真至诚至善至纯的诗歌更是风马牛之事——这完全是我的偏见。

　　一天，我偶然在一家小刊物上读到中联的几首小诗，写得较为空灵，含蕴也颇深，令人玩味。但我并没当一回事，只以为是商人饴甘餍肥之后一时的闲情逸致，一种消遣，大概是故弄玄虚，故意玩弄高雅深沉罢了。诗人要耐得住寂寞，一个商人是很难具备诗人的灵性和气质的。又过了一些时候，中联说他要出一本诗集，我只当是他的一种美好愿望，说说而已。然而不久，我惊诧了，他的处女诗集《赠岸》作为"热风文学"丛书之一于 1995 年秋由成都出版社隆重推出了，这是有史以来明光市文学作者中第一本公开出版的诗集。直到这时，我才意识到再不能固执己见无动于衷了。我很快购了一本，仔细品味诵读两遍，感触颇深。古人云，士别三日当刮目相看，始信矣。

原来中联并非俗气透顶的商人——眼睛像磁铁一样盯住金钱,追腥逐利,不择手段。他有自己的人生观:"诚可至信,勤可补拙,柔可克刚。"真正对他有诱惑力的是理想的彼岸:"漂泊的日子里/你给我生命的昭示/苦难的岁月里/你给我灵魂以慰藉。"(见《赠岸》一诗。下文引文未注明出处的均出自《赠岸》诗集)其实他对缪斯女神是早就情有所钟了,而这一切又都是基于他对生命独特的感悟:"有时候需要迷失/让我们重新寻找/有时候需要退却/让纯真回来。"事实正是如此,他找回了纯真,《赠岸》集中诗歌的主旋律就是纯真。但他并未就此罢休,仍在坚持不懈地寻找,因为真正"思念的人儿"还没见到,所以他"一生都在赶路"。我相信,凭他这种孜孜不倦的精神,一定会感动缪斯,一定会获得缪斯加倍的厚爱。

中国是诗的国度,诚如中联所言,在这块"诞生诗歌的土壤"上,由于"社会的嬗变,生存的困恼,名利的蛊惑",已"使真正献身诗歌的人不是很多"了。中联就在这"不是很多"者之列。他"追寻着清醇和深邃","写诗,为了生活和艺术本身而不是别的什么"。他从纯朴的乡村,跻身于喧嚣的城市,在扑朔迷离,危机四伏,险象环生,令人眼花缭乱,时时得绷紧神经的商海里泛舟近十年,还能保存这份纯真的意向,真诚的情感,实在是难能可贵的。这纯真的意向,真诚的情感流泻于笔端,首先汇成了《赠岸》集。这部诗集共收诗六十二首(章),由四个部分构成:一是抒情诗页,这里有真情的流泻,友谊的礼赞,灵魂的坦露,无言的苦衷,亲情友情爱情,情在其中,感人至深;二是乡土诗页,弥漫着泥土的温馨,质朴的民风,浓郁的眷念,甜美的回忆,乡亲乡情乡音,亲切淳厚,令人神往;三是哲理诗页,主要是深沉的思索,人生的顿悟,智慧的闪烁,理智的升华,真理事理情理,理在万物,启迪心扉;四是散文诗页,大体为执着的追求,纯真的呼唤,崇高的祈盼,美好的展望,山川风物,行云流水,情景相生,意境幽远。

这部诗集的特点也是不言而喻的,首先是格调明朗,积极向上,充满了清新纯朴的泥土气息;其次是抒情真挚亲切,无矫揉造作之态;三是联想丰富多彩,意向清淳明晰,含蕴悠长;四是篇幅短小,语言清丽,自然流畅。

总之,一句话,中联的诗给人印象最深的是纯真真的回来了,如此说来,不妨一读。

常言道,金无赤足,人无完人。《赠岸》集里的诗作并非尽善尽美,不足之处也不容回避——取材范围不够广阔,个别诗作意象较陈旧,韵味较淡,语言较白。

当然,这些都是次要的,优点还是处于主导地位,大多篇幅在思想上和艺术上都是非常成功的。路是"坎坷而漫长"的,中联在一如既往地向前奔走。我们期待着中联艺术上更臻于成熟的第二部诗集早日面世。

1996 年 2 月 7 日—8 日写于安徽教育学院 94 中文系

——收入诗集《浅唱低吟》(贡发芹著,2006 年 3 月珠江文艺出版社出版)。

聚力文字　匠心独运

——浅析张登峰《文字的力量》

登峰出生在儒林之乡全椒。据说先秦时期这里就建立起了古椒国,春秋时为楚椒邑,后为全氏居住,故名"全椒",是一个地地道道的千年古县,历史悠久,根深叶茂。全椒又是吴敬梓的故里,他的杰作《儒林外史》开创了以小说直接评价现实生活的光辉范例,代表了中国古典讽刺小说的最高峰。全椒儒贤辈出,文盛运昌,出生在这样的钟灵毓秀之地,从小就受到博大精深、灿烂绚丽的文明熏陶,登峰成长为一个文化人,当在情理之中。

登峰大学毕业后分配到明光工作,自称"一直在公务员岗位挥洒激情",在明光娶妻生女,已是地道的明光人了。他长期在组织和宣传部门工作,历任市委宣传员、《明光报》总编、宣传部副部长、电视台台长、广电局局长、人大财经工委主任、科技局局长、科协主席,可谓阅历丰富,见多识广。这样的阅历和见识无疑为他的文字增添了不可多得的营养,也因此,他被誉为明光文宣界一支笔,已在各级报刊发表文章一千余篇,可见了得。

登峰现为中国散文学会会员、安徽省作家协会会员。这些年来,他辛勤劳作,笔耕不辍,取得了许多骄人的收获。他每天写日记、做笔记,多则两千余字,少则三五百字,十数年如一日,坚持不懈,孜孜以求,乐此不疲,文稿已逾五百万字,真是难能可贵。

我与登峰结识很早,交往却是近十来年的事。他妻子王玲是明光市连续三届政协委员(其中一届常委);登峰是上一届滁州市政协委员,本届明光市政协常委,还兼任本届市政协文史委副主任,我们接触也因此频繁起来,于是我就不断鼓励登峰出书。2017 年 7 月,登峰精选的个人文集《文字的力量》由安徽文艺出版社隆重推出,我当然在第一时间获得了他的签名赠书。

《文字的力量》书名很是别致,认真研读后,会觉得内容更是匠心独运。全书分为八编,每编文章不等,最多十一篇,最少四篇,共计收录七十二篇。除第一编"家人家事"外,其余七编多为生活思考、热点追踪、大事解读、时政宣讲、财经评说、社情传真、民意梳理,还有调研分析、大会发言、经验总结、工作感悟等内容,看起来都是常见的随笔,一般情况下,时效一过,看点便开始模糊。但经登峰精心选择、科学组合、用心加工、全新包装,这些长时间沉静在岁月长河里的文字,忽而又鲜活起来,焕发出青春的气息,洋溢着知性的光彩,强化了感动的力量。

该书每编前都有一个精练的概述,从作者和读者两个方面,对该编中的所有文章的成功之处、有趣看点和鲜明的亮点进行简洁的推介和评述。

A编"家人家事"中第一篇为《故乡的水》,他是这样推介和评述的:

作者 《故乡的水》:鱼塘里的鸭蛋、芡实、各式各样的鱼,在最困厄的年代,这些家乡的元素丰富了自己,更成了现在的幸福的回味。

读者 以登峰的经历与笔力,驾驭这类美文是他的拿手天赋。

C编"一乡一名片"第一篇为《乡乡都是名片》,他是这样推介和评述的:

作者 《乡乡都是名片》:用名片般的简洁,对明光市每个乡镇的产业特色进行精准概括,刻画了明光市的乡镇群像。时任安徽省委常委、副省长赵树丛阅后批示,要求推广明光的做法和经验。

读者 这是展示登峰功力的一篇特稿,一篇文章悉数表现明光市所有乡镇,令人过目不忘,可见登峰在日常工作和生活中的处处用心。好文章绝非一朝一夕之功,跬步日积月累,是以能致千里!

这样的推介和评述,长短不一,长到一百余字,短到十多字,很像是新闻导语,一唱一和,一呼一应,先声夺人,起到了画龙点睛、提纲挈领、引导提示的作用,欲言又止,欲说还休,恰到好处地诱发了读者的好奇心,激发了读者浓厚的阅读兴趣。于是阅读原文,了解究竟。

文章读完会进入到自然的思考中,会很好奇。于是作者在文后添加了"背后的故事",全面做出诠释,每一篇都是如此。文字的力量在这里得到了充分体现。

如 C 编第三篇《当年的全省唯一》,读后你会产生疑问,什么时候写的? 原来就是这个题目吗? 目的是什么? 产生了什么样的社会影响? 作者在"背后的故事"里一一做了回复:写于 1999 年 6 月,当初的题目是《岭脊上的小康村》,写这篇文章不是为发表,而是为树立一个新的典型。正是这篇文章,让明光市张八岭镇岭北村成为全省名村。随后,叙述了"明光第一村"的更迭,市委的决策,典型的发现、挖掘、打造,事件采写过程,形成文字后,报送滁州市委组织部、宣传部等部门组织的"七一"征文评奖办公室,获得唯一一个一等奖;投给《滁州日报》,发表在该报"七一"专版上;报呈省委"五好村"评选领导小组,被省委组织部选中,并得到常务副部长批示:"事迹感人,拟在全省'七一'表彰大会上发言。"且又是全省唯一。接下来,讲述了发言人村支部书记王胜昌是怎样在自己识字不多情况下,一步步在作者辅导下将发言时间从二十分钟缩短至十五分钟、十二分钟的,最终作者又是如何帮助王胜昌压缩到八分钟的,最后描述了王胜昌发言取得圆满成功的现场情景以及作者的心情、感受和体会。整个"背后的故事"内容长于原文,过程一波三折,起伏跌宕;场景转换自然,栩栩如生;情节生动丰富,张弛有度;语言精准贴切,游刃有余。虽然是叙述作者自己为市委一项工作代写经验总结、典型推介的过程,但词句生动形象,读起来饶有兴味。

文章天下事,得失寸心知。为什么写? 写什么? 怎么写? 这是作者必须要解决的三个问题。谋篇布局,犹如排兵布阵,读者很难知晓,最多只能揣摩一些。登峰在"背后的故事"里告诉了读者完整的答案。写作的缘起,采访的经过,素材的获得,材料的取舍,主题的提炼,内涵的开掘,细节的打磨,场景的设置,结构的谋划,创作的艰辛,引发的反响,影响的范围,事件的后续,社会的认可,领导的肯定,成功的喜悦,各类花絮,各种声音,各种评价,各种关注,都集中在"背后的故事"里,所有的好奇都能在这里获得满足,一个特定的时效话题,从这里蔓延出长效意味。这里的描写、抒情、议论均具有相当的格局,从而赋予随笔文稿以故事性、文学性、生动性、趣味性,进而增强了可读性。我以为这是《文字的力量》一书最成功的地方。可以说,《文字的力量》这本书为明光人的文化自信和文化小康增添了非常重要的分量。

突然想到一个有点相似的比方来。我们拿美酒招待客人,如果用瓦罐坛装,日常粗碗盛酒,那再好的情致,再好的美酒也难以令客人回味悠长。如果斟酒之前先介绍美酒的品质,做一个铺垫,引起客人的浓厚兴趣,引起客人强烈的品尝欲望,再请客人用心品尝,而且酒盒富丽堂皇,酒瓶精美绝伦,酒杯玲珑剔透,这样,客人品尝过后一定会记忆犹新,回味无穷,历久不忘。好酒喝出好感觉,登峰无疑让广大读者做到了这一点,所以,这是一次成功的尝试和创新。在纸质文字阅读量不尽如人意的当下,登峰的实践无疑值得借鉴。

古人将韵文之外的所有文体,都称为散文。按照这个标准,登峰《文字的力量》一书当然可以称为散文集。但按当今文学体裁诗歌、散文、小说、戏剧四大类来划分,文集中文章又远远超出了传统文体的局限,我称其为工作生活随笔,看起来是信手拈来,随意而为,但每篇文稿都是精心打造的,特别是文后增附的"背后的故事"更是浓墨重彩,情趣并存,相得益彰,一组很地道的散文。当然,文字有人喜欢看就行,又何必深究形式?

《文字的力量》概述了上世纪与本世纪交替前后二十多年时间里明光市经济社会的方方面面,市井生活的形形色色,具有相当的存史价值。如想了解明光这二十多年来的物换星移、日出月落、社会变迁、经济转型、农村探索、企业改制、城乡建设、山水治理、人事更迭、革新实践,等等,静下心来细细研读登峰《文字的力量》一书,基本上可以获取满意的答案。或许,这些答案多多少少带有时代的印记和登峰鲜明的个性特征,也因此,该书才富有文学色彩,才更有可读性!

此外,该书很像是公务员的入职读本,书中所写的人和事,那些典型分析、经验总结、问题透视、工作归纳,等等,对刚入职的公务员朋友来说,有相当的参考价值。安徽大学博导芮必峰教授在序言里肯定该书具有"推动社会的文明、进步、发展"之功效，或许这正是文字富有力量的原因所在。

综上，我以为登峰的《文字的力量》一书，聚力文字，匠心独运，有探索，有创新，有实践，有理论，不妨一读。期待登峰比《文字的力量》更好读的书源源不断地面世，期待登峰的文字更加有力量。

2020 年 10 月 4 日—6 日草于市政协文史委办公室
2020 年 10 月 15 日修改于市政协文史委办公室

江淮诗苑又添奇葩

——简评范循青诗集《风与火的情谊》

今年 10 月，明光市政协委员范循青的诗集《风与火的情谊》由珠江文艺出版社正式出版，全国公开发行。这是滁州市近年来文学艺术界的一项新成果。

范循青是享有宋朝第一人品美誉的北宋著名政治家、文学家范仲淹第二十六世孙，现为明光市二中业务副校长，中学高级英语教师，滁州市作家协会会员，中国范仲淹研究会理事，世界范氏宗亲会筹备会常务理事。多年来他在繁重的教学工作之余，孜孜不倦，坚持在诗歌园地里辛勤耕耘，在各级各类报纸、杂志和网络上发表了大量的诗歌等体裁的文学作品，有的诗歌在网络上被点击了近万次，受到众多文友的青睐和好评，是江淮大地小有名气的诗人。

诗集《风与火的情谊》选录了作者近三十年诗歌创作的精品。整部诗集经合理组合，分为四个部分：

第一部分：亲情呼唤。诗人用发自肺腑的语言表达对祖国的崇敬和颂扬、对亲人的关爱和思念。作为一个从农村走出来，又很早就失去父爱的人，范循青用他独有的感受抒发情感，尤其是对含辛茹苦把他抚养成人的母亲的礼赞和怀念，可谓感人至深，催人泪下。

生活的风沙填满了我的心坎，可妈妈永远是我心中的大山，你用爱，铸成了我坚直的脊梁，拉直了我坚强的信念。总感觉母亲还在什么地方，挖野菜，拾蘑菇，找野藕，捡草根。总感觉母亲还在什么地方，拿着镰刀，扛着锄头，或是背着粪箕在辛勤劳作。总感觉母亲还在什么地方，呼唤着我的乳名，牵挂着我的冷暖，关注着我的饥寒。这个世界上最爱我的人——我永生永世的亲娘,你在什么地方?

他不能忘记十一届三中全会后家乡亲人欢乐喜庆的情景:

> 人的流/车的流/粮的流/妈妈的喜泪在流/妹妹的欢笑在流/小伙子的汗水在流/流呀流/农家的欢乐从村头/一直流到街头。

这种深入农民亲人内心世界的诗意传达,真切地流露出诗人的那种草根性的深邃和自然。

第二部分:心灵的倾诉。这是诗人描写爱情、歌颂爱情的作品专辑。爱情是文学尤其是诗歌创作的永恒主题,是古往今来、古今中外千百代人不断体验和面对的话题。然而,社会的进步,时代的变迁,生活的多元化,爱已经随之与时俱进,不再是梁祝式的悲喜,不再是革命式的单调,千万个个性的体验,让爱变得五彩斑斓,绵远久长。正因为如此,范循青对爱情的理解和诠释有其自己全新的角度、独特的视野和高远的境界。

> 我的爱人/我伤痕累累的爱人/ 你的每一个关节里/都有着历史的伤痛/……你从遥远的地方走来/五千年的腥风血雨/丝毫不减你对我那一份执着。我仰望你美丽的身姿/追随你轻盈的脚步/和这个都市一起欢迎你的到来/你知道我的期盼/多么久远而漫长/五千年的思念九万里的渴望/无限的焦虑像三月莺飞草长。

范循青的爱情诗总体说来写得那么热烈大气,那么美丽感人,他对生活充满了爱,对爱饱含着深情。

第三部分:山水寄情。人有情,草木也有情;人有爱,山水也有爱;人有灵性,天地才有灵性。在这一部分里,诗人用他崭新的理念,赋予大自然以灵性和情感,歌颂了祖国大好山河的壮美和各族劳动人民的可亲可爱可敬。

请看诗人的部分诗歌,《女山湖镇偶拾》:

女山湖不是你的原姓名/你的原名叫招信/你的前身不是集镇/是闻名遐迩的古县城/还能辨出宋仁宗的足迹/依稀可闻他祭祀江淮亡灵的悲吟/可以想象一百零八轴《水陆卷图》/能够感受稀世珍宝宋本《大藏经》/大宋皇帝的四十九天驻跸/使古招信的名字直入青云/嘉祐院,火神庙,古戏台/三大名祠名门名人/苍苍女山翠色欲流/清清湖水/碧波万顷/构成女山湖镇绝无仅有的风景/在这古老的镇子漫步/感受小镇沧桑历史的回声/岁月变换斗转星移/许多的辉煌成为遗迹/你的心会变得特别的纯净/不管生活发生怎样的变化/是否该保持一颗淡泊的心境/女山湖不是你的原姓名/你的原名叫招信/你的前身不是镇/是闻名遐迩的古县城/今天我在你的土地上漫步/无限的感慨油然而生……

从这首诗歌中,我们不难看出诗人不仅歌颂祖国的大好河山,而且还从中得到了对于人生的启迪和感召。

第四部分:生活感悟。诗人站在特有的高度审视社会的内涵和色彩,倾诉对生活的感悟和热爱生活的情怀,在这个部分里,诗人时而把酒临风,高歌《四十岁的人生》;时而像一个《月光下的男孩》,述说着《心语》。

这里想特别推介的是《苇》这首诗:

苇,站在草、竹与树之间 / 站在一种意象与另一种意象之间/高举一面面绿色的旗帜/呼应着草木与竹林/呼应着一种生命与另一种生命……

读到这里,我们仿佛看到,此刻诗人就像一棵普通的芦苇伫立于我们的面前,他是那样的真实可亲,又是那般的可信、可爱和可敬。

除此之外,诗集后还附录有《范仲淹家谱惊现明光乡间》一文,便于人们了解范仲淹子孙迁居明光女山湖镇的来龙去脉。

综观整部诗集,主题健康鲜明,积极向上,既有鲜明的思想性,又有独特的艺术性,真实、圆润,含蓄有力,余味深长,发人深思,令人遐想。内涵紧跟时代节拍,语言平易朴实,清新自然,带有浓郁的泥土气息和乡间韵味,许多语句虽然朴素平实,但富含哲理,特别是他运用了第一人称的手法,创设一种特别真实可信、亲切感人的意境,读来让人忘情,耐人寻味,久久不能释怀。

另外,整部诗集设计精美,装帧考究,典雅大方,也为本书增添了许多色彩。应该说,《风与火的情谊》是一部不可多得的优秀诗集,是一本值得推荐给广大读者的好诗集,希望大家喜欢它。

2007 年 11 月 22 日

——发表于 2008 年 1 月 18 日《江淮晨报》,2009 年第 4 期《圣地诗刊》(牡丹江作协),收入 2008 年 3 月珠江文艺出版社《浅唱低吟》(贡发芹著)一书。

注:范循青先生后来加入了安徽省民间文艺家协会、安徽省作家协会,2016 年 2 月 21 日因交通事故辞世。

一次灵魂的背井离乡

——评佐夫(阚涛)的诗集《向午夜靠近》

这是一次灵魂跋涉的历程,这是一次诗意在午夜的光照下独特的律动。它在告诉我:在那遥远的梦之都,有个人正独自朝我们走来,那时,所有的气息都变得神秘与宁静,而他,正步履轻盈,眼眸里蓄满旷世的清风。

我用这样的意境来传达我对2008年12月中国炎黄文化出版社隆重推出的佐夫(阚涛)的诗集《向午夜靠近》的理解多少显得朦胧,而当一切都回归现实时,在这个春暖花开的日子,我想告诉大家我此时的感受和在午夜的诗境中漫游的快意。

一、语言的开阔姿态:穿越诗意曲折的河流

用否定的态度来开拓诗学空间,再现诗意涅槃,从而展现纵横交错的思维层面和游离扩张的心理经验,成为许多诗人难以驾驭的审美命题:

一条河被污染的经历只有黑夜知道/无声的注视/用黑心肠的黑历数时间的秒针/譬如一个好女人一夜间学坏后眼睛的浑浊/她的手伸向高空竭力想挽回什么。

诗人用"浑浊"设喻,暗示河水的"黑"(亦即黑夜的"黑");用"挽回"这一寻常的举动形象地表现出河流的内心渴念和被污染后的追悔与痛楚;接着,诗人做进一步铺排:

譬如她曾经爱过／她的眼睫在晃动／一些带风的光芒开始／泄漏／一些残碎的私生活让她在整个秋天／捂紧前胸喊冷……（以上诗句均引自《我们准备越过那条河》）

用体态与神态的组合传达灵魂深处的感受，间以短促有力的独词句，凸显内心的重压与自省。

这种精致与零乱、承继与暗示，不仅突破了物质意义上的时间（秋天）屏障，更让人们置身于超现实的唯美空间，让人们充分领略其中的神秘与深邃的境界。

二、哲理的思辨色彩：给诗歌一个生存的自由

用诗歌的灵光观照哲理，用哲思的灵魂唤醒诗歌，精选日常生活的片段植入诗意，撷取看似随心所欲的细节构筑情景，是佐夫诗歌的独特收获。他在《一个人的故事》里写道：

一个人的一生能走多远／一个人怎么也走不到梦的边缘／一瓣阳光的栖落能有多久／一个人的爱情永远没有尽头／一炷香的焚烧能有多长／一个人的祝福像星星闪亮……

用陕北民歌信天游的体式，辅以轻松的诘问，已经从自然、率性中找到一种不加掩饰的心灵寄托。

再看《一棵树的成长》：

一棵树活着／并非注定需要参天／看一看身边的朋友／就会懂得来自民间的语言／一棵树／在一个人的心里／长出茂密的那一刻／物质的空间开始变小／内心的风景突然无边……

从视觉的对应到意义的反衬，从开始变小到突然无边，为我们生动地展现了

一个与外部世界迥然不同的生命图景。不难看出,诗人的审美情趣突破了日常生活的世俗化,其哲理意蕴之醇厚,意象内涵之旷远,在诗情与哲理的背景下,彰显出动人的魅力。

三、人性的原始情怀:关注弱势,俯身低处

从人性本能的角度阐发人类自身存在的永恒意义,带着深切的同情(也可以说是怜悯)去体察和关注现实生活中弱势群体的精神世界与命运状态,人性的原始情怀贯穿整部诗集,体现出以人为本的核心命题。诸如《一次擦伤》《善良是一棵矮树》《等到将来》《暗恋那片残荷》,尤其最后一组《眼泪的触角》,这类作品要占据诗集的三分之二篇幅(即便剩下的部分,也能从侧面寻找到这方面的"因子"和"颗粒")。

《从脚手架上摔下来的民工》一诗让我们仿佛目睹了正在工地上忙碌的我们的土生土长的农民兄弟的辛酸与不幸:

> 他是一个底子里憨厚的男人/他今年三十七了还没有成家/他是要加班加点地干/来堵上日子的缺口/年终结算后就趁冰冻还没有化开/去云南那里带个人过来/春天的时候/他带她一道去田埂上看看/那朵开得最艳的小花/像不像他牵手的这个人……

诗人撇开所有的诗歌技艺,用白描的方式直面道来:

> 从脚手架上摔下来的民工/多少贫穷的隐秘被摔碎/多少可怜的需求被打翻/多么牵强/就这么走了/只有工地上的那摊血/还汪着他灵魂的体温。

犹如电影中的特写镜头,读后,我们的心会为之颤抖……

佐夫,原名阚涛,现为安徽省明光市三中高中语文教师,一位才华出众的青年作家、诗人,早在少年时代即在省级报刊发表文学作品,本世纪初已有长篇小

说《青春宣言》问世。多年来,他牺牲所有的业余时间,在文学的百花园中,辛勤耕耘,孜孜以求,坚持不懈,已进入丰收季节,其诗歌、散文、小说不断见诸报刊,作品日臻成熟,且出手不凡,胸有成竹。而他自己却是谦逊平和的,不事张扬,正如他在诗集后记里所言:"在向午夜靠近的钟声里,生命,又将回归到最初的零点。"

就整部诗集而言,应该说佐夫的诗贴近现实生活,观察敏锐,感触细腻,体验深刻,独辟蹊径,富有个性色彩,充满孤独、自省、反叛、怜悯的成分,带着深重的现实伤痛,同时又具有内力深厚、气势超凡的特质,既有语言上的灵动自如,又有思想上坚实的"硬度",超出了许多诗人的智性与想象。在传统与先锋双重意义的碰撞和融合之下,诗人不断地尝试寻找一条适合于自身长足发展的途径,力图摆脱文字排列的人为束缚和语义空间的单一与直白,留给人们更多的思考余地、想象空间和感悟自由。

但佐夫的诗也并非十全十美,有些诗作格调低沉灰暗,语言朦胧晦涩,词语反常搭配,过多使用暗示、通感、象征等表现手法,给一般读者带来了许多欣赏上的困难。

不过,佐夫一直在继续努力着。期待他百尺竿头,更进一步!

2009 年 6 月 8 日

——发表于 2010 年 2 月(下)《当代小说》,2009 年第 2 期滁州市文联《醉翁亭文学》,2009 年第 4 期《圣地诗刊》(牡丹江作家协会),2011 年 9 月 1 日《滁州日报》。

眷念家园　回归家园

——简析许永宁先生的散文集《家园》

安徽省作协会员、中国散文学会会员许永宁先生的散文集《家园》作为安徽省作协副主席高正文先生主编的新桐城派"文汇金丰"丛书之一,2012 年 1 月由大众文艺出版社公开出版发行。这是明光文化生活中的一大喜事,意义非同一般,值得庆贺!

我认真拜读许永宁先生的《家园》之后,感觉清爽,感触深厚,感慨有加,感怀良多。《家园》感恩父母、感恩生活、感恩故乡、感恩友情,就在过去、就在现在、就在眼前、就在心间。《家园》主要由四个部分组成:魂牵故土,乡音不改;往事如烟,今日依稀;生活随笔,情理交融;家乡风物,独具神韵。文友情结,是明光市文朋诗友对许永宁先生作品的评价和推荐,从中可以了解许永宁一生的为人和创作。

《家园》是一本乡土散文,一本生活散文,一本风俗散文,一本抒情散文,童年时光、人生感悟、严父慈母、兄弟手足、远亲近邻、文朋故旧、风土人情、乡俗俚语,尽入其中。《家园》里的作品篇幅短小精悍,语言通俗质朴,叙事细致明畅,抒情真切感人。《家园》的题材都是身边事情,身边人物,身边活动,身边见闻,人人都可以获得、取得、寻得、享得。《家园》描写的都是家乡旧事,家乡情结,家乡山水,家乡风物,人人都可以见到、闻到、遇到、感到。这些场景、事件、时光、细节绝大多数我们都经历过、参与过、体验过、见证过。为什么我们没有写出来,而许永宁先生却写了出来呢? 我个人认为,这是他留心生活、关注生活、感悟生活、提炼生活的结果。长期坚持深入生活,观察生活,时刻做一个有心之人,有意之人,这一点是他的最大成功之处,值得我们学习,值得大家领悟,值得大家借鉴。

　　《家园》绘生活之原貌,抒日月之真情,不夸饰,不掩饰,不粉饰,不装饰,亲切、亲近、亲热、亲密;一来一往,一唱一咏,一忧一乐,一叹一息,充满热情、亲情、友情、乡情。《家园》有自然之雅趣,无雕琢之印痕,不多话,不闲话,不废话,不洋话,清新、清灵、清纯、清秀;一草一木,一山一水,一风一雨,一事一物,富有情趣、乐趣、理趣、雅趣。

　　许永宁先生热爱家园,眷念家园,营造家园,守候家园。《家园》是许永宁先生散文创作一大收获,也是一个新的起点。祝愿许永宁先生创作出更多的精品留给我们、留给明光、留给社会、留给后世。让更多的人创造生活家园,珍惜心灵家园,拥有精神家园,向往理想家园!

　　　　　　　　　　　　　　2012 年 2 月 22 日于市政协文史委办公室

　　　　　　　　　　　　　　　　　　　　2012 年 2 月 24 日修改

　　——发表于 2011 年 9 月(下旬)《传奇·传记文学选刊》,收入 2018 年 9 月合肥工业大学出版社《宜居》(许永宁著)一书。

吴棠成都杜甫草堂对联赏析

题成都杜甫草堂

吏情更觉沧洲远；
诗卷长留天地间。

同治十一年壬申六月
总制四川使者盱眙吴棠

吏情：吏，官吏；情，即思想或认识。吏情，指居官时的认识和思想。

沧洲：水边绿洲。古代常用沧洲借指隐士高人栖居之处。

吴棠（1813—1876），字仲宣，一字仲仙，号棣华，出生于安徽省明光市（原属安徽省盱眙县）三界镇老三界村一个平民家庭。道光十五年（1835）中举人，道光二十四年（1844）大挑一等作知县用，签掣江南南河搞河工。道光二十九年（1849）补桃源县（今江苏泗阳县）知县。历任清河知县、邳州知州、徐州知府、江宁布政使、漕运总督、署江苏巡抚、署两广总督、钦差大臣、闽浙总督等职，官至四川总督、成都大将军。

这是一副吴棠书集杜句联。该对联目前悬挂于成都杜甫草堂主厅诗史堂正面大门两侧。进入草堂正门，穿越大廨，步过小桥，抬头便见此对联。民国年间，特别是 20 世纪三四十年代，草堂曾长期为军队驻地，祠内所有楹联匾对，尽作薪火之用，保存下来的只有一二。现草堂内楹联匾对唯何绍基"锦水春风公占却，草堂人日我归来"和吴棠集杜句联"吏情更觉沧洲远,诗卷长留天地间"为原书真迹,余均为后人补书。

上联出自唐肃宗乾元元年(758)杜甫居长安时的诗作《曲江对酒》尾联:"吏情更觉沧洲远,老大徒伤未拂衣。"其时诗人在朝中任谏官左拾遗,但不为朝廷信任和重用。这两句诗意为微官缚身,不能解脱,更觉得邀游山水的"沧洲之志"越来越远离自己;辞官归隐不能,又改变不了英雄无用武之地的现状,无可奈何,徒令自己伤悲。集联者取其上句,去掉原诗中消沉一面,转而颂扬杜甫因深怀"致君尧舜上,再使风俗淳"的济世救民之心和远大政治抱负,便自然不会真正归隐田园,所以所谓"沧洲之志"其实是远离诗圣杜甫的。

下联出自杜甫《送孔巢父谢病归游江东兼呈李白》一诗三四句:"诗卷长留天地间,钓竿欲拂珊瑚树。"孔巢父于唐天宝年间曾与李白等人一道隐居于山东徂徕山,为"竹溪六逸"之一,有诗集《徂徕集》名世。"诗卷长留天地间"原是杜甫对孔巢父的美誉,集联者借用过来称赞杜甫诗歌的辉煌成就,恰到好处。

上下联分别借用杜诗,从匡世济民的思想情操和彪炳天地的诗歌成就两方面褒誉了诗圣杜甫,言简意赅,韵味深长,用杜甫的诗颂扬杜甫,可谓别出心裁。

——发表于2015年12月4日《中国楹联报》。

初知浅感

诗与诗人

年轻时从课本上得知,诗是传统文学四大样式之一,是抒情言志的载体。情趣高雅的人都应当喜爱诗,都应当能读懂诗,都应当会写诗。能真切表达自己内心独特感受的精练的分行文字就是诗。

能写诗的人就是诗人了。诗人是世上最神气之人,满腹经纶,才华横溢,出口成章,谈吐珠玉,春风满面,风光无限,让人顶礼膜拜,钦羡有加,从心底里折服。

诗应当是写给大家看的,李白的《静夜思》刚会说话的孩童就能背诵,一字不识的老农也懂得诗中意思,所以千古传诵,经久不衰。大家都能看懂你的诗,你就应当被大家称为诗人。应当被大家称为诗人的诗人,自己往往不认为自己是诗人,不称自己为诗人,大家也就跟着你,不称你为诗人了。

其实,我的这种观念严重落伍了,我有好多年读不懂诗了。后来我才渐渐弄明白,有些诗不是写给大家看的,有些诗是不能让大家看懂的,因为有些诗是作者专门写给自己看的。广大读者看不懂,只有作者自己能看懂,作者一直自称为诗人,时间长了,也就被大家误以为是诗人了。自称诗人的诗人也就堂而皇之地成为诗人了。

自称诗人的诗人往往是选用一些生涩、冷僻、枯朽、诡异的方块字做道具的魔术师,惯出绝招,把方块字颠来倒去,东拉西凑,胡乱排列,错位成行,秦始皇与孙中山谈论封建礼教,朱元璋与毛泽东交流放牛经验,退回五千年喝酒,超前五千年谈心,水火交融,首足互易,天地热吻,日月成婚,什么都可能发生,什么都可以发生。读者左看右看,上看下看,横看竖看,东看西看,坐看立看,正看斜看,远看近看，仰看俯看，若刘姥姥进大观园，眼花缭乱，晕头转向，始终看不出来是什么，上句不接下句，前言不搭后语，昨天写成明日，麋鹿变成洋马。正在你绞尽脑汁，莫名其妙，满心狐疑，百思不得其解时，于是自称诗人的诗人扬扬自得告诉你，这就是诗，诗是文学之文学，诗是文学桂冠上的桂冠，诗是最高雅最玄妙的文学，诗是文学精髓之精髓，诗最高深莫测，诗属于先锋意识，诗是金字塔尖顶，可望而不可即，诗只可意会，不可言传，能看懂诗的人从来都是凤毛麟角，看不懂很正常，大家都看懂了，就不是诗了。慧眼识诗，普通人都是诗盲，与诗无缘。只有大家想象不到的，没有诗人描写不到的，只有诗人悲天悯人，胸怀世界。自称诗人的诗人通常高谈阔论后，还自封为某个诗歌流派开创者，自诩为某个文学观点创立者，如此天马行空，博大精深，无边无际，真是千古奇谈，实在了得！于是大家都被唬住，肃然起敬，把自称诗人的诗人当作尊贵的天外来客，佩服得五体投地！

不过自称诗人的诗人偶尔也酒后吐真言：其实我也不知道写的是什么，别人更不知道写的是什么。不知道告诉别人不知道只能是弱智，不知道却能让别人相信只有你知道才算真正高明。原来如此！

可惜，我的悟性太差，有些人好多年前就自称为诗人了。他们长期殚精竭虑，宵衣旰食，推陈出新，与时俱进，劳心伤神，孜孜以求，勇超时代潮流。一番高烧呓语、梦寐胡言、醉酒狂吼，很快就成就一首好诗，大家都看不懂，大家因为都看不懂就从心底里认可自称诗人的诗人为真正的诗人了。

我始终写不出大家看不懂的诗，又不会自称为诗人，自然也就永远成不了诗人。我实在没有什么可说的，心悦诚服，甘拜下风！

2011 年 9 月 28 日下午于市政协文史委办公室

2011 年 9 月 30 日二稿

——收入 2012 年 11 月中国文史出版社《帝乡散记》（贡发芹著）一书。

透视诗人

中国是诗的国度，一个刚学说话的孩童就有人教他读背诗。文艺青年绝大多数都是诗歌爱好者，但凡写过文章的人基本上都写过诗，所以中国写诗的人很多很多，数以千万计。但绝大多数都是附庸风雅，能被称为诗人的寥若晨星。康熙作诗一千多首，乾隆作诗一万多首，但他们均未获得诗人头衔，可能是诗人的光环太神秘了，一般人实在无法企及，连皇帝也不例外。

我在 20 岁刚出头时就在全国诗歌大报上发表过诗作，几年前曾出版过诗集，近一两年还打算出版第二本诗集，但我始终不敢自称为诗人，也很少有人称我为诗人。原因是我的诗作只能浅唱低吟，绝大多数人都能读懂，不过是不是真的读懂，我也不清楚，只是被一些人认为是分行的散文，不是诗歌，所以那些自以为能读懂我的诗作的人也就不认为我是诗人了。

不过有时我也很困惑，李白《静夜思》："床前明月光，疑是地上霜。举头望明月，低头思故乡。"也是散文化语言，且近似口语，怎么就能成为千古诗歌名作呢？读过《静夜思》的人最多，是读过李白其他作品的千万倍，为什么大家不但认为李白是诗人，而且是诗仙呢？选进初中语文课本的诗歌《有的人》，平白如话，为什么在臧克家众多诗作中却成为人们最喜爱的名作呢？

为此，我一直想探讨一下那些真正的诗人，特别是那些敢于以诗人自居的诗人到底都有哪些特质。今不揣鄙陋，归纳如下：

恃才傲物，清高自诩。诗歌往往仁者见仁，智者见智，多数情况下没有客观的评判标准。正因为衡量无度，有些诗人常常自恃曹子建，才高八斗，无人能比，恃才傲物。诗仙李白表现得最为明显，得皇帝一时戏宠，就孤傲轻狂，不可一世，随心所欲，不受约束，不知道天高地厚，我行我素，竟然命皇帝大舅哥杨贵妃哥哥宰相杨国忠为其捧砚，命权倾朝野连宰相都忍让三分的宦官高力士为其脱靴，逞一时之痛快，还扬扬自得："天子呼来不上船，自称臣是酒中仙。"结果被灰溜溜地赶出长安，浪迹天涯，虽自我安慰："人生在世不称意，明朝散发弄扁舟"，"长风破浪会有时，直挂云帆济沧海"，"安能摧眉折腰事权贵，使我不得开心颜"，但毕竟言不由衷，心中念念不忘京城，并且终于明白："总为浮云能蔽日，长安不见使人愁。"许多诗人都片面认为诗才高于一切，此外所有才能都是雕虫小技，不值一提，常以自己一技之长去比他人之短，因此，目中无人，清高自傲，孤芳自赏，但追捧者甚少，常被世人奚落嘲讽，始终得不到别人和社会的赏识与理解，于是闷闷不乐，郁郁寡欢。许多诗人因此"无故寻愁觅恨"，无限夸大悲苦。李煜愁起来无穷无尽："问君能有几多愁，恰似一江春水向东流"；李白愁起来没完没了："抽刀断水水更流，举杯消愁愁更愁"，"白发三千丈，缘愁似个长"，"我寄愁心与明月，随风直到夜郎西"，"五花马，千金裘，呼儿将出换美酒，与尔同销万古愁"；杜甫"万里悲秋常作客，百年多病独登台"；白居易"天长地久有时尽，此恨绵绵无绝期"，"思悠悠，恨悠悠，恨到归时方始休"；王安石"叹城外楼头，悲恨相续"；陆游"已是黄昏独自愁，更著风和雨"；李清照"只恐双溪舴艋舟，载不动许多愁"，"这次第，怎一个愁字了得"；王实甫竟然"泪添九曲黄河溢，恨压三峰华岳低"，等等，不胜枚举。

怀才不遇，怨天尤人。诗人老觉得社会对不住自己，整天愤愤不平，甚至消极厌世，玩世不恭。屈原带头愤世嫉俗，抨击现状："举世皆浊我独清，众人皆醉我独醒。"认为没有遇到明主，为自己生不逢时而遗憾千古。古今中外诗人无一不是如此。左思认为自己是"郁郁涧底松"，而别人是"离离山上苗"。初唐四杰最为突出，人人自恃国家栋梁，能够成就一番伟业。但宰相张九龄却认为，四杰之中唯有骆宾王才能堪当县令，其余三人均不可出仕，特别是四杰之首的王勃，乃短命之徒，什么也干不成，只能写写诗文。结局果如其言，可谓慧眼也。所以，王勃只好慨叹："冯唐易老，李广难封；屈贾谊于长沙，非无圣主；窜梁鸿于海曲，岂乏明时？"喊出了许多诗人胸中的块垒。李白也曾悲鸣："大道如青天，我独不得出。"直白得一点含蓄都不讲了,痛快淋漓,感染了一代又一代有才之诗人。可以说千古以来,壮志未酬者绝对以诗人居多。但李白不明白,还是清代诗人黄仲则一语道破了个中缘由:"十有九人堪白眼,百无一用是书生。"

狂热自负,追星赶月。《红楼梦》中薛宝钗的愿望"好风凭借力,送我上青云",实际上是大多数诗人的内心写照。诗人胸中都怀有宏大抱负,但真正能实现者寥寥无几,绝大多数都变成了理想,甚至是梦想、妄想。李白自恃有匡时之才,可以经天纬地,治国平天下,假如皇帝是太阳,自己就是月亮,至少是星星。被皇上征用为供奉翰林时得意忘形:"仰天大笑出门去,我辈岂是蓬蒿人!""人生得意须尽欢,莫使金樽空对月!"离开长安时依然自负不已:"天生我材必有用,千金散尽还复来!"但"材"并没有被时代所"用","千金散尽"也未"复来",而是一厢情愿,境遇每况愈下,一生穷愁潦倒,晚年背井离乡,贫病交加,不得不寄居安徽当涂七品县令远门叔父李阳冰门下,"茕茕孑立,形影相吊",苦闷之中,无以寄托,只好"举杯邀明月,对影成三人",最后投进长江追随明月去了。陆游一直顾影自怜:"无意苦争春,一任群芳妒。零落成泥碾作尘,只有香如故";晚年仍然愤慨不已:"塞上长城空自许,镜中衰鬓已先斑。"这说明,兼济天下,远比吟两句诗要复杂得多,缺乏丰富的政治经验,光靠诗才是无法施展自己宏大抱负的。

激情浪漫,毫无理性。诗人郭沫若年轻时曾毫无理性地反复呼喊:"一切的一","一的一切",名之曰释放浪漫激情,但毫无理性,让人不知所云;诗人毛泽东能够"坐地日行八万里","九天揽月","五洋捉鳖",能够"安得倚天抽宝剑","把"昆仑山"裁为三截","一截遗欧,一截赠美,一截还东国。太平世界,环球同此凉热"。有些诗人始终个性张扬,唯我独尊。诗人柳亚子一直认为自己诗才盖世,可以与当时叱咤风云的中共首脑和指挥千军万马的将帅平起平坐,可是蒋介石悬赏时,柳亚子的人头远远不及中共首脑和将帅的十分之一,但他十几年后仍不能清醒地认识自己,始终耿耿于怀,满腹牢骚:"说项依刘我大难","头颅早悔平生贱"。特别是,千古以来,唯有毛泽东敢于雄视天下:"俱往矣,数风流人物,还看今朝!"可柳亚子竟然和上一句:"君与我,要上天入地,把握今朝!"如此大言不惭,完全忘掉自己是什么身份,真乃诗人也!

思维特异,诗意朦胧。诗人思维别于常人,喜欢离经叛道,罪恶是花朵,忧郁是娇美,烂铜成翡翠,铁锈成桃花,烟头为枪口,白沙为珍珠。想象过于丰富,严重脱离现实,违背基本常识,甚至荒诞不经,滑稽悖谬。有些人很不礼貌地认为诗人精神都有毛病,都患有狂想症,是疯子,是白痴,应当说并不全错。"你看我时,离我很远;你看云时,离我很近。"有人说这是真正的哲理诗,但更多的人认为这是文字游戏,到底想告诉人们什么,可能作者自己也说不清。诗人顾城标榜自己是朦胧诗的代表,就玩了二十多年这样的文字游戏。北岛曾有过漂亮的《回答》:"卑鄙是卑鄙者的通行证,高尚是高尚者的墓志铭。看吧,在那镀金的天空中,飘满了死者弯曲的倒影。……告诉你吧,世界,我——不——相——信!纵使你脚下有一千名挑战者,那就把我算作第一千零一名。"有人认为是胡言乱语,类似痴人说梦。作为朦胧诗首领,他选择了离家背国。他抛弃了祖国,祖国也抛弃了他,挑战中华民族几千年爱国传统底线,无法得到国人原谅。现在除了那些还想朦胧别人的诗人继续迷恋朦胧外,朦胧诗最后并没有朦胧下去,而是朦胧不深的诗人舒婷、傅天琳诗歌获得国家大奖,得到国人肯定。舒婷最不朦胧的《致橡树》《祖国啊,我可爱的祖国》等诗作选入高中语文课本,受到最高礼遇,而真正的所谓朦胧诗代表作却无人问津了,真是朦胧诗的悲哀——因为没有土壤,任何朦胧的花朵都无法盛开。

爱情至上,风流成性。白居易颂扬:"在天愿作比翼鸟,在地愿为连理枝。"苏轼盼望:"但愿人长久,千里共婵娟。"秦观提倡:"两情若是久长时,又岂在朝朝暮暮?"匈牙利诗人裴多菲认为:"生命诚可贵,爱情价更高。"这些积极的爱情观,影响了一代又一代中国年轻人。普希金为心上人以剑决斗定胜负,最终落入别人设置的政治圈套,白白丧命,死都不明白自己怎么死的,实在不值得提倡。有一大群诗人认为世上除了爱情什么也没有,为爱情可以不顾一切,爱得天昏地暗,死去活来,惊世骇俗。许多诗人都希望婚姻之外有几个红颜知己,渴慕"红袖添香伴读书",他们对爱情的追求,在现实中产生的多是负面效应。中国现代派诗人徐志摩与原配张幼仪离婚,追求林徽因不得,转而盯上有夫之妇陆小曼。为得到陆小曼,首先得挖空心思,拆散陆小曼与别人的婚姻。这种与挖人祖坟同样恶劣的事,唯有诗人徐志摩能干得出。徐志摩和陆小曼在北京北海公园举办盛大婚礼时,老师梁启超霍然站起,宣讲了有史以来"最坦诚""最直率""最另类"的证婚词:"我来是为了讲几句不中听的话,好让社会上知道这样的恶例不足取法,更不值得鼓励。徐志摩,你这个人性情浮躁,以至于学无所成,做学问不成,做人更是失败,你离婚再娶就是用情不专的证明!陆小曼,你和徐志摩都是过来人,我希望从今以后你能恪遵妇道,检讨自己的个性和行为,离婚再婚都是你们性格的过失所造成的,希望你们不要一错再错自误误人。不要以自私自利作为行事的准则,不要以荒唐和享乐作为人生追求的目的,不要再把婚姻当作是儿戏,以为高兴可以结婚,不高兴可以离婚,让父母汗颜,让朋友不齿,让社会看笑话!总之,我希望这是你们两个人这一辈子最后一次结婚!这就是我对你们的祝贺!——我说完了!"这是近代大儒对徐志摩、陆小曼婚姻敲响的警钟,让徐志摩、陆小曼斯文扫地,颜面丢尽。徐志摩的恋爱观虽然是诗人中的个别现象,但许多诗人却对他们的爱情津津乐道,恨不能步其后尘!

追求"现代",章法错乱。有些诗人对中国两千多年诗歌传统不屑一顾,言必"现代",好像只有他懂现代诗,别人都是诗盲。要么外国现代派诗人波德莱尔、埃斯蒂利、庞德,要么中国现代派诗人徐志摩、戴望舒、李金发、洛夫、余光中、郑愁予,实际上是刻意卖弄,为了掩饰自己中国文学功底浅薄、中国传统诗歌基础不牢、底气不足之致命弱点,只好拾别人牙慧,装自己门面。现代派诗歌现代了一两个世纪,还是徐志摩《再别康桥》、戴望舒《雨巷》、余光中《乡愁》等不怎么现代的诗作流芳后世。有些诗人的诗作章法错综复杂,思路东扯西拉,盛夏雪花翻飞,寒冬柳絮轻扬,内容背离题目,驴唇不对马嘴,语言颠来倒去,词序杂乱无章,没有节奏,没有韵律,从头至尾不押韵,自始至终散文化,美其名曰:此乃现代诗特点——跳跃性、意识流、口语化、含蓄美,此乃现代诗表现手法——象征、通感、暗示、怪诞,从来阳春白雪,曲高和寡。其实纯属故弄玄虚,吓唬读者。一篇千字散文,能让读者把你的全部文字功底看穿;一首七律诗能让读者把你的古典文学修养看透。但现代诗则不同,你要说读不懂,正中作者下怀,要的就是这个效果:诗歌高深莫测,一般人怎能读懂? 实际上作者自己可能也解释不清诗作究竟要表达什么,胡思乱想,瞎编乱造,完全是在忽悠大众。

超越理想,迷失自我。南宋进士洪迈曾总结出人生"四喜":"久旱逢甘雨,他乡见故知。洞房花烛夜,金榜挂名时。"许多诗人都沉湎于这样的幻想与追求之中,希望"春风得意马蹄疾,一朝看尽长安花",被虚幻左右,最终迷失自我。文学形象范进中举发疯、孔乙己念念不忘"之乎者也"就是例证。毛泽东非常赏识的唐代诗人罗隐就说过:"我未成名君未嫁,可能俱是不如人。"正如宋人方岳所言,人生"不如意事常八九,可与人言无二三"。可以这样说,诗人追求理想比常人要强烈得多,许多诗人往往不愿脚踏实地,而是一心超越理想,严重脱离生活实际。须知,理想必须建立在现实基础之上,否则,就是海市蜃楼,望之莫及。但诗人往往执着一念,矢志不改。卢延让竟然"吟安一个字,捻断数茎须";贾岛"两句三年得,一吟双泪流";柳永坚持"为伊消得人憔悴,衣带渐宽终不悔",何苦来哉? 别人是不撞南墙不回头,有些诗人是撞了南墙也头不回;别人是不到黄河心不死,有些诗人则是到了黄河也不死心,简直快要不食人间烟火了。

滥用情志,年少命短。一部分诗人用才无度,用情泛滥;有的志存高远,高攀不息,长期搜肠刮肚,但力不从心;有的是非缠身,寝食不安,最终年少短命。中国古代有贾谊(33岁)、曹植(40岁)、谢朓(35岁)、李煜(42岁)、王勃(26岁)、李贺(27岁)、王令(27岁)、高启(32岁)、夏完淳(16岁)、徐祯卿(32岁)、纳兰性德(31岁)、黄仲则(34岁)等;中国现代的朱湘(29岁)、蒋光慈(39岁)、徐志摩(34岁)、戴望舒(45岁)、苏曼殊(34岁)、石评梅(26岁)等;中国当代的顾城(37岁)、骆一禾(28岁)、海子(25岁)、戈麦(24岁)等;外国的莱蒙托夫(27岁)、裴多菲(26岁)、济慈(26岁)、雪莱(30岁)、拜伦(36岁)、普希金(38岁)等等。原因各式各样。

以上是被诗人自恃为别人不具有的诗人特质,归纳虽不够全面,愚以为已涵盖十之八九,但诗人特质绝大多数人都不一定能够接受,且认为这些特质是诗人好高骛远、脱离生活实际的致命缺点。古人半部《论语》治天下,整部《诗经》只能移风易俗、教化百姓也。诗才只是千万种才能中的一种,凭借诗才往往不足以安身立命,更不要说建功立业,报效祖国了,凭借诗才立德立功立言,垂范后世,也太不自量力了,而很多诗人并不明白这一点,原因很简单:"不识庐山真面目,只缘身在此山中。"

时代需要诗人,生活需要诗歌,但愚以为,绝大多数人都读不懂的诗无论如何都不能算是好诗。只有大众都真心喜欢你和你的诗歌,才算是对你的最好评价。

2012 年 4 月 4 日初稿于市政协文史委办公室

2012 年 4 月 5 日二稿于市政协文史委办公室

2012 年 4 月 15 日三稿于市政协文史委办公室

2012 年 4 月 18 日四稿于市政协文史委办公室

——收入 2012 年 11 月中国文史出版社《帝乡散记》(贡发芹著)一书。

屈原的得与失

古往今来,很多人为屈原抱屈,我却不这么认为。

首先,屈原享有了至高无上的地位。

《中国文学史》评价屈原是"中国有史以来第一个伟大的爱国诗人"。

《中国大百科全书·文学》评价屈原为"中国浪漫主义文学的奠基人"。

1953年是屈原逝世2230周年,世界和平理事会通过决议确定屈原为当年纪念的世界四大文化名人之一,中国唯一。唐朝元和十五年(820)最早在秭归兴建了屈原祠,祠内共分12个展览陈列厅,分别为前殿、南北陈列室(其中包含屈原作品及历代诗人赞颂屈原作品碑廊)、大殿(祭祀厅),记录了一代又一代屈乡儿女缅怀先贤的动人事迹,也保存了屈原祠风雨沧桑的历史过程及其古风遗韵。屈原安葬墓园完好,一处是位于湖北省宜昌市秭归县凤凰山屈原故里景区内。屈原墓重建于清道光七年(1827),1976年兴建葛洲坝水利枢纽工程时搬迁到秭归老县城向家坪。2006年因三峡工程兴建,湖北省文物部门决定将其复建到凤凰山上,以恢复其历史原貌。现在这里成了"屈原故里文化旅游区",规划占地面积500亩,建筑内容包括以屈原祠和屈原文化广场为主的屈原纪念景区,以巨型屈原雕塑为主的主题雕塑景区,屈原文化艺术中心,同时建设的还有三峡民居集锦园、三峡濒危植物园、滨水景观带等。另一处位于湖南省汨罗市城北玉笥山东5公里处的汨罗山顶。因在2公里范围内有12个高大的墓冢,这些墓冢前立有"故楚三闾大夫墓"或"楚三闾大夫墓"石碑,相传为屈原的"十二疑冢"。屈原墓园附近有3座规模颇大的寺庙,分别是保缘寺、普济寺和普德大庙。

为纪念屈原自沉汨罗江,人们将端午节定为屈原逝世纪念日。端午节

(Dragon Boat Festival)为每年农历五月初五,又称端阳节、午日节、五月节等。端午节起源于中国,最初是中国人民祛病防疫的节日。吴越之地春秋之前有在农历五月初五以龙舟竞渡形式举行部落图腾祭祀的习俗,后因诗人屈原是在这一天死去,便成了中国汉族人民纪念屈原的传统节日。端午节有吃粽子,喝雄黄酒,挂菖蒲、蒿草、艾叶,熏苍术、白芷,赛龙舟的习俗。

2006年5月20日,端午节民俗经国务院批准,列入第一批国家级非物质文化遗产名录。

2007年12月7日,国务院第198次常务会议通过了《国务院关于修改〈全国年节及纪念日放假办法〉的决定》,正式将端午节列为国家法定假日,规定农历端午当日全民放假1天。端午节成为中国的法定节假日。

2009年9月30日,联合国教科文组织保护非物质文化遗产政府间委员会第四次会议在阿联酋阿布扎比审议并批准了列入《人类非物质文化遗产代表作名录》的76个项目,中国"端午节"名列其中。这是中国首个入选世界非遗的节日。

另外,民间还将农历五月五日定为诗人节,也是源于屈原。

其次,屈原享有了至高无上的尊崇。

屈原死后,其弟子宋玉第一个撰文纪念了他。

《荀子·不苟篇第三》赞誉屈原:"君子行不贵苟难,说不贵苟察,名不贵苟传,唯其当之为贵。故怀负石而投河,是行之难为者也,而申徒狄能之。然而君子不贵者,非礼义之中也。"

汉武帝是汉代第一个热爱屈原作品的皇帝。作品得到皇帝热爱,其传播速度与影响范围可想而知。

淮南王刘安是对《离骚》作了很高评价的第一位文学理论家。刘安称《离骚》兼有《国风》《小雅》之长,它体现了屈原"浮游尘埃之外"的人格风范,可"与日月争光"。

纪传体历史开山祖师司马迁为屈原作传,称屈原"正道直行,竭忠尽智,以事其君",称其作品《离骚》"其文约,其辞微,其志洁,其行廉。其称文小而其指极大,举类迩而见义远。其志洁,故其称物芳。其行廉,故死而不容。自疏濯淖污泥之中,蝉蜕于浊秽,以浮游尘埃之外,不获世之滋垢,皭然泥而不滓者也。推此志也,虽与日月争光可也"。

后汉历史学家班固评价屈原的作品"弘博丽雅,为辞赋宗。后世莫不斟酌其英华,则象其从空"。因此,他对屈原的评价是:"虽非是明智之士,可谓妙才也。"

后汉的王逸盛赞屈原"膺忠贞之质,体清洁之性,直如若砥矢,言若丹青;进不隐期谋,退不顾其命,此诚绝世之行,俊彦之英也"。宋代洪兴祖评价屈原行为时认为"屈原虽被放逐,又徘徊而不去楚,其意是生不得力争强谏,死犹冀其感"。由此亦可见,屈原"虽死犹不死也"。

宋朱熹对《诗经》和《楚辞》极为推崇。他为《楚辞》作的《集注》也足以媲美其《诗集传》。朱熹注《离骚》中"仆夫悲余马怀兮,蜷局顾而不行"云,此乃是屈原"托为此行,周流上下,而卒返于楚焉;亦仁之至,而义至尽也",深入地体会了屈原眷恋楚国的思想情感。

今人对屈原的评价更是竭尽华美之词。

梁启超首推屈原为"中国文学家的老祖宗"。

鲁迅在《汉文学史纲要》中对于屈原的代表作《离骚》的特点与贡献做了这样的评论:"较之于《诗》,则其言甚长,其思甚幻,其文甚丽,其旨甚明,凭心而言,不遵矩度……其影响于后来之文章,乃甚或在三百篇以上。"

郭沫若评价屈原是"伟大的爱国诗人",一颗闪耀在"星丽天的时代","其是有异彩的一等明星"。

闻一多评价屈原是"中国历史上唯一有充分条件称为人民诗人的人"。

毛泽东说:"屈原的名字对我们更为神圣。他不仅是古代的天才歌手,而且是一名伟大的爱国者,无私无畏,勇敢高尚。他的形象保留在每个中国人的脑海里。无论在国内国外,屈原都是一个不朽的形象。我们就是他生命长存的见证人。"

再次,屈原政治上没有多大贡献,但名垂千古。

屈原（约前340—前278），原姓芈（mǐ），名正则，字灵均，一名平，字原，是楚武王熊通之子屈瑕的后代，生于秭归三闾乡乐平里（今湖北宜昌秭归）。屈原自幼勤奋好学，胸怀大志。早年受楚怀王信任，任左徒、三闾大夫，常与怀王商议国事，参与法律的制定，主张章明法度，举贤任能，改革政治，联齐抗秦，提倡"美政"。在屈原努力下，楚国国力有所增强。

周赧王二年（前313），秦国张仪欺骗怀王要其以断绝齐国之交换取秦国割让600里商于之地，怀王中计，与齐国断交后只得6里地。怀王恼怒不已，发兵进攻秦国，被魏章大破于丹阳。怀王再召集全国的部队，发动进攻，再惨败于蓝田。两年后，秦国攻取召陵。楚三战皆败，走向没落。周赧王十一年（前304），屈原流浪汉北。"屈原疾王听之不聪也，谗谄之蔽明也，邪曲之害公也，方正之不容也，故忧愁幽思而作《离骚》。"

周赧王十六年（前299），秦国攻占了楚国8座城池，秦昭襄王约怀王在武关会面。屈原此时已从汉北的流放地返回，和昭睢宁等一起，力劝怀王不要赴会，说："秦，虎狼之国，不可信，不如无行。"可怀王的幼子子兰怕失去秦王欢心，竭力怂恿怀王前去。结果怀王一入武关，就被秦军扣留，劫往咸阳，要挟他割让巫郡和黔中郡。楚怀王被劫往咸阳，楚由齐迎归太子横立为顷襄王，公子子兰为令尹，不肯向秦割让土地，秦又发兵攻楚，大败楚军，斩首5万，取16城。

过了两年，楚怀王逃走，秦人封锁通往楚地的道路，怀王逃到赵境，赵国不敢收留他，怀王企图逃往魏国，但被秦国追兵捉回。周赧王十九年（前296），怀王在秦国病逝，秦国把遗体送还楚国，"楚人皆怜之，如悲亲戚"。大家认为秦国不义。秦国、楚国绝交。这一年屈原被免去三闾大夫之职，放逐江南。他从郢都出发，先到鄂渚，然后入洞庭。周赧王二十年（前295），屈原到达长沙，在这楚先王始封之地遍览山川形势，甚起宗国之情。

周赧王二十一年到周赧王三十六年（前294—前279），屈原第二次被流放到南方的荒僻地区。这次流放的路线，是从郢都（湖北江陵）出发，先往东南顺江而下经过夏首（湖北沙市东南）、遥望龙门（郢都的东门）经由洞庭湖进入长江，然后又离开了夏浦（湖北汉口），最后到了陵阳（据说是今安徽青阳南），时间长达十八年。

楚人认为楚怀王客死于秦，子兰有责，都责备子兰，屈原也不满子兰。子兰闻知后，让上官大夫到楚顷襄王前进谗言，楚顷襄王便将屈原放逐到江南地区，永远不许他返回郢都（今湖北江陵西北）。这一年秦国再次攻楚，占领郢都，楚顷襄王被迫迁都于陈（今河南淮阳）。消息传来，屈原重返郢都的希望彻底破灭，于当年农历五月五日怀抱石头，自沉投汨罗江而死，时年62岁。

最后，屈原留下了什么？

一、留下了不朽作品。根据刘向、刘歆父子的校定和王逸的注本，屈原留下的作品有25篇，即《离骚》1篇，《天问》1篇，《九歌》11篇，《九章》9篇，《远游》《卜居》《渔父》各1篇。据《史记·屈原列传》司马迁语，还有《招魂》1篇。有些学者认为《大招》也是屈原作品；但也有人怀疑《远游》以下诸篇及《九章》中若干篇章非出自屈原手笔。据郭沫若先生考证，屈原作品，共流传下来23篇。其中《九歌》11篇，《九章》9篇，《离骚》《天问》《招魂》各1篇。屈原是我国最早的浪漫主义诗人，中国文学史上第一位留下姓名的伟大的爱国诗人。他的出现，标志着中国诗歌进入了一个由集体歌唱到个人独唱的新时代。

二、留下了爱国情怀和"美政"理想。屈原曾做六项改革设想：奖励耕战，奖励农耕；举贤能，唯才是举；反壅蔽；禁朋党；命赏罚；移风易俗。但是并没有试行、推行，更没有成功。屈原的"美政"思想只是一种政治理想。为了楚国，屈原"路漫漫其修远兮，吾将上下而求索"，"亦余心之所向兮，虽九死其尤未悔"，成为世代文人的座右铭，感动了一代又一代中国人。

平心而论，屈原的政治地位不足以留名后世。

屈原的政治地位并不高，远远不及当时周天子，不及众多诸侯国君，不及各诸侯国运筹帷幄的宰相、丞相及相关实权派，不及无数驰骋沙场的将军。在楚国，屈原官职不及上官大夫靳尚，远低于令尹子兰，话语权不及国君的宠爱南后郑袖。屈原生活在战国末期，天下大乱之际。楚国当时是周王朝的一个诸侯国，周赧王虽是名义上的天子，但无人听命于他。所有诸侯国都各自为政，拥有军队，互相厮杀兼并。楚国虽是一个比较大的诸侯国，力量仅次于秦国，但毕竟是诸侯国,国王相当于今天的省长。左徒是周朝楚国特有的官名,谏官,相当于省纪委书记,兼管内政外交大事;三闾大夫就是管理王室的,掌管王族昭、屈、景三姓事务,负责宗庙祭祀和贵族子弟的教育。以国论相当于清朝宗人府宗正,以省论相当于秘书长兼民政厅长、教育厅长。这样地位的政治人物,古往今来以百万、千万计,不足以留名后世。中国人都知道屈原,记得比屈原地位高的令尹子兰、上官大夫靳尚、南后郑袖的能有几人呢?这说明人们了解屈原的原因不是因为他的政治地位。

屈原的政治才能也不足以名垂青史。

屈原起初很受怀王信任重用,怀王让他"造为宪令",即主持国家政令的起草、宣布等事项。"宪令"涉及推行变法之事。上官大夫心怀嫉妒,与屈原争宠,屈原起草宪令未定,上官大夫欲夺其稿,屈原不予,他就向怀王进谗言,说:"王使屈平为令,众莫不知。每一令出,平伐其功,曰以为非我莫能为也。"怀王庸懦昏聩,不加辨明,就怒疏屈原。屈原的被疏远,根本原因在于他的政治改革计划触犯了贵族利益,遭到旧贵族们的中伤打击。屈原只是寄希望于楚怀王,自己没有能力说服楚怀王,无法推行自己的治国思想。屈原不能团结大多数,缺少同盟者,满朝文武,没有人站在屈原一边,屈原孤单一人,没有实力,注定失败。争取别人支持是一种能力,屈原似乎没有这种能力。屈原认为"举世皆浊我独清,众人皆醉我独醒",没有防范意识,受到奸佞谗言,不能实现自己的政治抱负,于是就归罪于世人,实在没有道理。话又说回来,屈原的"美政"思想只是一种遥远的不切实际的空想而已,楚怀王鼎力支持就能实现吗?他不能团结他人,斗不过令尹子兰、上官大夫靳尚、南后郑袖,就不可能成功。皇帝倡议的改革也有许多失败的,许多铁腕皇帝的政治理想都无法实现,何况屈原地位只是并不太高的臣子呢?再者,即使楚怀王与全国上下都推行改革措施,在当时的情形下,秦国吞并天下势如破竹,楚国也不可能存在下去。所以说屈原的政治才能也不足以名垂青史。

屈原拥有流芳后世的浪漫主义诗歌作品与其爱国情怀和"美政"理想。屈原不被放逐,就不会开创浪漫主义诗歌先河,不可能留下众多不朽佳作和光辉篇章。屈原"美政"理想不能实现是创作浪漫主义诗歌的基础,屈原的诗歌越浪漫,越能显示出屈原爱国情怀的高尚和"美政"理想的华美,因而成就了屈原永世美名。屈原虽然遭打击、受冤屈、被放逐十八年,但算不了什么。屈原的选择无限地突出了他的爱国情怀,无限地释放了他的人格魅力,无限地突出了他人品的伟大。屈原因而古往今来享有了至高无上的历史地位,享有了至高无上的世代尊崇。

屈原小屈铸就了屈原永世不朽。

2015 年 4 月 26 日—27 日初稿于市政协文史委办公室

李白写不起第二首《静夜思》

李白的五言诗《静夜思》是古今唯一,别人写不出来同样的诗,李白也写不出第二首,准确地说是写不起。

先来看一看《静夜思》的代价。

李白是一位侠客,行侠仗义之人;更是一位羽客,寻仙之人,一心希望羽化而登仙。早期的李白主要是游山玩水,仗剑行侠,寻仙梦游。这个时期的李白诗歌浪漫主义气息非常浓重,但五言诗《静夜思》却是一首地地道道的现实主义佳作,基本上属于写实特例,大约写于唐开元十四年(726)。前一年,李白到了江西庐山,写下了《望庐山瀑布》后飘然而去,经过大禹会诸侯的会稽山、项羽自刎的乌江,来到六朝古都金陵,写下了《游金陵凤凰台》之后,又来到了扬州,并且喜欢上了扬州。

民谣云:"腰缠十万贯,骑鹤下扬州。"说的是扬州之风流富足,令人神往。扬州是淮左名都,位于京杭大运河与长江交汇处,也是淮河注入长江之处,南北通衢,水路畅达,天下第一,市井繁华,堪比都城长安。李白在扬州生活了近一年,这是他年轻时候待得时间最长的一个地方。李白在扬州的最大收获就是交了来自五湖四海的朋友不下于数百人,不是诗人,就是侠客,还有许多落魄贵族、浪荡公子。他们争相攀附李白,称兄道弟,肉麻地恭维李白为人豪侠,诗才盖世。李白被捧到了云端,一时飘飘然,找不到北了。殊不知这些人的真正目的是吃喝玩乐好请他埋单。李白秉承圣人的信条,诚信交友,用心交友,他以为朋友也这样对他,以诚相待。因此,朋友说什么他都深信不疑,为朋友两肋插刀在所不惜。但他不知道别人都是冲着他口袋中的银子而来的。

　　当然,李白青少年时期家中比较富裕,自幼不缺钱,挥金如土已经习以为常,一年之内,散金三十万。这里的金指开元通宝,三十万金,相当于当时一个五品太守三年的收入,非常可观,足够一个平常人生活一两辈子的。今天去斗鸡,明天去跑马,后天逛青楼,前呼后拥,众星捧月,寻花问柳,声色犬马,听歌看戏,痛饮狂欢,不亦乐乎。兴之所至,李白还会主动邀朋一道游览越州山水,呼友一同观赏杭州美景,豪爽大方,潇洒之至。银子像流水一样哗哗往外淌,随从丹砂都傻了眼,心疼得不知如何是好。有一阵子,李白厌倦了这种灯红酒绿、纸醉金迷的生活,突发奇想,一头扎进了浙江的天姥山,寻找仙人,希望一睹神仙真容,希望自己得道成仙。可是踏遍诸峰,就是不见神仙踪迹。神仙喜欢清静,害怕俗人打搅,他们对自称诗仙但实际上还是凡人一个的李白,不感兴趣,早都躲起来了,没人愿意接见李白。李白非常沮丧,只好写了《梦游天姥吟留别》,怏怏而回。

　　由于长途奔波劳累,李白回到扬州就病倒了。李白想,我朋友一大帮,不愁无人送钱送物、嘘寒问暖。可怜丹砂从早到晚,跑了一天,通知了十几个富有经济实力的朋友,可是他们都摇身一变成了神仙躲起来了,没有人前来送温暖。没想到自己真心待人,可是别人却把他当作外乡来的土豪冤大头,李白对此非常失望,初次尝到了人间冷暖,体会到被欺骗的感觉,黯然神伤,情绪一落千丈。

　　李白病得不轻,差一点死在扬州。虽然保住了命,但钱却花光了。一片真诚被众人欺骗,情感大伤。没人接济,非常狼狈,大病初愈,身体虚弱,只好从高级客栈搬到低级旅馆,店主欺客,不时羞辱李白。李白不甘心,这么多朋友,还能个个都是酒肉之交、薄情寡义吗? 于是,李白再次命随从丹砂去通知朋友。丹砂为了满足李白的心愿,一家一家跑,不是吃闭门羹,就是主人不在家,反正就是见不到李白当初的"好友"。

　　时值隆冬季节,很晚了,丹砂还没有回来,李白饥肠辘辘,一个人静静地躺在床上想,看来不会有朋友来看望自己了。这时月光透过窗子,像寒霜洒在地上,令人心颤。李白艰难地坐起来,走到窗前,举头仰望明月,但这是异乡的明月,清辉生寒。李白思绪万千,百感交集,一股浓烈的思乡之情突然袭来。李白喟然曰:这时要是在家多好啊,有人端汤递水,悉心照料,怎会落得如此寒酸境地? 有谁知道,这

繁华的异乡,人情却薄似寒霜呀!于是愤然题诗一首:

静夜思

床前明月光,疑是地上霜。

举头望明月,低头思故乡。

一举成为千古绝唱。这首诗真切地表达了诗人客居思乡之情,语言清新朴素而韵味含蓄无穷,历来广为传诵,影响广泛深远,连三岁的孩子都能倒背如流。李白由寻仙的浪漫,回到了真真切切的现实。

《静夜思》不愧是一首前无古人后无来者的绝佳好诗,虽只有短短二十个字,但千百年来无人能够逾越,原因就是写不起。李白三十万金的巨额金钱支出,一年的美好青春时光流逝,巨大的情感付出,差一点搭上性命,如此昂贵的代价谁能付得起?付不起就写不出这样的好诗。李白的诗歌才华无与伦比,为什么他写不出第二首这样的好诗?原因是他后来再付不起这样昂贵的代价,也不愿意再付出这样昂贵的代价。后来他虽然自诩:"天生我材必有用,千金散尽还复来。"但浪漫诗才决定的李白毕竟不具备现实挣钱的本领。所以,他再也写不出与《静夜思》一样空前绝后的好诗!

李白在扬州一年时间除《静夜思》之外竟然没有留下什么佳作,他在扬州浪费了光阴,虚度了年华,也是《静夜思》的代价之一。扬州又名广陵,后来李白曾在武昌写诗一首:

黄鹤楼送孟浩然之广陵

故人西辞黄鹤楼,烟花三月下扬州。

孤帆远影碧空尽,唯见长江天际流。

表明他不能忘怀扬州之旅。但他不可能再写出《静夜思》这样的好诗了!好诗是特定情志、特定情商、特定才华的人在特定时间、特定地域、特定环境、特定情景、特定境遇、特定经历、特定遭际、特定气氛下的唯一感受、唯一感悟、唯一感触。时间不可以复返,意境不可以重生,情境不可以重叠,所有的一切都不可以重现,别人不可以重复李白超过李白,李白自己也不可以重复自己超过自己。更重要的是李白再也付不起创作《静夜思》的代价。

所以,李白写不起第二首《静夜思》。

2015 年 4 月 21 日—22 日于市政协文史委办公室

李文忠吟诗震朝野

　　从来武将居功自傲,心里容不下文臣。从来文臣恃才傲物,目中不看好武将。开疆奠基,靠武将沙场征战,出生入死,叱咤风云;治国固本,赖文臣运筹帷幄,鞠躬尽瘁,日理万机。

　　大明王朝开国之初,文臣武将矛盾尖锐,都认为自己功高盖世,劳绩汗马,谁也不服谁。太平盛世,武将没有用武之地,只能靠边。武将的最佳选择是出将入相,成功者不是很多,李文忠无疑是佼佼者之一。

　　李文忠(1339—1384),字思本,小名保儿,元泗州盱眙县太平乡(今安徽明光市明光街道办事处)人,明太祖朱元璋的外甥,是朱元璋的名将、谋臣,明朝开国第三功臣,骁勇善战为诸将之首。朱元璋对李文忠十分宠信,常派他监军随将领出征。文忠转战沙场,官至荣禄大夫、浙江等处行中书省平章政事,复姓李。明朝建立后,李文忠多次领兵出塞,征讨元军残余势力,战功显赫,获封曹国公。

　　当时朝中文臣并不看好李文忠,认为他是依仗皇帝舅舅朱元璋的实力才立足朝堂的。但李文忠凭借自己的诗才征服了大家。

　　洪武七年(1374),两次征北的李文忠又挥师热河,打下高州(今河北平泉西北)的大石崖与毡帽山,诛杀了元朝的宗王朵朵失里,鲁王桑哥八剌(或他的儿子),俘虏众多人畜,边境得以安宁。这无疑是一大胜利。李文忠班师还朝,太祖朱元璋为李文忠设宴接风洗尘。满朝文武前来恭贺李文忠,饮酒庆功。有人提出来吟诗助兴,获得太祖许可,博得文臣一致赞同,大家都认为李文忠只会武功征战,不会吟诗,正好可以罚他几杯,挫一挫他的傲气。于是,大家公推刘基先来。

刘基(1311—1375),字伯温,谥文成,元末明初杰出的军事谋略家、政治家、文学家和思想家,明朝开国元勋,浙江文成南田(原属青田)人,故时人称他刘青田,明洪武三年(1370)封诚意伯,人们又称他刘诚意,通经史、晓天文、精兵法。他辅佐朱元璋完成帝业、开创明朝并尽力保持国家的安定,因而驰名天下,被后人比作诸葛武侯。朱元璋多次称刘基"吾之子房也"。在文学史上,刘基与宋濂、高启并称"明初诗文三大家",留诗一千余首。中国民间广泛流传着"三分天下诸葛亮,一统江山刘伯温;前朝军师诸葛亮,后朝军师刘伯温"的说法。他以神机妙算、运筹帷幄著称于世,是中国古代的一位传奇人物。

刘基没有推托,当即赋诗《侍宴钟山应制(时兰州方奏捷)》:

> 清和天气雨晴时,翠麦黄花夹路歧。
> 万里玉关驰露布,九霄金阙绚云旗。
> 龙文腰褭骖鸾辂,马乳蒲萄入羽卮。
> 衰老自惭无补报,叨陪仪凤侍瑶池。

之后大家又提出,依刘基诗韵限韵赋诗,目的是难一难李文忠,一介武夫,只配骑马射箭,没有文人情趣雅兴。很快诸多文臣均成一律,轮到李文忠时,大家都在等着看笑话,哪知李文忠早已胸有成竹,提笔立成一律《和刘基限韵诗》:

> 文列东来武列西,而今不必苦予题。
> 江南富贵君游尽,塞北风霜我自知。
> 拔发结缰牵战马,拆衣抽线补旌旗。
> 雄师百万临城下,何用先生半句诗!

文臣们大出意料,愣了一会,很快报以热烈掌声。他们哪里知道,李文忠可能是朱元璋手下大将中唯一读过书的人,平时爱好学习,经常因事就教于金华范祖乾、胡翰等地方宿儒，所以他通晓经义，所写诗歌气势雄浑。他的《蒙赐马军中即事》一诗就很有气势：

年少挽劲弓，圣主锡追风。

翻身射飞鸟，一雁落云中。

李文忠当着朱元璋面赋诗，有力地回敬了满朝轻慢的文臣，又巧妙地言明了自己的独特战功和自己万死不辞征北的艰辛，英雄气概可以想见。特别是最后一句，我指挥百万雄兵攻城略地，没有使用过你刘基先生的半句诗，言外之意是我有我的军事谋略，没有使用过你刘基先生的半点计策。李文忠席间赋诗让他真正地扬眉吐气了一次，既令朱元璋刮目相看，也让满朝文武从此再也不敢小瞧李文忠一眼了。

洪武三年（1370），朱元璋在奉天殿大封功臣，论功行赏："李善长虽无汗马功劳，但跟随我多年，供给我军粮，功劳很大，应当晋封大国。"于是授他为开国辅运推诚守正文臣、特进光禄大夫、左柱国、太师、中书左丞相，封为韩国公，年禄四千石，子孙世袭，并授予铁券，免李善长二死，其子免一死。当时被封公者，有徐达、常遇春之子常茂、李文忠、冯胜、邓愈及李善长六人，李善长位居首位，诏书中将他比作萧何，对他褒奖备至。

"平章李文忠总兵应昌，逐前元太子圆盾漠北，获其皇孙妃嫔重宝，悉归朝廷，此功最大。"于是颁诏：浙江等处行中书省平章政事李文忠，授开国辅运推诚宣力武臣、特进荣禄大夫、右柱国、大都督府左都督，封为曹国公，同知军国事，食禄三千石。

前资善大夫御史中丞兼太子赞善大夫刘基，朕观往古俊杰之士，能识主于未发之先，愿效劳于多难之际，终于成功，可谓贤智者也。如诸葛亮、王猛，独能当之。朕提师江左，兵至栝苍，尔基挺身来谒于金陵，归谓人曰：天星数验，真可附也，愿委身事之，于是乡里顺化。基累从征伐，睹列曜垂象，每言有准,多效劳力,人称忠洁。朕资广闻,今天下已定,尔应有封爵。特加尔为开国翊运守正文臣、资善大夫、上护军、诚意伯,食禄二百四十石,以给终身。

朱元璋这次封功,虽一一说明了缘由,但受封六公、二十八侯,基本上是武将。李善长虽不领兵打仗,但由于他长期要参与军事谋划、后勤补给,也属武将之列。文臣受封级别较低,开国元勋刘基为"明初三杰"(刘基、李善长、徐达)之首,封赏却位于六公、二十八侯之后,仅封为诚意伯,爵位远低于韩国公李善长,自身食禄二百四十石,不及李善长的十六分之一,且子孙不世袭,很是令人心寒。因此,文臣、武将之间互相抵牾不可避免,特别是李文忠三十一岁封公,着实令人眼红。

这次赋诗之后,朱元璋益加信任器重李文忠了。洪武十二年(1379),李文忠第四次征北回京,太祖朱元璋即命令李文忠掌管大都督府兼领国子监事,成为大明王朝最高军事官员和最高教育官员,位同宰相,终于达到出将入相的最高境界。

应当说,李文忠的赋诗着实刺痛了刘基。其实,李文忠当时错怪了刘基。刘基当时已六十四岁,羁留京师,体弱病衰,已失去朱元璋的信任。钟山宸游,禁宫夜宴,自己又不能不暗拭眼泪,只能强赔笑脸,侍宴吟诗,前去凑趣,凑合热闹,借此赋诗叹老而已。他当时赋诗是不得已而为之,根本无意与李文忠争锋,更没有想出三十五岁年轻人李文忠的洋相。但满朝文臣利用了他,他只能苦笑了之。次年,刘基就被朱元璋赐归故乡,同年病死老家。

刘基生前没有从太祖朱元璋手里获得应有的奖赏,实在不应该。直到正德九年十月,朝廷加赠刘基太师衔,谥文成。诏曰:"慷慨有志,刚毅多谋,学为帝师,才称王佐,属圣祖之聿……渡江策士无双,开国文臣第一。"被誉为中国古代十大名臣之一,历史最终把公正还给了刘基。

太祖朱元璋给了当时李文忠应有的奖赏,但李文忠身后却长期被人们遗忘。他是明朝开国第三功臣,中国历史上十大猛将之一,生前封公,死后封王,赐葬钟山之阴,又配享太庙,肖像功臣庙,还是一个诗词功底不错的人,这也很不应该。我们应当记住李文忠,给李文忠应有的公正评价。

2015 年 5 月 24 日初稿于市政协文史委办公室

——发表于 2016 年 6 月 4 日《新滁周报》、2015 年 12 月第 4 期《盱眙历史文化研究》、2015 年 12 月《明光文史》(第 9 期)。

李鸿章与吴棠唱和安徽明光

李鸿章和吴棠均列晚清同治朝四大总督(直隶李鸿章、两江曾国藩、陕甘左宗棠、四川吴棠)之中,他俩的关系世人知之甚少,实际上他俩的交往深厚,非同寻常。咸丰十一年(1861)十二月,吴棠升任江宁布政使,署漕运总督,得李鸿章高调评赞。同治元年(1862)三月,李鸿章经老师曾国藩推荐,署江苏巡抚,十月实授,吴棠致函李鸿章盛赞李"上邀宸眷,开府即真""众人知大吏勋高,天子识疆臣心苦"①。

李鸿章(1823—1901),字少荃,出生于安徽庐州府(今合肥市)一个官宦家庭,系庐郡望族,父亲李文安与曾国藩是同科进士。李鸿章道光二十四年(1844)中顺天举人,道光二十七年中进士,改翰林院庶吉士,散馆授编修,帮办团练事宜,署善化县知县,以功赏加知府、按察使衔,入曾国藩幕,编练淮军,历任福建建延郡遗缺道、江苏巡抚、两江总督、钦差大臣、湖广总督、直隶总督兼北洋大臣、大学士、武英殿大学士、文华殿大学士、海军衙门会办大臣、总署大臣、议和全权大臣等职。作为晚清中兴名臣,李鸿章当政40余年,左右大清政局30余年。日本首相伊藤博文视其为"大清帝国中唯一有能耐可和世界列强一争长短之人",德国海军大臣柯纳德称其为"东方俾斯麦",慈禧太后视其为"再造玄黄之人"。有人将其与德国首相俾斯麦、美国总统格兰特并称为"十九世纪世界三大伟人",且李鸿章位列第一。

吴棠(1813—1876),字仲宣,一字仲仙,号棣华,出生于安徽省盱眙县(1955

---

① 吴棠:《望三益斋诗文钞·杂体文》卷二,同治十三年,成都使署刊,南京图书馆藏,第24页。

年划归江苏省)三界市(今属安徽省明光市)一个平民家庭。道光十五年(1835)中举人,道光二十四年大挑一等作知县用,签掣江南南河搞河工。道光二十九年补桃源县(今江苏泗阳县)知县。历任清河知县、邳州知州、徐州知府、徐州道、淮徐道、淮海道、帮办江北团练、赏加按察使衔、江宁布政使、漕运总督、署江苏巡抚、署两广总督、钦差大臣、闽浙总督等职,官至四川总督、成都大将军,加都察院右都御史、兵部尚书衔。宦游30余年,历封疆大吏16载,治平有方,多有建树,慈禧太后称其"柱石勋高,栋梁望重"。翰林院编修钱振伦(翁同龢姐夫)称吴棠督漕期间"以民慈父,为国重臣,江淮草木知名,天下治平第一人"。

道光二十三年(1843),庐州府优贡李鸿章入都,准备应顺天府乡试,与留寓京师准备来年恩科会试的吴棠得以相识。次年,两人同赴礼部参加甲辰科考试,均进士不售。吴棠随后参加大挑一等作知县用,从此结束科考;李鸿章则3年后高中进士。李鸿章虽小吴棠10岁,但两人非常投机,后来一直保持密切关系。最能说明他俩交往深厚的应当说是他俩在安徽盱眙县西乡明光镇写下的唱和诗。

据目前市面上规模最宏大、内容最完备的《李鸿章全集》①收录,李鸿章一生诗作不足200首,多为应景之作,罕有佳句。但他当时在安徽盱眙县明光镇的6首题壁律诗却非同一般,充分体现了李鸿章的才情、抱负和年轻时的特殊经历,是李鸿章早期军旅生涯的真实写照,而且带有鲜明的时代烙印,是特殊历史时期的产物。

李鸿章作于安徽明光的诗共6首,吴棠和诗计4首,分述如下:

---

① 顾廷龙、戴逸:《李鸿章全集》,安徽教育出版社,2008年。

丙辰夏明光镇旅店题壁[①]

李鸿章

四年牛马走风尘,浩劫茫茫剩此身。

杯酒藉浇胸磊块,枕戈试放胆轮囷。

愁弹短铗成何事,力挽狂澜定有人。

绿鬓渐凋旄节落,关河徙倚独伤神。

巢湖看尽又洪湖,乐土东南此一隅。

我是无家失群雁,谁能有屋稳栖乌。

袖携淮海新诗卷,归访烟波旧钓徒。

遍地槁苗待霖雨,闲云欲去又踟蹰。

丙辰即咸丰六年(1856),时李鸿章而立之年已过 3 岁,正是叱咤风云年华。

明光镇原来是池河边上一个小渔村,元代属于泗州盱眙县太平乡。元天顺帝天历元年九月十八日(1328 年 10 月 21 日)大明王朝开国皇帝朱元璋出生于太平乡赵郢村,明初更名灵迹乡赵府(今赵府社区),隶属于凤阳府泗州盱眙县。清康熙《泗州志》曰:"明光集,西南一百二十里,明太祖诞生。"[②]"明光山,县西南一百里,《泗州志》云系明太祖诞生之处。昔年常见五色云气,故名。"[③]明光因此得名,并由渔村升格为明光集。清代,明光已发展为安徽省盱眙县(1955 年划归江苏省)西乡池河东岸一较大集镇,位于江淮中道即泗(州)六(合)古道之上,清末民初通车的津浦铁路(今京沪线)即穿镇而过,距吴棠故里三界市近 30 千米。民国二十一年(1932)以盱眙西乡为主体成立嘉山县,治三界市(今明光市三界镇老三界行政村),民国三十四年(1945)抗战胜利后移驻明光镇。1949 年

---

① 吴棠:《望三益斋诗文钞·烬余吟》卷二,同治十三年,成都使署刊,南京图书馆藏,第 2—3 页。

② 莫之翰:《泗州志》,清康熙二十七年版,成文出版有限公司,1985 年,第 155 页。

③ 莫之翰:《泗州志》,清康熙二十七年版,成文出版有限公司,1985 年,第 175 页。

2 月,嘉山县解放,新政府在明光镇成立,1994 年撤县设立省辖县级明光市,治明光镇,今改为明光街道办事处。

　　李鸿章原来书生意气,少年得志,作为翰林院编修,他雄姿英发,踌躇满怀,展望未来,前程似锦。他做梦也没想到会三到小镇明光,并留诗于此。这一切都缘于清咸丰年间爆发的太、捻运动。

　　咸丰二年(1852),太平军攻克湖北省会武昌,即将沿长江东下,取九江,进军安徽。朝廷正规军"绿营""八旗"节节败退。咸丰帝为保境安民,倡导各地办理团练(地方地主武装),对付农民起义军。此时翰林编修李鸿章很想建功立业,就怂恿同乡安徽旌德人、工部左侍郎吕贤基上奏,回故里带兵平乱。吕贤基开始未作多想,就令李鸿章代为执笔,当咸丰皇帝很快准奏时,吕贤基才意识到问题严重,作为一介书生,自己手无缚鸡之力,凭什么招兵买马、领兵打仗呢? 此行必将有去无回。既然是李鸿章提议的,索性拉他做垫背。于是吕贤基直言不讳告诉李鸿章:"君祸我,上命我往;我亦祸君,奏调偕行。"[1]咸丰三年正月廿五日,"朝命准李鸿章及袁甲三随同工部侍郎吕贤基赴安徽帮办团练防剿事宜"[2]三个多月之后,首次与太平军交战于和州裕溪口。次年,李鸿章的父亲李文安也由吏部右侍郎王茂荫举荐,回乡办团练。李氏父子的团练"整齐皆可用"。李鸿章先后随安徽巡抚周天爵、李嘉端、江忠源、福济、团练大臣吕贤基等人在皖中与太平军、捻军作战,对战争感受非同一般。

　　第一首首联:"四年牛马走风尘,浩劫茫茫剩此身。"指作为朝廷牛马回籍办理团练,对付太平军和捻军,奔走于战火之中,前后已超过 4 年。但太平军、捻军势头旺盛,家国危亡,先是吕贤基舒城战败,投水而死;后有父亲李文安于流离之中卒于军次。浩劫茫茫,独余自己一人了。《国史本传·李鸿章》载:"五年五月,丁父忧,仍留营,十月,从克庐州府。"[3]这时李鸿章已"奉旨交军机处记名以

---

①　刘体智:《异辞录》,中华书局,1997 年,第6—7页。
②　梁启超:《李鸿章传》,海南出版社,1993 年,第116页。
③　邱迎春:《李鸿章全集》第5册,时代文艺出版社,1998 年,第8页。

道府用"①,然而时局维艰,四面强敌,难以招架;军旅受挫,上司掣肘,凡事不能自主。当时安徽巡抚满人福济乃庸庸碌碌之辈,屡遭朝廷申斥。而李鸿章却屡立奇功,一再受朝廷表彰,功高盖主,福济自然不能容忍李鸿章。"一时之间,谤诼纷起。"②福济本来就对皖省地方势力不满,为驾驭皖地势力,就以团练扰害地方为名,奏请朝廷,饬令李鸿章等团练归巡抚"集中调度",借此控制团练武装指挥权,达到排斥李鸿章之目的。

颔联:"杯酒藉浇胸磊块,枕戈试放胆轮囷。"李鸿章对福济不满之情溢于言表,为此胸中郁结如阮籍"块垒",然而借酒浇"块垒"之后,痛快一时,头枕兵器,胆量自大。虽然前途危厄,生死未卜,定数难确,但有酒即胆大敢为。

颈联:"愁弹短铗成何事,力挽狂澜定有人。"从沉郁之中转而振奋。首句借用冯谖弹铗典故,感慨自己寄人篱下,政见无人采纳,将才难得施展,事事不能自主,窝囊难平,怨愤之情自不待言。愁中弹铗何事?求得知己矣。肯定有人能挽狂澜于既倒。"有人"为谁?李鸿章也。言自己他日将是马首是瞻、胜券在握者,一朝得遂青云志,力挽大清之狂澜。

尾联:"绿鬓渐凋旄节落,关河徙倚独伤神。""绿鬓渐凋",即青丝凋谢,喻韶华流逝,建功立业未能预期。"旄节",指镇守一方的长官所拥有的节,这里指挥团练军权,现在逐渐旁落,怎不感慨?没有兵权,"关河徙倚",只好"独伤神"了。

这首诗追昔抚今,抑扬顿挫,感慨人生起落,于落魄中寄希望再次振起。

第二首首联:"巢湖看尽又洪湖,乐土东南此一隅。"言自己在巢湖流域转战多年,曾随皖抚福济攻克巢县等地,但后来不得不转到洪湖(指洪泽湖)边上。时太平天国建都南京后,正处势头旺盛之时。巢湖流域属于安徽省,李鸿章桑梓之处,乃国家膏腴之地,鱼米之乡,随东南半壁沦陷,已全部落入太平军之手。"隅",角落。只有吴棠团练据守的东南"一隅"——以吴棠故园三界市为中心的盱眙、滁州、定远三县交界数千平方千米之地尚可称作"乐土"。时李鸿章寄身军旅,与家人常失去联系,家人为避乱,东漂西流,无处安身,而所有望族大户都

---

① 邱迎春:《李鸿章全集》第1册,时代文艺出版社,1998年,第8页。

② 马昌华:《淮系人物列传——李鸿章家族成员·武职》,黄山书社,1995年,第5页。

成太平军清洗目标,流离失所,惶无宁日。

颔联:"我是无家失群雁,谁能有屋稳栖乌。"当时遭遇社会谤诼、上司忌妒的李鸿章,感慨系之。这里是对时局责问,无家失群,哪儿才是我安身立命之所?言外之意是询问吴棠,哪儿是我李鸿章的最佳去处?

颈联:"袖携淮海新诗卷,归访烟波旧钓徒。"足见李鸿章惊慌失措情状。太平军声势浩大,风起云涌,李鸿章管带的团练势单力薄,屡屡受挫。当初赴京应试,一路高歌,希望"遍交海内知名士,去访京师有道人"①,何等慷慨!然书生从戎,何以风顺?于是重操诗词文赋之业,隐遁形骸,浪迹江湖,自娱自乐之情油然而生。"淮海""诗卷"虽为用典,意在写实。宋代婉约派词人秦观,字少游,号淮海居士,著有《淮海集》,其作品多抒发寄托身世之感。李鸿章是在告诉世人,自己处淮海之境,读淮海之作,抒淮海之意,也在暗示自己所作之新诗与秦观难分伯仲,世人读自己新诗犹如秦观作淮海词;"归访烟波",是说自己很想隐遁,才来明光造访"旧钓徒"吴棠的。道光二十三年(1843),李、吴二人曾相会于京城,垂钓自娱,十几年后已是故旧,实际上是掩饰自己走投无门的窘态。

尾联:"遍地槁苗待霖雨,闲云欲去又踟蹰。"叙述自己离开桑梓庐郡情景。自己作为"闲云",面对庐郡大旱之下的眼前正"待霖雨"的"遍地槁苗",怎忍离开?"闲云"若去则无雨,"槁苗"当必死无疑!"闲云"系作者自喻;"踟蹰",指徘徊,心中犹疑,要走不走的样子,《诗经·邶风·静女》:"爱而不见,搔首踟蹰。"言外之意,时局维艰,生灵陷于水火,家国亟须拯救,处此之境,真是欲罢不能,唯有"踟蹰"。"闲云欲去"又作"间云欲出"②,解作其间的"云"想出来变作"霖雨"浇灌"遍地槁苗",似乎亦通。总之,是在向世人表明,我李鸿章虽处在无望之中,但桑梓乃至朝廷还都寄希望于我李鸿章呀,何去何从,很是艰难。心情沉重郁悒,无以排解。

---

① 李鸿章:《入都》(又名《赴试途中有感》)之一,选自吴棠《望三益斋诗文钞·杂体文》卷二,同治十三年,成都使署刊,南京图书馆藏,1998年,第7401页。

② 邱迎春:《李鸿章全集》第12册,时代文艺出版社,1998年,第7404页。

和李少荃观察丙辰明光题壁元韵①

吴棠

眼看沧海竟成尘,同此乡关潦倒身。

击楫原期涉风浪,取禾甘让檀廛困。

可怜战哭多新鬼,无那穷途半故人。

望切天戈勤扫荡,莫教困郁损心神!

那是扁舟泛五湖,中原委贼误偏隅。

恬熙同作处堂燕,纵逸谁觇集幕乌。

但愿旌麾劳大帅,何妨耕钓隐吾徒?

故乡回首他乡远,欲别频教足重蹰!

第一首首联:"眼看沧海竟成尘,同此乡关潦倒身。"沧海成尘,即沧海桑田典故之意。时世变化,出乎预料,眼睁睁地看着沧海竟成浮尘,可是无力回天,我目前的境遇与你一样"乡关潦倒"。言外之意,你处在潦倒之中,境况还不如我,有什么神气的?吴棠的和诗气势似乎逊于李鸿章原诗一筹。李鸿章带着几十匹人马来到明光,实际上是逃难,人单势孤,窘态万状,仍狂傲自负,依然不可一世,傲气不减当年。吴棠心中难免不悦,但不便直讲,只是委婉地表达了出来。

颔联:"击楫原期涉风浪,取禾甘让檀廛困。""击楫",击:敲打;楫:桨。喻立志奋发图强。"取禾"句,活用《诗经》中《伐檀》"胡取禾三百廛兮"之意。只要有人敢于摇桨涉过风浪,我情愿让出三百囷仓的粮食供别人收取,即拱手相让胜利果实。

颈联:"可怜战哭多新鬼,无那穷途半故人。"概述江淮时局,征战连连,可怜哭声不断,新鬼陡增,穷途末路,故人减半,无可奈何,能不哀鸣?

---

① 吴棠:《望三益斋诗文钞·杂体文》卷二,同治十三年,成都使署刊,南京图书馆藏,第1—2页。

尾联:"望切天戈勤扫荡,莫教困郁损心神!"希望朝廷派遣天兵对江淮地区勤加扫荡,不要让困郁损心伤神! 相比之下,吴棠的诗具有开导之意,困境是暂时的,不必悲哀伤神。

第二首首联:"那是扁舟泛五湖,中原委贼误偏隅。"先前扁舟畅通五湖,来往自由,现在中原地区全被"贼军"(朝廷视太、捻为"贼寇")占领,我等误落偏僻之处,何去何从,难以定夺。

颔联:"恬熙同作处堂燕,纵逸谁觇集幕乌。"恬熙:安乐;纵逸:恣纵放荡;觇:窥视。快乐之时一如堂上叽叽喳喳的雏燕,放纵的时候谁会窥视帐幕中乌鸟? 言朝廷没有人关注我们现在的处境。

颈联:"但愿旌麾劳大帅,何妨耕钓隐吾徒?"意为盼望朝廷授予大帅专权,犒赏官军将领,平定中原,天下安宁,那时我们还会"耕钓"隐居吗? 旌麾:帅旗。指挥军队的旗帜大破贼军,得其旌麾。

尾联:"故乡回首他乡远,欲别频教足重蹰!"身处"他乡""故乡回首",遥远之感顿生。重:沉重。《增韵》,轻之对也。蹰:即踟蹰。到了分别之时,步履沉重,徘徊犹豫,不忍抬足! 意在表达留念之情。

猜想,吴、李二人分别之地应当在明光镇,而不是距离明光近 30 千米外的吴棠老家盱眙县三界市。

戊午七月庐垣再陷重过明光次韵示吴仲仙[①]

李鸿章

猿鹤虫沙迹已尘,见几悔不早抽身。

破家奚恤周蔡纬,赠策多惭鲁子囷。

蜀岫愁云自终古,梁园咏雪又何人?

愤来快草陈琳檄,鼙鼓无声暗怆神。

---

① 吴棠:《望三益斋诗文钞·杂体文》卷二,同治十三年,成都使署刊,南京图书馆藏,第2—3 页。

单衫短剑走江湖,飘泊王孙泣路隅。

大漠风高秋纵马,故山月黑夜啼乌。

治军今有孙吴略,筹饷谁为管葛徒?

闭口莫谈天下事,乡关回首重踟蹰。

第一首首联:"猿鹤虫沙迹已尘,见几悔不早抽身。""猿鹤虫沙"系成语典故,《太平御览》卷九六一引《抱朴子》:"周穆王南征,一军尽化,君子为猿为鹤,小人为虫为沙。""迹已尘"既指周穆王南征已成往古,亦指自己所率团练、清廷官军败于太平军已成过去,将帅也好,士卒也罢,战死沙场,都已化作灰尘。庐郡再次陷落敌手,祖宅被焚,哀恨交加。"见几",语出《易·系辞下》:"君子见几而作,不俟终日。"谓从事物细微的变化中预见其先兆。可是自己未能遵循先儒告诫,没有做到未雨绸缪,才陷入被动,后悔不能早抽身事外。李鸿章因战争,推迟至咸丰七年(1857)才开始丁忧守制,团练生涯宣告结束,手中已没有兵权。戊午,即咸丰八年(1858)。"七月,太平军再次攻占庐州,焚毁李鸿章祖宅。"①吴棠于咸丰四年(1854)丁母忧,咸丰六年(1856)丁父忧,"六月……奉旨著免补本班,俟服阕后,仍留江苏以知府补用。""八月,奉旨补缺后,以道员用。"②也在赋闲,但于故里三界集练自保,颇有实力。李鸿章无处可去,只好"归访烟波旧钓徒"了。

颔联:"破家奚恤周釐纬,赠策多惭鲁子囷。""恤周釐纬",语出《左传·昭公二十四年》:"抑人亦有言曰:'釐不恤其纬,而忧宗周之陨,为将及焉。'"后人称之为"釐纬之忧",即为国忧虑。见宋文天祥《癸亥上皇帝书》:"臣何敢追尤往事,上渎圣聪,独方来计,则釐纬之忧,不能忘情焉。"意在表明自己倾家荡产,力保大清江山,就像釐妇不顾怜自己纬纱而心系周室危亡一样赤诚。"赠策"指致送书信或临别赠言,出自孔颖达《〈春秋·左传〉正义》:晋大夫士会奔秦,晋恐士

---

① 梁启超:《李鸿章传》,海南出版社,1993年,第118页。

② 陈庆年:《吴勤惠公年谱》,选自贡发芹《吴棠史料》,珠江文艺出版社,2006年,第63页。

会为秦所用,就派人招他回国。士会离秦时,"绕朝赠之以策,曰:'子无谓秦无人,吾谋适不用也。'""鲁子囷","囷",圆形谷仓。《三国志·吴书·鲁肃传》载,时周瑜军粮匮乏,鲁肃家有粮两囷,"指一囷与周瑜"。这里将吴棠比作鲁肃,曾资助李鸿章团练众多粮草,援其东山再起。然自己辜负了"鲁子囷",内心很是惭愧。

颈联:"蜀岫愁云自终古,梁园咏雪又何人?""岫"指山峰,"蜀岫"应指庐州府治西大蜀山。"愁云"指郡陷之悲,家毁之痛,无家可归,"愁"之巨大,当"自终古"。"梁园咏雪",亦曰"梁园赋雪",典出《史记·梁孝王世家》:汉代梁孝王喜好游乐,营建东苑(亦作梁园、兔苑、兔园),延揽宾客,吟宴欢聚。当时名士邹阳、枚乘、司马相如等皆为座上宾。谢惠连因此事而作《雪赋》描写其盛。后以此典表现文人雅士宴集吟赋,也借以咏雪。唐李白有诗《淮海对雪赠傅霭》:"兴从剡溪起,思绕梁园发。"唐岑参有诗《梁园歌,送河南王说判官》:"梁园二月梨花飞,却似梁王雪下时。"梁园,乃李鸿章与友人欢聚之处。梁园位于庐州府治东,即今肥东县梁园镇,千年古镇,文韵深厚,与大蜀山一西一东相对。李鸿章故园磨店,时在合肥县东乡,距离梁园咫尺之遥,或许李鸿章未入都之前常与文友集会于梁园畅叙幽情,而今时乱局危,何聚风花之人,哪来雪月之心,怎么吟风弄月? 由现在的蜀岫愁云,自然联想到过去的梁园欢情。

尾联:"愤来快草陈琳檄,鼙鼓无声暗怆神。"这是书愤。愤来何为?"快草陈琳檄"也,谓悲愤之下,即欲制作檄文,声讨占据庐郡之太平军。陈琳,三国名士,尝为袁绍致书曹操,列数操之罪状。后归操,为操作檄文,操言陈琳书檄可治愈自己头之风痛。"鼙鼓",古代军中骑兵用的小鼓。白居易《长恨歌》中有"渔阳鼙鼓动地来,惊破霓裳羽衣曲"。可是官军败却、团练溃散,没有人能对抗太平军发动的攻势,听不到"鼙鼓"之声,"快草陈琳檄"又有何用? 此情此景,怎不叫人暗中悲怆独自伤心呢? 全诗悲起哀终,意在表明自己报国之志、杀敌之心。

第二首首联:"单衫短剑走江湖,飘泊王孙泣路隅。"交代缘起,数年之前,慨然领命,自京师单骑返乡,募资散财,招兵买马,集乡勇,办团练,操兵戈,闯江湖,一再与太平军厮杀。没想到作为贵家子弟,如今竟然流落于四处漂泊、路边哭泣境地！真是此一时也，彼一时也。

颔联："大漠风高秋纵马，故山月黑夜啼乌。"化用元人元怀《拊掌录》典故："欧阳公与人行令，各作诗两句，须犯徒以上罪者……一云：'月黑杀人夜，风高放火天。'""风高"之中、"月黑"之下，险象环生，境遇艰危，再加上"夜啼乌"之时，凄清悲凉之感溢于言表，旨在告诉世人，自己是在这样形势下纵马沙场，往返故园的，虽然新败，仍在坚守之中，不曾认输。

颈联："治军今有孙吴略，筹饷谁为管葛徒？"谓自己戎马五年有余，历经磨砺；治军用兵，已具备春秋孙武之谋、战国吴起之略。但朝中没有具备管仲、诸葛亮才干的筹办军饷粮草的良将名相，战争仍无胜算。

尾联："闭口莫谈天下事，乡关回首重踟蹰。"意谓自己本想"闭口"，但是"乡关"沦陷，"回首"不堪，怎能"莫谈天下事"？眼下去留两难，唯有"重踟蹰"。全诗遍诉艰辛，告诉吴棠，我李鸿章非为无能，乃巧妇难为无米之炊。不忍离去乡关，拳拳之心天人共鉴。言外之意，是希望吴棠帮自己筹措粮饷，助一臂之力，自己好施展孙吴之略，重整旗鼓，再建功业。

再叠前韵[①]

吴棠

白羽难麾庾亮尘，关山飘泊转蓬身。

孤军每忆禽填海，疲卒饥同雀噪囷。

衮衮诸公谁拨乱，茫茫浩劫悔生人。

青莲喜晤长安市，结契文章尚有神。

狂澜仿佛倒河湖，全皖苍生哭向隅。

我是氄氀当座鹤，君多眷恋哺林乌。

田横本自多奇客，剧孟还应访博徒。

---

① 吴棠：《望三益斋诗文钞·杂体文》卷二，同治十三年，成都使署刊，南京图书馆藏，第2页。

闻说义团能杀贼，官军何事重踟蹰？

第一首首联："白羽难麾庾亮尘，关山飘泊转蓬身。"挥动"白羽"指挥三军者，乃为诸葛亮，尊称武侯，宋人蔡襄诗《漳州白莲僧宗要见遗纸扇每扇各书一首》中有"武侯白羽麾三军"句。庾亮，东晋大臣，执政时杀宗室大失人心，于是执意征流民率苏峻入京，造成了苏峻之乱。京师陷落后，庾亮蒙尘，逃奔寻阳，因而流落关山，随风飘转。"麾"，指挥军队，这里引申为驱赶。时局如此，诸葛亮也救不了庾亮。这里是将李鸿章比作庾亮，有宽慰李鸿章之意，也是告诫李鸿章朝中并无"筹饷""管葛徒"。

颔联："孤军每忆禽填海，疲卒饥同雀噪困。""禽填海"，用《山海经》中"精卫填海"典故，唐杜甫诗《寄岳州贾六丈巴州严八使君两阁老》中有"浪作禽填海，那将血射天"句，喻献身挽救国家命运大业。"雀噪困"，出自南宋陆游《七侄岁暮同诸孙来过偶得长句》诗句："行摘残蔬循废圃，卧闻饥雀噪空困。"孤军仍具精卫填海之精神，可是士卒疲惫，像鸟雀围着空空谷仓，嗷嗷待哺。这里告诉李鸿章，自己也身处艰难之中，处境不比李鸿章好到哪里。据吴棠《望三益斋诗文钞》、《滁州新建忠义祠碑铭》、光绪《滁州志》等资料记载，就在两个月之前，丁忧在籍以道员用的吴棠会各练于张八岭，旋进攻沙河集，加上清河千总张一鹏，安东文汉生率领的练丁数千，按察使张光第增派的水勇 300 名，以无械无饷之孤军，徒以忠义激励乡团，与太平军李秀成部悍将李兆受战于滁州北门外，双方均伤亡数百人，千总张一鹏、把总刘万福阵亡，练总李贯、马芝、蒋雄为保护吴棠，被太平军击杀。吴棠侄儿吴炳麒和回民练首锁元庆及时赶到，率众奋勇夺前，拥之骑夺路冲出重围，吴棠得以幸免。"孤军每忆禽填海"即指此事。

颈联："衮衮诸公谁拨乱，茫茫浩劫悔生人。""衮衮"，连续不断，众多。"生人"，指不相识的人，互相不熟悉的人，陌生人。朝廷派出了那么多王公大臣对付太平军，但谁人可以做到拨乱反正？还不是到处浩劫茫茫，很多素不相识的人都同样后悔，并非你李鸿章一人"见几会不早抽身"。

尾联："青莲喜晤长安市，结契文章尚有神。""青莲"，指李白，号青莲居士。

"长安",西安古称,这里借指京都。"晤",见面,今日相见,犹如李白长安"喜晤"故旧。"结契",订立契约,交谊深厚。这是赞誉李鸿章具有李白之文才,当年京都相遇,往来吟咏,极富神韵。

第二首首联:"狂澜仿佛倒河湖,全皖苍生哭向隅。""狂澜",指巨大而汹涌的波浪,比喻动荡不定的局势或猛烈的潮流,也可用来比喻剧烈的社会变动或大的动乱,掀倒河湖。"哭向隅",语出汉刘向《说苑·贵德》:"今有满堂饮酒者,有一人独索然向隅而泣,则一堂之人皆不乐矣。""向",对着。一个人面对墙角哭泣,比喻非常孤立、孤独,得不到机会或者怀才不遇而失望地哭泣,表明朝廷无人顾念全皖苍生。

颔联:"我是鬖鬖当座鹤,君多眷恋哺林乌。""鬖鬖",毛松散,委顿貌,语出南朝宋刘义庆《世说新语·排调》:"昔羊叔子有鹤善舞,尝向客称之。客试使驱来,鬖鬖而不肯舞。""当座鹤",化用"坐帐无鹤"一词,为思念故土的典实,语出晋葛洪《神仙传》。"哺林乌",即林乌反哺,旧称乌鸟能反哺其母,故以喻人子奉养其亲。晋束皙《补亡诗·南陔》:"嗷嗷林乌,受哺育于子。"盛赞李鸿章眷念故土之情:"乡关回首重踟蹰。"险境中自身难保,仍不忘乡关。

颈联:"田横本自多奇客,剧孟还应访博徒。""田横",秦末起义领袖,兵败拒降,手下有五百壮士,都是奇客,可常可变,可生可死。"剧孟",西汉著名游侠,誉满诸侯。吴楚叛乱时,周亚夫由京城去河南,得剧孟,十分喜悦,认为剧孟的能力可顶一个侯国,后因用其事为喻大将能威之典。"博徒",赌徒,语出《史记·魏公子列传》:"今吾闻之,乃妄从博徒卖浆者游,公子妄人耳。"田横虽多奇客,还是失败了;剧孟力敌侯国,仍然访求赌徒帮衬,委婉劝说李鸿章,处当前时局要多多礼贤下士,广聚将才。

尾联:"闻说义团能杀贼,官军何事重踟蹰?"表示对朝廷不满,听说你管带的义团都能击杀贼寇,官军为何一直徘徊畏缩不前? 也是对李鸿章回乡集练御敌之肯定。

再叠前韵赠仲仙①

李鸿章

江吕诸公骨作尘,乡邦扶义仗君身。

危疆赤手支三载,饥岁仁恩赈百囷。

天子知名淮海吏,苍生属望涧阿人。

眼前成败皆关数,留取丹心质鬼神。

浮生萍梗泛江湖,望断乡园天一隅。

心欲奋飞随塞雁,力难反哺恋慈乌。

河山破碎新军纪,书剑飘零旧酒徒。

国难未除家未复,此身虽去也踟蹰。

这两首亦作于咸丰八年。当在吴棠《再叠前韵》和诗之后。

第一首首联:"江吕诸公骨作尘,乡邦扶义仗君身。""江吕",指江忠源,安徽巡抚。咸丰三年,江忠源到达庐州,陷入太平军的包围圈。同年十二月(1854年1月),庐州城破,江忠源投水自杀。吕贤基,工部左侍郎,兼署刑部左侍郎。以太平军声势日张,清朝统治动摇,疏请下诏求言。咸丰三年春,赴安徽督办团练,以抗拒太平军。当年十月,太平军曾天养克舒城,他投水而死。李鸿章原隶吕贤基,后改入皖省署抚周天爵幕,离开吕贤基,幸免于死。后李鸿章召集团练驻罔子集,太平军进攻临时省城庐州时,李鸿章受江忠源委派,前往已赶到庐州城外的援兵陕甘总督舒兴阿部求救,舒不允,庐州城陷,江忠源与布政使刘裕珍战死,李鸿章再次躲过一劫。"诸公骨作尘",意思是这些人骨头都已化作灰尘了,与"猿鹤虫沙迹已尘"句照应。一再提及此事,可见李鸿章对此始终耿耿于怀,对死难诸君念念不忘。特别是吕贤基,乃是李鸿章奏请皇上饬令回乡集练御敌的安徽团练大臣,可惜了!"仗君身","君"当然指吴棠了,扶持乡邦,匡扶大义,只

---

① 吴棠:《望三益斋诗文钞·杂体文》卷二,同治十三年,成都使署刊,南京图书馆藏,第2页。

有依靠您吴公了。含有恭维，但多半出于真心。

颔联："危疆赤手支三载，饥岁仁恩赈百困。"言吴棠在清河（古之清江浦，今江苏淮安市清浦区）县令任上，处于危地，赤手对付太平军、捻军，竟然支撑三年之久，保住清河未被太平军攻陷，功不可没。史载："咸丰三年，粤寇陷金陵，窜扬州，淮浦震惊，土匪蠢动。棠时在清河县任，地无城郭，手无兵权，徒以忠义号召士民，创设团练，不数月间，会者数万人，声威大振，伏莽潜消。乃腾檄远近，相为固守。声言大兵百余万，指日即到，以安人心。贼徘徊瓜、扬，不敢前进。"[1]"瓜、扬"，即镇江、扬州。对句注曰："丙辰大旱，君倡捐赈，活乡人甚多。"言吴棠有恩于乡邦。此事光绪丁卯《盱眙县志稿》有记载，陈庆年《吴勤惠公年谱》也曾述及："（咸丰七年戊午）春、夏间，滁、泗大饥，公倡赈，劝乡里平粜。"[2]作为封建官吏，"饥岁"能使"仁恩"于乡民，艰难之中，不忘乡邦，倡导赈济，实属难能可贵。

颈联："天子知名淮海吏，苍生属望涧阿人。"谓吴棠乃当今皇上知名的淮海官吏。史载，咸丰三年五月，吴棠请山阳名士鲁一同代拟《檄凤颖淮徐滁泗宿海八府州属文》（即《敌忾同仇约》）[3]一文，传檄苏北、皖东、皖北八府州及所属三十四个州县，相为固守。"指天誓日，勇气百倍"。从心、耳、力、足、财、官民、城镇、乡野等八个方面与上述府、州、县各属"僚友遥申歃血之约"，提出了"郡县各守其疆，连城相应"的节节抗拒太平军北伐的主张，逐步分散消耗太平军有生力量，最终达到阻止太平军北伐的目的。此文在淮海地区城乡到处张贴，广泛散发，激励团练士气并教以战守之法，为以后阻止太平军援助孤军深入的北伐军及与捻军联为一气起了重要作用。[4] 因之，淮海大地皆知有吴棠其人。清淮人心

① 蔡冠洛：《清代七百名人传·吴棠》，中国书店，1984 年，第 421 页。
② 陈庆年：《吴勤惠公年谱》，选自贡发芹《吴棠史料》，珠江文艺出版社，2006 年，第 63 页。
③ 鲁一同：《通甫类稿》，选自沈云龙《近代中国史料丛刊》第三十七辑，文海出版社，1966 年，第 221—227 页。
④ 何一民：《四川近代人物传》，四川社会科学院出版社，1990 年，第 233 页。

因此大固。士人以为江北得练勇御寇,自吴棠始也。①"淮扬数百里隐然恃若长城"②。此事很快传扬开去,连咸丰皇帝也知道了,特地降旨垂询,并予以嘉许:"清河知县吴棠团练乡勇,甚得民心,若令其带勇击贼,必当得力。"③吴棠一夜之间闻名朝野,所以李鸿章在此称颂吴棠为"天子知名淮海吏",确实如此。"涧阿",山涧曲处,借喻吴棠丁忧赋闲之处家乡三界市。"苍生属望",谓吴棠为苍生所依属,为士人所仰望。

尾联:"眼前成败皆关数,留取丹心质鬼神。"回到眼前,自己成败"皆关数",都是命中注定,既不怪自己,也不能归咎他人,含自勉之意,有儒家眼界。"数"即定数,冥冥主之。孔圣人极少言命,但也曾说:"君子有三畏,畏天命、畏大人、畏圣人之言。小人不知天命而不畏也,狎大人,侮圣人之言。"④其中敬畏天命,是有德之人三畏之一,只有小人不懂得天命才不知道敬畏。子夏曰:"商闻之矣,死生有命,富贵在天。"⑤代表儒家对天命即定数的最高认识。末句自比文天祥,改《过零丁洋》"留取丹心照汗青"诗句中"照汗青"为"质鬼神",更富新意,更加沉郁雄浑。"照汗青",只求留名;"质鬼神",意为天人共鉴,鬼神为证,追求境界远远高于一己之名!全诗先诉死难之诸公,后颂吴棠之德行,再陈自己成败之见解,终抒丹心之赤忱,唱和互勉,抑郁有致,遒劲有力,勇毅可嘉,文采尽显。

第二首首联:"浮生萍梗泛江湖,望断乡园天一隅。"叙述自己自回皖数年以来情形,时局动荡,居无定所。"萍梗",比喻行踪如浮萍断梗一样,漂泊不定,此乃李鸿章境遇自况。咸丰七年二月,李鸿章团练在舒城受到太平军李秀成、陈玉成合师追击,溃散,李鸿章在战场已无立足之地,只好奉母携带家眷仓皇北逃,举家辗转至江西南昌避难。时李鸿章长兄李瀚章在曾国藩麾下综理粮秣,成为李家寓居唯一去处。但李鸿章自己依然得留下来,也必须得留下来,与太平军周

---

① 《人物·吴棠》,选自《盱眙县志稿》卷九,光绪辛卯。

② 《仕绩·吴棠》,选自《淮安府志》卷二十七,光绪甲申。

③ 蔡冠洛:《清代七百名人传·吴棠》,中国书店,1984年,第417页。

④ 《论语·季氏》,选自朱熹《四书章句集注》,中华书局,1983年,第172页。

⑤ 《论语·颜渊》,选自朱熹《四书章句集注》,中华书局,1983年,第134页。

旋。次年七月，即戊午(1858)七月，庐州城再次被太平军攻陷，李鸿章团练至此已丧失殆尽，他再次逃到明光，估计随从亦没有几个。特别是，李鸿章还听说祖坟已被掘，连同宅院焚毁一空，羞辱之情与切齿之愤直冲头颅，已经气急败坏，然而没有复仇之实力，守护无望，只好自消自解。① 落魄之中，站在明光回首庐州故里，犹如遥望天边"一隅"，渺不可及，顿生"望断乡园"之叹。

颔联："心欲奋飞随塞雁，力难反哺恋慈乌。"雁是候鸟，秋季由北往南迁徙，唐宋之问有诗《题大庾岭北驿》："阳月南飞雁，传闻至此回。""塞雁"即鸿雁，语出唐杜甫《登舟将适汉阳》一诗："塞雁与时集，樯乌终岁飞。"古人常以"塞雁"寄托对故乡、亲人的思念。李鸿章现在故乡陷落，唯思南昌的亲人了。古人靠鸿雁传书，李鸿章"心欲奋飞""随塞雁"同行，谓欲早日到南昌与家人团聚。"慈乌"，比喻母亲。"反哺"，谓人子尽孝之行。"力难"，指力量难以达到。虽然自己目前处于困境，力不从心，但仍像乌鸟，希望竭尽孝道，报答慈母。这里有双重含义，既指力难保家，又指力难卫国。李鸿章与吴棠一样对大清帝国还是忠心不二的。

颔联："河山破碎新军纪，书剑飘零旧酒徒。"前一句后附有注解："翁帅新接抚篆，胜帅授钦差大臣，皆庐郡陷后事也。""翁帅"即翁同书，字祖庚，江苏常熟人，翁同龢之兄，原在扬州琦善江北大营军中供职，曾从太平军手中收复江苏、安徽两省的一些城市，因而立功扬名。咸丰八年，翁同书取代福济升任安徽巡抚，命帮办钦差大臣胜保军务，安徽境各军均归节制。"胜帅"，即胜保，字克斋，满洲镶白旗人，内阁学士兼礼部侍郎，曾任江北大营帮办军务大臣，授钦差大臣，因攻高唐不下，遭革职，遣戍新疆，咸丰六年，复授副都统衔，帮办河南军务，赴淮北镇压捻军。一年多后，授胜保镶黄旗蒙古都统，命为钦差大臣，督办安徽军务。李鸿章原来一直被福济排挤，现在朝廷新派翁、胜二人主持安徽军政，心中燃起寄托希望，以为翁、胜或许能够重新整肃军纪，重整破碎河山。"旧酒徒"，称自己乃胜保老酒友也，"旧"，说明昔日早有交往。这里是在暗用汉代典故，书生郦

---

① 罗斌、王海山:《李鸿章全传》，内蒙古文化出版社，2010年，第22页。

食其曾前往谒见刘邦,遭刘邦拒见,郦于是以"高阳酒徒"称己,乃得见,后刘邦一统天下多用其谋略。唐代唐彦谦有诗《南梁戏题汉高庙》言此:"汉王若问为何者,免道高阳旧酒徒。""酒徒"冠以"旧",意为谓李鸿章自己与胜保乃昔日故交。自己虽"书剑飘零",但闯荡江湖气魄依旧。言外之意是自己有拜谒翁、胜二位朝廷重臣,帮其运筹谋划之打算。

尾联:"国难未除家未复,此身虽去也踟蹰。"结语本诗,统摄明光题壁全部主旨。国难未除,家园未复,乃踟蹰原因所在,虽然家园已失,无家可归,唯有离去,即使这样,离去仍然踟蹰。李鸿章虽山穷水尽,仍旧寄希望于翁、胜二人,自比高阳,不作塞雁,置反哺于不顾,踟蹰不去,都是因为故园陷落,国家蒙难。也可能李鸿章此时萌生投奔翁、胜二人之念,愿留在皖境继续一搏,想听听吴棠高见。猜想,吴棠不赞同李鸿章想法,因为当年"十二月十日,李鸿章赴江西建昌,入曾国藩幕" ①。时驿路阻绝,信息不通,李鸿章先自明光前往镇江,再致函曾国藩,得到回复,再绕过太、捻防区,到达曾国藩建昌军营,耗时数月实属正常。这说明李鸿章不但没有投奔翁、胜二人,似乎连接触也不曾有。事实上翁为人太厚道,并不善军事;胜骄横跋扈,目中无人,并不值得李鸿章投靠。世人谓李鸿章关键时刻舍近求远,选择曾国藩,放弃翁、胜二人,可能是听取了吴棠的建议,当然也不排除与其正在曾国藩幕中负责总核粮台报销之责的长兄李瀚章有关。李鸿章对吴棠是比较信任的,同治元年元月,正在皖北招募练勇编练淮军的李鸿章得知吴棠升任江宁布政使兼署漕运总督时,曾致函两淮盐运使,兼办江北两台乔松年(字健侯,号鹤侪):"仲宣漕帅与鸿章金石至交,淮海之间得此领袖,吾仗相与有成。"②同治元年三月,李鸿章经曾国藩推荐署江苏巡抚,吴棠致函祝贺,李鸿章复函吴棠:"承教以延揽人才为要,真透宗之论。"③说明他曾听取过吴棠的建议。

李鸿章一生的主要著述,据我所知,主要收在晚清吴汝纶编纂的《李文忠公

---

① 梁启超:《李鸿章传》,海南出版社,1993 年,第 119 页。
② 邱迎春:《李鸿章全集》第 5 册,时代文艺出版社,1998 年,第 3015 页。
③ 顾廷龙、戴逸:《李鸿章全集》第 29 册,安徽教育出版社,2008 年,第 81 页。

全书》（亦称《李文忠公全集》）165卷，《李鸿章全集》9册（1997年海南出版社），邱迎春主编的《李鸿章全集》12册（1998年春风文艺出版社），顾廷龙、戴逸主编的《李鸿章全集》39册（2008年安徽教育出版社），其中顾廷龙、戴逸主编的《李鸿章全集》既全面又权威，2800余万字。吴棠的著作有自己选编的《望三益斋诗文钞》15种，另外，还有《游蜀疏稿》、《吴勤惠公奏稿》10册（聊城大学杜宏春点校，正在商务印书馆编辑中），合计近500万字。李鸿章著作中的文学作品不多，诗词不足200首；吴棠的《望三益斋诗文钞》绝大多数为文学作品，总量是李鸿章的数倍，两人诗作各有千秋。

李鸿章与吴棠唱和明光诗既言志，又记史，还明理，属于李、吴诗歌代表作。

言志自古而然。古人常说"诗言志"，语出《尚书·尧典》："诗言志，歌咏言，声依咏，律和声。"李鸿章的6首唱和诗多作于人生困窘之中，顺境时则很少歌咏。作于明光的6首律诗，表达了李鸿章愿为时局"力挽狂澜"，做"霖雨"浇灌"遍地槁苗"，希望"梁园咏雪""快草陈琳檄"，自信"治军今有孙吴略""留取丹心质鬼神"，盼望"除"国"难"、"复""家"园等心志，怀君、忧国、恋家、匡时，俱在其中。吴棠的4首和诗是对李鸿章的应和，主要是宽慰李鸿章，也有自勉之意，表达了吴棠处战乱之中"望切天戈勤扫荡""但愿旌麾劳大帅""孤军每忆禽填海"，愿做"田横"聚"奇客"，再学"剧孟""访博徒"等心志，悯时伤乱，忠君忧民，出于至诚。总计10首唱和之诗，主旨明确，显山露水，直抒胸臆。

记史非律诗所长，但李、吴明光唱和诗中记史叙事具有较高存史价值。咸丰三年至咸丰八年，围绕李、吴二人发生的历史事件诸如李、吴交往，吴棠赤手支撑危疆，皖境朝廷官军、地方团练与太平军、捻军多次作战情况，李鸿章"四年牛马"生涯，所见"浩劫茫茫"，自巢湖转战至洪湖，遭遇庐州两次失陷，江、吕诸公战殁，父死丁忧，家园被毁，成为"失群雁"，受到皖抚福济等人排挤，"孙吴略""霖雨"之志无法施展，只落得"望断乡园""书剑飘零"，去留"踟蹰"，时皖省巡抚、团练大臣频繁更迭，寄希望于翁、胜等等；吴棠所见战争景象："可怜战哭多新鬼，无那穷途半故人"，丙辰大旱倡赈消灾、挽救生灵，被"天子知名"，受到乡民依赖，等等，均有史实可稽，可补正史之不足。诗歌记史，古已有之，李、吴唱和之诗更具特色,读之则可以从另一个方面了解那段历史鲜为人知的信息。李鸿章 5 年多团练生涯是其一生中最为艰难时期,没有选准最适合自己发挥才干的地方和时机。李鸿章兵败逃到明光镇在旅店题壁赋诗是为了疗伤。他一直不能忘怀这段经历,在其后来许多诗作中均有提及。如大约咸丰十年,李鸿章和李瀚章女儿诗就是一例:

次湘佩侄女病起口占七律韵①

李鸿章

犹记淮南聚梗蓬,沧浪池馆藕花风。

一家漂泊江湖外,万事抛荒戎马中。

病后愁魔须解脱,别来诗境各神通。

牵衣多少临歧泪,汝父西征我欲东。

读后,明显感觉似曾相识。

明理多自喻事,有画龙点睛之妙。李鸿章诗中"关河徒倚独伤神""闲云欲去又踟蹰""鼙鼓无声暗伤神""乡关回首重踟蹰""留取丹心质鬼神""此身虽去也踟蹰"等句,吴棠诗中"莫教困郁损心神""欲别频教足重蹰""茫茫浩劫悔生人""剧孟还应访博徒"等句,都是建立在前面记史叙事、抒情言志基础上明理,叙时势、述史实、抒愤懑、言心志,再说理,水流有源,树木有本,形象贴切,别于单一说教,令人信服。

李鸿章生平一心做官,偶尔为诗。据说曾国藩任两江总督时,目睹著名学者俞樾治学之专、著作之勤,曾经颇为感慨地说:"李少荃(李鸿章,字少荃)拼命做官,俞曲园(俞樾,号曲园)拼命著书。"然也。单就李、吴明光唱和诗而言,李鸿章诗作自有章法,境界高远,用典娴熟,格律工整,底蕴深厚,笔法老辣,转合有致,无雕琢之痕,有天然之趣,时人多不能企及,只是为其勋业所掩,致受忽略。

---

① 邱迎春:《李鸿章全集》第 5 册,时代文艺出版社,1998 年,第 7415 页。

时人谓吴棠诗颇具老杜遗风,蕴抱宏深,沉郁跌宕,老成练达,声律整饬,奔放不足,拘谨有余。从整体上来看,李、吴明光唱和均属于时代上乘之作,均不失为精品佳构,李诗气势似乎高于吴诗。但将他们个人全部诗作加以对比,李诗在数量上、质量上、文学成就上、社会影响上均逊于吴诗。清末民初庐州府庐江县马厂乡人陈诗(1864—1943)被誉为一位卓然自立、具有重要影响的著名诗人,是李鸿章的同乡晚辈,非常敬重李鸿章。他编选刻印的《皖雅初集》①40 卷 20 册,为最权威的晚清皖籍诗人作品选集,集中收录李文安、李鸿章、李昭庆父子三人诗作各 1 首,收入吴棠诗作 7 首,李、吴之诗高下在这里足见分晓。

李、吴明光唱和诗当时传播甚广,吴棠同治五年至十三年屡次刻印的《望三益斋诗文钞》均全文收录了李鸿章的 6 首诗。诗人薛时雨(官至杭州知府,兼督粮道,代行布政、按察两司事)咸丰六年曾参李鸿章幕,其拜读李鸿章《丙辰夏明光镇旅店题壁》2 首之后,也曾和诗 2 首:

和李少荃《丙辰夏明光镇旅店题壁》②

薛时雨

短衣匹马起烟尘,莽莽乾坤系一身。

出岫但随云变化,挚天终藉柱轮囷。

十年仗剑题诗客,万里犁庭扫穴人。

试向旗亭翻旧什,悲歌字字见精神。

攀鳞附翼遍江湖,落拓何人独向隅。

北伐功成归战马,南飞翩倦冷楼乌。

穷支大府新祠禄,老作高阳旧酒徒。

拟上鹤楼访崔颢,楚天遥望重踟蹰。

---

① 陈诗:《皖雅初集》(上、中、下),孙文光点校,黄山书社,2017 年。
② 薛时雨:《藤香馆诗删存·卷三》,光绪五年,安徽省图书馆藏,第 10—11 页。

李鸿章原诗与薛时雨和诗均收录在薛时雨《藤香馆诗删存》集中,并注明收录缘由:"盖其时爵相从戎四载,大江南北到处烽烟,故声情激越如此。异日封疆将相毕露。笼纱韵事连远轶,前人深恐兵燹之后,逆旅主人罔知护惜,明光村镇亦未必有传播之者,谨录原诗于右,并作貂尾之续,寄呈爵相一粲。且以备词林采择云尔。"①这对理解李、吴唱和诗大有帮助。

总之,李鸿章、吴棠明光唱和诗作,自有一体,别具特色,值得一读。

2020 年 7 月 15 日—29 日草于市政协文史委办公室

2020 年 7 月 30 日—31 日修改于市政协文史委办公室

——发表于 2020 年《江淮文史》第 6 期(总第 156 期)。

---

① 薛时雨:《藤香馆诗删存·卷三》,光绪五年,安徽省图书馆藏,第 11 页。

闲话文学作品的价值

我们必须清醒地认识到,现在的文学作品对大众的影响是越来越小了。

许多人自居为文人,以发表几篇散文为荣,发表几首诗歌更觉得了不起,认为自己才华横溢,人生价值高于他人。其实无他,只是术业有专攻而已,只是个人业余爱好有些特长罢了。这跟农民种一畦菜、一塪麻没有什么两样,跟工人生产一枚螺钉、一尺布匹没有什么两样,都是智慧结晶。只不过农民、工人把自己的手艺当作谋生的手段,而有些文人却把发表几篇诗文作为炫耀的资本——认识角度不同而已。

但就是因为判断事物的角度不同,因而产生了对价值认识的差异。文人以为自己的文学作品是心血凝成,价值无法估算,农民、工人则认为文学作品一文不值,一篇文章不如一担蔬菜、一件衣服。当今社会,没有文学作品可以,没有蔬菜、衣服则是万万不可。说白了,就是没有精神可以,没有物质不行。这似乎很矛盾,物质和精神同等重要,物质越丰富越需要精神食粮,怎么可以没有精神呢?但又不矛盾,因为我这里所说的精神单指文学作品。20 世纪以前,人类的精神食粮主要是文学作品,但随着社会发展、科学进步,人类精神食粮种类越来越多,数量越来越大,范围越来越广。影视艺术、网络技术、数字传播等方面的产品带给了人们更多的直接的快捷的丰富的生动的精神享受,人们获取精神满足的来源、渠道、方式越来越多,文学作品已不再是人类的主要精神源泉,读不读文学作品已明显不如先前重要了。文学作品的价值需要重新认识和评判。

从全国图书交易博览会发布的数字中可以获悉,2012 年全国出版图书 37 万种,不包括估计不下 10 万种的内部图书资料,创历史新高。据文献学家统计,从古代到辛亥革命前两千多年封建社会,我国共出版了 20 万种图书,现在一年的图书出版量就超出了以往两千多年的总和。这说明一个问题,文学作品越来越多,真的达到了"浩如烟海,卷帙浩繁"的程度。

2013 年 4 月 2 日—3 日,第二次"中国—澳大利亚"文学论坛在北京举行。中国作协主席铁凝参加了,中国作协副主席、诺贝尔文学奖得主莫言参加了,大家普遍认为文学读者越来越少。澳大利亚著名作家、出版家伊沃·印迪克作了一个初步统计,澳大利亚街上每 100 万人当中至多有 40 多人阅读诗歌,有 80 多人阅读散文。也就是说,10 万人只有那 10 个人在阅读文学作品。这也说明一个问题,阅读文学作品的人越来越少,真的是"门前冷落鞍马稀"了。汲取文学作品营养的人少,如饥似渴阅读文学作品的场面已难得一见,文学作品能产生的价值也就随之相应降低。

中国古代有"洛阳纸贵"这一典故,现在再好的文学作品也不可能出现这样的火爆现象了。2012 年,诺贝尔文学奖花落华夏,莫言成为一百多年来唯一获此殊荣的中国籍本土作家,东方的文学作品征服了西方读者。但莫言和他的作品并没有在中华大地因此掀起空前狂热的轰动效应。国人反应很平淡,知道莫言的人虽多了不少,但不知道莫言是谁的人依然很多。莫言很淡定,没有飘飘欲仙,在得到获奖消息的第一时间就说获得该奖并不代表自己是中国最好的作家,也不代表自己的作品是中国当代最好的作品。这充分显示了莫言的大家风范,既是谦逊,也是实话。这也说明了文学作品的价值在直线下降。

21 世纪以来,许多出版社争相出版年文学选系列丛书,长江文艺出版社出版的选编本比较权威,因为选编者是中国作协创研部,每年出版诗歌精选、散文精选、中篇小说精选、短篇小说精选、报告文学精选等 20 多种。明光市新华书店每年都进一两套,但除诗歌精选、散文精选等个别精选有人选购外,其余则放在书架上自始至终无人问津,最后退给省新华书店总店处理。我持续多年每年都会购买多家出版社出版的诗歌精选、散文精选等书,2013 年,明光市新华书店没有进"2012 年选系列丛书",我去订购了诗歌精选、散文精选,明光市新华书店各进两套,除我购买一套外,另外一套进货两个多月了,至今还躺在书架上。明光有文学作者上千,自称诗人的有一两百,每人都有一群读者,那是一个多么庞大的群体啊!然而,当今社会能静下心来认真读书的又有几人?事实上,作者多于读者,诗人多于读诗的人,藏书的人多于读书的人啊!想一想吧,65万明光人连诗歌精选、散文精选这样权威的文学作品都不想阅读,偶尔才发表几篇散文、几首诗歌,如果你不去大张旗鼓宣扬,谁会知道,谁去阅读,价值何在?!

从社会发展趋势来看,文学作品曾经独霸天下的优势越来越弱,从事文学创作的人不要一味孤芳自赏。许多大家作品都无人问津或备受冷落,发表几篇散文、几首诗歌又能算得了什么?

因此,我们要理智客观地评判文学作品的价值,不要浮夸文学作品的价值,不要随意地过分标榜自己,不要刻意地过高估计自己,不能剃头挑子一头热,自我感觉太良好。我个人认为发表几篇散文、几首诗歌属于一技之长,对于绝大部分人来说,只属于一种个人爱好和休闲方式。我们应该提倡有更多的人都拥有这样的一技之长,但不要依仗这样的一技之长。我们应当明白,今天,文学作品的价值是有限的。

2012年4月22日—23日初稿于市政协文史委办公室

——发表于2020年5月7日《新滁周报》,收入2015年5月中国文史出版社《帝乡散忆》(亚鲁著)一书。

模仿没有生命力

文学艺术一般从模仿开始,模仿是练习基本功的手段和途径,但模仿不是真正的创作,一味模仿只能拾人牙慧。模仿没有生命力,不可能成功,更不能取得巨大成功,不可能自成一家。我们必须正确看待模仿。

大家都熟悉"眼前有景道不得"模仿典故。

唐玄宗开元年间,进士崔颢以才名著称。但崔颢早年为诗,情志浮艳。后来游览山川,经历边塞,精神视野大开,风格一变而为雄浑自然。他曾游武昌,登黄鹤楼,感慨赋诗《黄鹤楼》一首,成为千古名作,从此名扬天下。

黄鹤楼

崔颢

昔人已乘黄鹤去,此地空余黄鹤楼。

黄鹤一去不复返,白云千载空悠悠。

晴川历历汉阳树,芳草萋萋鹦鹉洲。

日暮乡关何处是,烟波江上使人愁。

此诗写得意境开阔,风景如画,气魄宏大,一泻千里,吊古怀乡,情真意切,且淳朴生动,一如口语,不能不令人叹为观止。这一首诗不仅是崔颢的成名之作、传世之作,也奠定了他一世诗名。

崔颢当时诗名、诗才均不及诗仙李白。李白壮年时到处游山玩水,在各处都留下了诗作。他热爱黄鹤楼,到了无以复加的程度,当他登上黄鹤楼时,被楼上楼下的美景引得诗兴大发,正想题诗留念时,忽然抬头看见楼上崔颢的题诗,连称"绝妙、绝妙"。相传李白写下了四句"打油诗"来抒发自己的感怀:"一拳捶碎黄鹤楼,一脚踢翻鹦鹉洲。眼前有景道不得,崔颢题诗在上头。"有个少年丁十八讥笑李白:"黄鹤楼依然无恙,你是捶不碎了的。"李白又作《醉后答丁十八以诗讥余捶碎黄鹤楼》诗辩解:

> 黄鹤高楼已捶碎,黄鹤仙人无所依。
> 黄鹤上天诉玉帝,却放黄鹤江南归。
> 神明太守再雕饰,新图粉壁还芳菲。
> 一州笑我为狂客,少年往往来相讥。
> 君平帘下谁家子? 云是辽东丁令威。
> 作诗调我惊逸兴,白云绕笔窗前飞。
> 待取明朝酒醒罢,与君烂漫寻春晖。

但李白对此事一直耿耿于怀,后来李白在黄鹤楼对面的鹦鹉洲上模仿崔颢写下《鹦鹉洲》:

> 鹦鹉来过吴江水,江上洲传鹦鹉名。
> 鹦鹉西飞陇山去,芳洲之树何青青。
> 烟开兰叶香风暖,岸夹桃花锦浪生。
> 迁客此时徒极目,长洲孤月向谁明。

这首诗很不成功,远远逊色于崔颢的《黄鹤楼》,很少有人知道。后来李白又在游金陵凤凰台时,用崔颢《黄鹤楼》诗原韵模仿崔颢写诗一首:

登金陵凤凰台

李白

凤凰台上凤凰游,凤去台空江自流。

吴宫花草埋幽径,晋代衣冠成古丘。

三山半落青天外,二水中分白鹭洲。

总为浮云能蔽日,长安不见使人愁。

用别人原韵模拟作诗现象,古今极为普遍,尤其是律诗,但没有超过原诗的范例,成功者也不多。《登金陵凤凰台》一诗基本上属于特例,是唐代律诗中脍炙人口的杰作。因为"谪仙诗人"难受、不甘心,要与崔颢一比高低,于是他"至金陵,乃作凤凰台诗以拟之",直到写出可与崔颢的《黄鹤楼》诗等量齐观的《登金陵凤凰台》时,才肯罢休。虽是传言,但也颇恰切李白性格。《登金陵凤凰台》博得了"与崔颢黄鹤楼相似,格律气势未易甲乙"的赞扬。后人将李白的《登金陵凤凰台》与崔颢的《黄鹤楼》诗誉为登临怀古双璧。李白的《登金陵凤凰台》成功缘于易时易地易事易感,但总觉得比崔颢的《黄鹤楼》诗稍弱一些,如写黄鹤楼,李白绝对不会达到几近完美的程度。这说明,好作品都是独特的,没办法模仿,也没办法超越。

后来李白写了多首与黄鹤楼有关的诗作:

黄鹤楼送孟浩然之广陵

李白

故人西辞黄鹤楼,烟花三月下扬州。

孤帆远影碧空尽,唯见长江天际流。

与史郎中钦听黄鹤楼上吹笛

李白

一为迁客去长沙,西望长安不见家。

黄鹤楼中吹玉笛,江城五月落梅花。

望黄鹤楼

李白

东望黄鹤山,雄雄半空出。

四面生白云,中峰倚红日。

岩峦行穹跨,峰嶂亦冥密。

颇闻列仙人,于此学飞术。

一朝向蓬海,千载空石室。

金灶生烟埃,玉潭秘清谧。

地古遗草木,庭寒老芝尤。

寒予羡攀跻,因欲保闲逸。

观奇遍诸岳,兹岭不可匹。

结心寄青松,永悟客情毕。

江夏送友人

李白

雪点翠云裘,送君黄鹤楼。

黄鹤振玉羽,西飞帝王州。

凤无琅玕实,何以赠远游?

徘徊相顾影,泪下汉江流。

另有长诗《经乱离后天恩流夜郎忆旧游书怀赠江夏韦太守良宰》,高亢激昂,连呼:"一忝青云客,三登黄鹤楼。顾惭祢处士,虚对鹦鹉洲。"

这些诗都很有名,但是无法与崔颢《黄鹤楼》诗媲美。李白模仿不成,只好另辟蹊径,虽没有超越,但取得了成功。

鲁迅先生也曾模仿崔颢《黄鹤楼》诗:

剥崔颢黄鹤楼诗吊大学生

鲁迅

阔人已骑文化去,此地空余文化城。

文化一去不复返,古城千载冷清清。

专车队队前门站,晦气重重大学生。

日薄榆关何处抗,烟花场上没人惊。

这首诗俗称剥皮诗,指套用前人名诗并赋予新意的仿拟之作,题目已明确为模仿、模拟,这种做法古今很多。鲁迅当时就国民党当局的"迁移古物和不准大学生逃难"做法,写了《崇实》一文,以本诗结尾。鲁迅的这首诗深刻揭示了反动当局盗运文物,放弃古城,实行不抵抗政策,痛骂大学生,都是为了一个目的,那就是维护他们的利益和腐朽没落的生活。也是易时易地易事易感,很有名,但远没有崔颢的《黄鹤楼》诗境界开阔,意境高远。

李白是中国历史上最伟大的浪漫主义诗人,古今唯一;鲁迅是著名的文学家、思想家、革命家、民主战士,五四新文化运动的重要参与者,中国现代文学奠基人,古今唯一。他们两人模仿都不成功,别人何以能模仿成功?

2014年10月15日,习近平主席专门在北京主持召开文艺工作座谈会并发表重要讲话。他强调,改革开放以来,我国文艺创作迎来了新的春天,产生了大量脍炙人口的优秀作品。同时,也不能否认,在文艺创作方面,也存在着有数量缺质量、有"高原"缺"高峰"的现象,存在着抄袭模仿、千篇一律的问题,存在着机械化生产、快餐式消费的问题。

模仿、抄袭已成为当前我国文学艺术界最大的腐败现象,不能只局限于媒体网络曝光了事,还应当结合其他手段予以严厉打击,坚决遏制这种不正之风,坚决杜绝这种不良现象。

比如,很多人每到一个景点走马观花后就会写一篇游记,基本上为模仿、抄袭,从网上搜索一些内容拼凑而成,没有新意。常识上,每一个著名景点都会有千人万人写过,如果你对这个景点的人文、自然景观没有深刻的认识和理解,没有超过前人和今人的认识和理解，那你写篇游记有什么意义？发表有什么意义？为了换取虚名吗？为了满足自己的虚荣心吗？为了证明自己文才高于别人吗？为了挣得几块钱稿费吗？为了忽悠那些没到过这个景点的大众吗？太没有意义了！很多模仿、抄袭者以为现在是知识爆炸时代，在海南模仿、抄袭东北人、外国人作品不可能被人知道，今天模仿、抄袭十年前、二十年前别人的作品不可能被人知道，模仿、抄袭不知名作者作品不可能被人知道。完全错了，若要人不知，除非己莫为，纸包不住火，总有一天会被人知道的。届时，斯文扫地，颜面丢尽，何苦来哉？

所以，广大文学艺术工作者应当放弃侥幸心理，切记抄袭。模仿可以，把它当作书法临帖行为，锻炼自己的基本功，但不能把模仿的东西当作自己的作品发表、评奖，更不能抄袭别人的东西当作自己的作品发表、评奖。那样会贻笑大方。

须知，文学艺术模仿没有生命力，模仿到一定程度必须寻求超越、突破、创新，形成自己的独特风格，开创自己的唯一道路，创作出属于自己的作品。

2015 年 4 月 28 日—29 日初稿于市政协文史委办公室

遍地诗人谁赏诗

时下写诗的人越来越多,但欣赏诗的人却越来越少。这是不争的事实。

下午,市文化中心举办市第十四届迎春诗歌朗诵会,主办单位是市委宣传部,承办单位是市文联、文旅局、教体局、融媒体中心,协办单位是市作家协会、诗词学会、文化馆。这是本市一张文化品牌,还要继续发扬光大。

本来,诗歌朗诵会是全市文化界一件盛事,是一顿丰美的文化大餐,是大家一次难得的精神享受。然而最让我吃惊的是今天这个朗诵会清冷得实在出乎我的意料。剧场 300 多个座位,中间部分只坐了前几排,肯定没有 200 人,估计在 150 人上下。20 个节目,上台朗诵表演的人计 140 人次。也就是说,参会的人应当由作者、朗诵者、组织者、采访者组成,此外专门来欣赏朗诵会的根本没有几人,可能在 10 个上下。

很多朗诵者,在自己作品朗诵之后就离开了,他们是让别人欣赏自己的,不是来欣赏别人的。部分作者可能也是如此。坐在剧场中的人是不是用心欣赏了,谁也不清楚,我估计等待表演者、等待别人欣赏自己诗的作者绝对居多。

朗诵会中后期,剧场里最少时只有 32 人,我因有作品被朗诵按时参加了这个活动。我一直坐在中间最后一排过道边上,有一位老太太经过我身旁与另外一个人小声叽咕说:"剧场里人呢?等到我们节目上场恐怕没有人了,我们只能表演给自己看了!"果不其然,最后一个节目是市老年大学集体朗诵,台上表演者 57 人,女性一律紫色连衣长裙,雍容华贵,仪态万千;男性一律藏青色西装、白衬衫、红领带,充分准备,精心打扮,整齐划一,青春焕发,神采飞扬。而台下观众只有稀稀朗朗的 36 人,东一个西一个,区区 36 人中虽不都是作者、朗诵者、组织者、采访者,但专门欣赏者绝对没有几个。没想到诗歌朗诵会会这么冷清!表演者当然只能自我欣赏了。其实现实生活中,这种现象屡见不鲜,很多人精心表演,自己都已经陶醉其中了,写诗的人更是如此,但事实上没有几个观众真正欣赏他。

这就是中国诗歌现状,遍地诗人,但欣赏诗歌的人却寥若晨星。据说,中国目前写诗的人超过了3000万,也有人说更多更多,几乎人人写诗,信手拈来,一蹴而就。这个时代诗歌已"繁荣"到极致,意气风发,盛况空前,写诗太好发表了,通过微信等自媒体随时都能传播出去,但很少博得掌声和点赞。梦想很丰满,现实很骨感。写诗队伍浩浩荡荡,远远超过盛唐,但好诗羞羞答答,露面的没有一首诗达到唐诗标准。诗歌已从神圣高雅的文学殿堂跌入了卑微的茅屋,由价值连城的璧玉变成了一文不值的草芥,由滋润心灵的鸡汤变成了寡味的白开水。诗歌不仅感动不了大众,感动不了社会,甚至也感动不了自己。物因滥而贱,自古而然。

中国是诗的国度,几乎每个人的启蒙教育都是从诗歌开始的,孔圣人就对诗推崇备至:"不学诗,无以言。"诗歌抒情言志,高尚典雅,滋养了中华民族一代又一代人,扎根于每一个华夏子民的灵魂深处。但今天此情此景,叫人说什么呢?我只想问问大家:遍地诗人谁还赏诗?

2020 年 1 月 20 日下午于市政协文史委办公室

爱好文学浅解

古今中外，爱好文学的人多如牛毛。我个人对爱好文学是这样理解的。

爱好文学是一种乐趣，一种情怀。

爱好文学的最直接表现就是读书、写作。我个人以为读书、写作与垂钓、对弈、打球、练功、唱歌、跳舞、书画、摄影、跑步、旅游等都是一样的，属于一种乐趣、一种情怀，借此丰富业余生活，提高生活品质，增强生活韵味。闲暇时间爱好文学，可以充实心灵，陶冶情操，开阔眼界，提升修养，丰富精神，俯仰天地。

文学不是才能的展示窗，不是仕途的铺路石，不是成功的敲门砖。现实之中，写作能养家糊口的人，凤毛麟角，因此，靠文学安身立命，是不现实的。我觉得当下年轻人千万不能把锦绣前程和美好未来寄托在文学上。借助文学表现才能，攫取功名，收获财富，实现人生梦想是比较幼稚的。这些年，我是靠当教师、做律师、做公务员等途径、技能谋生的，文学只是我的业余爱好，写作上几乎没有经济收益。靠稿费赡老抚幼，我做不到，做到的人恐怕也不多。

文学是人类的精神家园、情感氧吧，是人类寄托情怀的最佳选择，爱好文学可以让自己生活精致一些，行为优雅一些，品格高尚一些，趣味纯粹一些。

爱好文学是为了表达，为了分享。

读书欣赏会有所感，目见耳闻会有所思，需要用文字表达出来。否则，感受渐淡，思索渐浅，时间一长，心得体会，思考领悟，都会消失。把经过真实记录下来，把场面真切刻画出来，把情景真确描摹出来，把感触真挚抒发出来，这就是写作，目的是表达自己内心感知，获得别人理解、支持、点赞。所谓闲情逸致，各有所钟。

每天我们都可能有喜怒哀乐,都可能有快慰闲愁,都可能有聚合离分,都可能有得失盈亏,困苦时渴望别人理解,快乐时期盼亲友分享,你不可能向每一个人倾诉表达,重复表达就会越来越寡淡,怎么办?拿起笔,绘声绘色表达出来,栩栩如生叙述出来,用形象的文字感动大家,用深远的意境陶染大家,让大家分享自己的感觉。

把自己对生活、对人生、对社会、对历史的深刻领悟,表达出来,转化为文字,就是文学作品,分享给大家,滋润了别人,愉悦了自己,何乐而不为?

爱好文学靠长期坚持,长期坚守。

所谓爱好就是对一件事物的亲密态度、喜悦深度、执着程度。爱好文学也是如此。很多人觉得读书写作没有什么,你能写一篇文章,我也能。我不否认。但能写一篇文章并没有什么,能写几篇文章也没有什么,关键是能长期写下去,能写很多文章,能写很多不同类的文章,写成书,写成一本又一本书,写成一本又一本很好看的书,就不是一件容易的事了,需要坚持不懈。

一日三餐,工作休息,迎来送往,接人待物,每天都生活在繁忙之中,每天都辗转于庸常之间,能够闲下来的时间很少很少。每天都要读点文学作品,每天都要写点文字,就需要坚持。长期坚持就是坚守,坚守在文学园地里,辛勤劳作,笔耕不辍,孜孜以求,孜孜不倦,乐此不疲,乐在其中,是非常难能可贵的。能做到这种地步,当然值得我们大家学习。

用心坚持,用情坚守,文学园地一定能鲜花盛开,硕果芬芳。

爱好文学要形成氛围,形成气候。

独木不成林,漫山遍野才为林;一花不为春,万紫千红才是春。爱好文学也一样,要有一个志趣相投的群体,互相学习,互相切磋,互相帮衬,互相砥砺,取长补短,共同提高。营造一种优雅的清新氛围,一种高雅的文化氛围,一种浓郁的学习氛围,一种和谐的凝聚氛围。众多的文学爱好者结成一个社团,创作出众多感人至深的文学作品,才能形成一种现象、一种气候,将影响慢慢扩散出去。

欣赏文学作品需要有众多的人互相研读、互相探讨、互利互惠、互帮互助;创作文学作品需要众多的人互相批评、互相欣赏、互相鼓励、互相点赞。要具备良好的自然环境、社会环境、人文环境,人们彼此脾气相投,爱好相近,坦诚相处,互相尊重,互相理解,互相促进,形成一种气候,才有上升的空间,才有发展的后劲,才有丰厚的底蕴。

有了浓厚的文学氛围,清新的文学气候,优雅的生活环境,欣赏和创作都会取得长足进步。

2020 年 11 月 22 日草稿于市政协文史委办公室

2020 年 12 月 14 日二稿于市政协文史委办公室

短序简跋

《长孙皇后与贞观盛世
——洪厚宽戏剧文学剧本选集》（上）跋

　　由我策划、审校的《长孙皇后与贞观盛世——洪厚宽戏剧文学剧本选集》（上）（以下简称《洪厚宽戏剧文学剧本选集》），即将由黄山书社隆重推出，作者洪厚宽先生嘱我写几段文字附后。我作为晚辈，才疏学浅，对戏剧知之有限，根本没有资格题跋。但洪老再三敦促，实在让我却之不恭，蒙洪老信任，只好勉为其难。

　　洪老是我的尊长，他的家乡明光市津里镇（已并入石坝镇）与我的家乡邵岗乡（已并入女山湖镇）毗邻，他的长女就嫁在我的邻村山北村（已并入我所在的山东村）祁咀组我妻子的大舅家，是我妻子的二表嫂。当然，我和妻子那时才十几岁，我那时并不知道她后来会成为我的妻子。因这层关系，我读小学时就听说了洪老的大名。

　　20世纪60年代末至80年代初，农村精神生活非常匮乏，一两个月可轮到一场电影，寒天可听几场大书，此外最大的精神享受就是观看文艺宣传队演出。县里文艺宣传队演出没有见过，公社文艺宣传队演出一年能看上两三场，最多的还是本大队文艺宣传队演出。演戏需要"脚本"，也就是剧本，但那时乡下能编写剧本的人很少，很多人都是赶鸭子上架，许多时候剧本编得很蹩脚，演出质量更是糟糕，但我们依然看得津津有味。饥饿的年代难以下咽的地瓜干也是上等的美味佳肴啊。

　　洪厚宽先生则不同，在众多的编戏人当中，他可以说是首屈一指的。首先，洪老具有扎实的文学功底。洪老出生于贫苦家庭，全家人虽过着食不果腹、衣不蔽体的苦日子，但其目不识丁的老父仍然发誓要克服一切困难，把洪老培养成读书人。解放之前,洪老七岁入私塾开蒙,解放后读完小学,虽然就此结束读书生涯,但洪老天资聪颖,勤奋好学,还是学到了较为系统的文化知识,打下了扎实的文学创作功底,为他后来从事戏剧创作积累了深厚的资本。其次,洪老从小就爱好听书唱戏。洪老从小就对民间戏曲艺术有浓厚兴趣,为他后来从事戏剧创作提供了原始动力。洪老虽是高小学历,但在解放初期的偏僻农村,已属了不起的读书人。1957 年参加工作不久洪老就入了党,并很快成为津里区委宣传干事,国家干部。"大跃进"时担任公社团委书记、参加公社党委委员期间,洪老曾受命负责管理公社业余剧团,有机会了解了系统的戏剧知识,并挑起剧团编剧大梁,尝试编写排演新戏,虽为业余,但为他后来成长为专业编剧奠定了坚实的基础。再次,洪老对戏剧创作情有独钟。洪老接触戏剧后,就深深地爱上了戏剧,开始摸索,不断进步。1964 年为配合"四清"运动,洪老创作了一台大戏《血泪仇恨》,由津里公社桥东大队文艺宣传队排演,参加嘉山县文化馆会演,获优秀奖。从此,全县都知道了洪厚宽的大名。20 世纪 70 年代中期,我作为偏僻农村一名小学生能知道他的大名,我一字不识的母亲也知道他的大名,可见洪厚宽先生大名当时已是家喻户晓、妇孺皆知了。洪老坚持了近二十年的业余戏曲剧本创作,始终热情不减,最终修成正果,成为专业编剧,爱好是他成功的关键。

然而,共和国初期的知识分子好多都经历一些波折,洪厚宽先生当然不能例外。洪老早期的剧作被看成"香花","文革"开始后很快被打成"毒草",洪老已由"三反分子"升格为"现行反革命",被批斗了九年,并因此坐了一年大牢。1975 年,嘉山县革命委员会为洪老平了反,但津里公社党委不承认,不给恢复工作。幸好县革委会宣传小组需要专业人才,就将洪老抽去专门从事曲艺、戏剧创作。1978 年,洪老调到滁县地区文化局,专门从事专业戏剧创作,英雄有了用武之地,创作了大量戏剧作品,因而后来成了滁县地区文化局创作室主任、高级编剧、著名剧作家。其中 1976 年创作的大型现代戏《翠岭朝霞》被省文化厅确定为参加全国农业学大寨专题文艺调演剧目之一;1979 年,洪老创作的新编历史剧《戴胄护法》受到时任滁县地委书记、后来任安徽省长的王郁昭同志的高度重视,代表滁县地区在安徽省第五届文艺调演第三批演出时获得了意想不到的成功,获得编剧、导演、音乐、舞美等多项优秀奖;1999 年,洪老创作的大型现代戏《感谢农民兄弟》获得了安徽省戏剧创作二等奖(一等奖空缺);2007 年,洪老创作的戏曲电视连续剧《长孙皇后与贞观盛世》在第五届中国戏剧文学奖的评选中获铜奖,洪老是滁州市首位获此殊荣的剧作者。这些都是滁州有史以来突出的戏剧成就。

不过,这么多年来,我只知道洪厚宽先生大名,也听说过他创作的几个剧本篇名,但一直未曾谋面,也未读过他的作品。我与他来往是在我知道他大名三十多年之后。2006 年底,我到明光市政协主持编写了《明光历史文化集存》一书,公开出版发行。洪厚宽先生阅后通过市政协陶瑾主席向我指出该书存在的问题,为了当面聆听洪老的教诲,我通过陶主席邀请洪老前来明光市政协文史委指导工作,2008 年后,我和洪老才有了接触,我才渐渐了解了洪老。洪老历经新旧社会变迁,虽仕途坎坷,但始终勤奋好学,矢志追求,锲而不舍;一生为人耿直,敢于仗义执言,讲真话,干实事,生活俭朴,随遇而安;平易近人,平等待人,携老扶幼,奖掖后学,谦逊和蔼,虚怀若谷;不慕权贵,不慕荣华,不慕虚名,不摆权威架子,不摆学术架子,不摆年老架子,我在心底视他为榜样。特别是他 2005 年身患癌症,历经三次手术,仍然精神矍铄,乐观开朗,谈笑风生,实在令我敬佩。

交往之中,我得知洪厚宽先生创作了大量的戏曲剧本,不少已在正式刊物上发表,也公开出版过几个单行本,但没有汇总过,就建议他出版一本作品集。洪老爽快答应,并委托我负责策划、审校。我自然不敢怠慢,竭尽全力。除策划、审校之外,我又多次陪同洪老前往黄山书社申请了正式的独立书号,公开出版《洪厚宽戏剧文学剧本选集》一书,这是滁州戏剧界一件盛事。

《洪厚宽戏剧文学剧本选集》从洪厚宽先生创作的三十多部主要剧本中挑选九个剧本汇编而成,主要包括两个方面:一是农村题材剧作,生动地描写了发源于滁州的中国 20 世纪后期的伟大的农村变革,真切地记录了皖东地区推行农业联产承包责任制的风雨历程,形象地再现了皖东地区原汁原味的风土人情,多维地塑造了历史转折关头众多性格鲜活的农村干群形象;一是历史题材剧作,刻画了圣君李世民,贤后长孙皇后,纨绔太子承乾,谏臣戴胄、魏徵、房玄龄,奸佞封德彝、侯君集等众多历史人物，客观公正地评介古代理想的君臣关系，高屋建瓴地解读了历史故事的现实意义，全面细致地透析了古代盛世产生的机理，借古讽今，借古喻今，借古论今，借古说今，为当今人们治理社会、发展生产、创造文明、建设家园提供了许多很好的生动形象的借鉴教材。总之，《洪厚宽戏剧文学剧本选集》是一本不可多得的好书，值得一读，读后必有收获。

　　以上东扯西拉一通，意在抛砖引玉，但愿能有助于读者了解洪厚宽先生，了解他的戏剧作品。

　　是为跋。

　　　　　　　　2013 年 5 月 22 日—24 日初稿于市政协文史委办公室

　　——《长孙皇后与贞观盛世——洪厚宽戏剧文学剧本选集》(上)2013 年 10 月由黄山书社出版。

《捻军演义》序二

马昌凡先生 55 万字长篇历史小说《捻军演义》即将出版，因我专门学习研究过捻军历史，了解一点捻军历史皮毛，他就再三再四嘱我为其作序。这实在让我汗颜，一是本人才疏学浅，不具备为他人作序资格；二是本人没有作序经历，不知从何写起。但既然推托不掉，也就只好勉为其难了。

捻军是太平天国时期北方的农民起义军。早在清嘉庆年间，淮北淝水、涡河流域的亳州、蒙城、寿州等地就产生了贫苦百姓的自发性组织捻子，多人聚在一起为一股，"每一股称一捻"，"捻"即一股、一伙的意思。清嘉、道年间，民不聊生，贫苦百姓三五成群结捻、入捻，其目的主要是为生活所迫，贩运或保送私盐，赚取差价或保费，用来养家糊口、填饱肚子，偶尔也劫富济贫，对抗官府。

咸丰初年，受太平天国运动影响，捻子开始发展壮大，由几人、几十人、上百人发展到数百人、上千人甚至数千人，已形成规模，成为民间穷苦百姓的反清结社，成员有农民、手工业者、盐贩、饥民、游勇等，活动地域早期在淮北淝水和涡河流域，后逐渐扩展到山东、河南、江苏、湖北各地，朝廷称之为捻党。捻党居则为民，出则为捻，平时种地糊口，关键时聚成武装。捻党中很多人敢于争当抗官救民、行侠尚义、排难解纷的英雄好汉，这时的捻党开始公开贩运、保送私盐、劫富济贫、敢于对抗官府，不怕官兵弹压，带有比较明显的地方武装性质，已引起清廷的高度重视和恐慌。

1853 年，在太平军的巨大影响和推动下，在官府的强大逼迫下，一小股一小股捻党慢慢会聚，终于有了核心，形成了气候。1855 年秋，捻党在今涡阳县城雉河集会盟，力量最大的当地捻党首领张乐行被推为盟主。联合后的捻党建立五旗军制,用黄白红蓝黑五色旗区分军队。黄旗总首领由张乐行自兼,白旗总首领龚得树,红旗总首领侯士维,蓝旗总首领韩奇峰,黑旗总首领苏天福。总旗下有大旗、小旗,每一旗主左右都有一个以宗族、亲戚、乡里关系结合起来的领导集团。他们高举五色义旗,公开反清,聚成纵横数省的大军,后人称这支农民起义队伍为捻军。

捻军是中国近代史上最后一支声势浩大的农民起义队伍,捻军竖旗抗清,兵锋波及黄河南北十省,歼灭清军及地方团练十万余人,有力地配合了太平天国和北方各地的农民起义,给清朝统治以沉重打击,是 19 世纪仅次于太平天国运动的中国北方规模巨大的民众运动,既是太平天国的北方屏障和盟友,又是太平天国运动的继承者,虽然声势略逊于太平天国,但其上承白莲教,下启义和团,活动的范围和影响很大,经历的时间很久,成了腐朽的清王朝的心腹之患,沉重地打击了清朝的统治势力,严重地动摇了清朝的统治基础,有力地加速了清朝的灭亡进程。

但人们对捻军知之甚少,远不如太平天国运动。其中一个重要原因,就是全面真实地反映捻军历史的非常有影响的文学作品太少,马昌凡先生的长篇历史小说《捻军演义》填补了这项空白。

《捻军演义》以清朝咸丰年间为时代背景,以生活为基础,精心构思故事情节,着力塑造捻军领袖张乐行形象,详细地描写了捻军的兴起、发展、壮大整个过程,再现了淮北平原的亳州、蒙城、寿州等地的农民,在大趟主张乐行和太平军北伐部队的影响下,聚五色大旗与清朝军队浴血奋战的英勇事迹。

安徽涡阳是捻军起义发祥地,但安徽省境内至今没有人创作捻军历史题材长篇文学作品,马昌凡是第一人。马昌凡长兄马昌华是安徽省社会科学院历史研究所近代史研究室主任、研究员,李鸿章和淮系集团研究中心主任,安徽历史学会名誉会长,中国著名近代史专家、捻军史专家,著有《捻军调查与研究》等专著,在捻军研究上具有开创性贡献。马昌凡先生经常到长兄家,有条件阅读了大量捻军历史资料和捻军故事,受捻军精神感染,萌生了用文学作品歌颂捻军的想法。经过二十余年艰辛努力,终于完成了长篇历史小说《捻军演义》。

淮北大地,民风彪悍,历来有尚武习惯。捻军在长期发展壮大和抗清作战过程中,形成一套独特的作战方式——武术技击。当时,捻军没有大炮洋枪等先进武器,只有凭借自身武术技击优势对付强敌,这是捻军克敌制胜的根本因素。以前反映捻军的文学作品极少涉猎这方面内容,大多脱离生活实际和典型环境。马昌凡先生的《捻军演义》在现有捻军题材文学作品中可以说是别具一格的,小说采用传统章回体叙述形式,突出武术技击这一点,刻画了张乐行等众多身怀绝技、武功盖世的捻军领袖形象,对武术技击场面的描写尤为细腻逼真、鲜明生动,十八般武艺精彩纷呈,有力地弘扬了中华传统武术精神。这也是这部小说的最大亮点和成功之处。

总之,《捻军演义》是捻军历史题材文学作品的一大突破,值得一读。

2011 年 8 月 29 日

——马昌凡《捻军演义》一书 2012 年 4 月由中国文史出版社出版发行。

《中国民间故事全书·安徽滁州·明光卷》
后记

　　明光位于长淮下游，皖东北缘，横跨江淮分水岭，地处南北分界线，介于北纬 32°27′～33°13′与东经 117°56′～118°25′之间。南北长约 88 公里，东西宽约 68 公里，总面积 2335 平方公里，东临江苏盱眙县，西迄凤阳县，南与滁州市南谯区、来安县、定远县接壤，北隔淮河与五河县和江苏泗洪县相望。南部多丘山，冈峦起伏；北边多平原，湖泊纵横。自然条件优越，气候温和湿润；地理位置适中，水陆交通便捷。京沪铁路、宁洛高速、104 国道、307 省道、309 省道穿城而过，明（光）徐（州）高速正在建设之中，明（光）盱（眙）高速已经立项勘察；千里淮河、九曲池河、浩浩女山湖、悠悠七里湖，帆樯林立，通江达海。明光现为南北枢纽，苏皖通衢，区位独特，优势明显。

　　明光历史悠久。上溯远古，地属淮夷，勤劳善良的祖先移居于此，男耕女织，世代繁衍。夏、商、周分属扬州、徐州、青州，春秋战国分属吴国、楚国，居于"吴头楚尾"。汉初置县盱眙、淮陵，三国两晋南北朝至隋唐五代十国，先后更名为淮陵、睢陵、睢阳、池南、招义、化明，北宋改招信县，南宋置招信军，均治今女山湖镇，元末并招信入盱眙。明属凤阳府泗州盱眙县，清属直隶泗州盱眙县。民国二十一年（1932）析盱眙、滁县、定远、来安四县交界之地设立嘉山县，治老三界；1994 年经国务院批准，撤县设立省辖县级明光市，治明光街道办事处。现辖 17 个乡镇办事处（12 镇 1 乡 4 办事处），人口 65 万。另有管店林业总场和白米山、潘村湖农场等省直管单位。

　　明光人杰地灵。明光元称太平，明改灵迹，是名副其实的帝子之乡，钟灵毓秀，人才辈出，各领风骚。昔有龙庙山二郎庙，农民起义领袖、揭开历史新篇章的明代开国皇帝朱元璋就诞生于此。《泗州志》《盱眙县志》有明确记载,光绪《盱眙县志稿》更加肯定:"明太祖生于此,昔年见五色云气,故名明光山。"并有大量文献史料、实物考古、私人著述、民间传说充分佐证。明光因"真龙天子"在此诞生而得名。明代开国将领李文忠,世代居住明光集,见证了明光的衰兴枯荣。清代封疆大吏吴棠,生于三界,皖东唯一,由平民而封圻,兴利除弊,治平有方,载入史册,听任评说。近代同盟会首批会员汪雨相,与孙中山、蒋介石有特殊交往,早年东渡日本留学,探求救国真理,竭忠尽智,不遗余力,归国后整治淮河水患,兴办地方教育,泽被后世,代代流芳。当代海峡两岸关系协会前会长汪道涵,早年随父雨相举家投奔革命圣地延安,戎马倥偬,足迹遍布苏皖浙沪。晚年自上海市市长任上离休后,仍老骥伏枥,志在千里,为祖国统一大业辛勤奔波,不懈努力,鞠躬尽瘁,死而后已,开创海峡两岸对话新局面,名满寰宇,举世景仰。五千年历史长河,明光俊杰辈出,不胜枚举,他们是明光世代典范,明光人永远引以为自豪荣耀!

明光物华天宝。嘉山胜境优美,"山泽多藏育,土风清且嘉"(陆机《吴趋行》);地球上保存最完好的古火山口之一女山位于著名郯庐断裂带之上,150万年前由岩浆喷发而成,省级女山地质公园"三村环抱一分水,四月葱茏万亩田",天然氧吧,游人如织。淮河奔腾不息,流经明光逾百华里,世世代代哺育两岸人民;安徽第二大淡水湖女山湖烟波浩渺,千帆竞发,网箱密布,渔歌互答,是皖东首屈一指的省级自然湿地保护区。梁武帝以水代兵,九里浮山堰遗址犹存;宋仁宗驻跸古城招信,超度阵亡将士灵魂,嘉祐院香火兴旺,千载依旧;横山元代兴慈宝塔,皖境独有,弥足珍贵;清代古戏台,皖东仅存,演尽世态人情,淋漓尽致。省级工业园区规模宏大,功能完备,配套齐全,设施完善;老嘉山一望无际,林深叶茂;潘村湖平坦辽阔,麦香醉人;仙境跃龙、栖凤湖风光旖旎,景致优美,休闲度假,人间天堂;观光农业,生态自然,绿色环保,前景喜人。全市四万公顷山场林茂草丰,牛羊满山坡;三万公顷湖面碧波荡漾,鱼肥蟹更美。凹凸棒黏土世界稀有,玄武岩铸石全国之冠。明光人民勤劳智慧,淳朴善良,热爱生活,热爱家乡,创造了灿烂的文明,历史文化底蕴丰厚,代代传扬。

明光魅力无限。物换星移,沧桑几度。而今,明光已是一座集科工贸旅游于一体的新兴城市。有两淮煤炭资源做后盾,有华东强大电网做动力,有南京一小时都市圈做舞台,有长三角经济区做引擎,有自身各种优势做基础,帝乡明光已成为皖东一颗璀璨的明珠,是国务院皖江城市带承接产业转移示范区北桥头堡,经济社会和谐发展,繁荣昌盛,文明祥和,活力无限,魅力四射,青春焕发,光耀闪亮。帝乡明光早已成为海内外有识之士的投资热土、创业天地、发展平台、腾飞起点、生活乐园、理想归宿。明光已焕发盎然生机,充满青春活力。明光人民已蓄足气势,开始起跳,不断加快发展步伐,以崭新的姿态迎接新的机遇和挑战,正在谱写出一曲又一曲璀璨华丽的乐章。

生活在明光这片热土上的祖先,为后世留下了许多优美的传奇佳话。明光的民间故事、神话传说资源丰富,特别是朱元璋出生和少年时代故事广泛流传,耳熟能详,家喻户晓,妇孺皆知,引人入胜,经久不衰。这是明光一笔宝贵的文化遗产和精神财富。

2004年4月,全国政协启动浩大文化工程中国民间四库全书之一《中国民间故事全书》编写工作。统一体例,每县(市、区)一卷,30万字以上,附30幅图片,60分钟故事录音光碟一张。2006年5月份,滁州市政协正式启动《中国民间故事全书·安徽滁州》编写工作。明光市政协接受任务后,专门召开了主席会议,指定分管副主席纵瑞来同志负责领导协调工作,指定笔者组建编写组,拿出详细的编写方案,具体负责编写工作,并邀请中国著名传记文学作家吴腾凰先生、安徽省文联副主席俞凤斌先生担任顾问,邀请明光籍著名作家武佩河先生指导帮助笔者工作。经主席会议商定,由武佩河和笔者共同担任《中国民间故事全书·安徽滁州·明光卷》主编。

笔者在主席会议和分管主席领导下组织慎贵平、苏中联、覃鲲、武显家、卢清祥等人迅速开展明光民间故事搜集整理工作。以"全面性、代表性、科学性"为标准,我们首先对已出版的明光文化局编写的6万字《明光民间故事》和武佩河编著的26万字《明光民间故事》进行全面梳理,录用前者约2.5万字、后者约17.5万字,均按照全国政协拟定的统一体例进行了修改;组织大家深入民间调查走访,对以上两书没有收录的民间故事进行搜集记录,共整理文稿约 30 万字,由笔者负责筛选、修改、润色,最后择优录用故事约 21 万字,合在一起近 200 篇,约 41 万字,于 2006 年 10 月底完稿,历时 5 个月,率先在滁州 8 个县市区完成编写任务。书中图片主要由许永宁先生提供,故事由武显家、慎贵平负责讲述,声像光碟由冯卫东负责录制。

书稿完成后因多种原因,一直没有出版。经俞凤斌先生多方努力,时隔近四年后,终于付梓,实在令人欣慰!故特作后记予以说明。

因当时时间仓促,任务较紧,加之水平有限,错误不妥之处在所难免,竭诚欢迎方家和广大读者批评指正!

2010 年 8 月 8 日

——《中国民间故事全书·安徽滁州·明光卷》(武佩河 贡发芹主编)一书2012 年 1 月由知识产权出版社出版发行。

《老蚕艺文精粹》序

　　老蚕,张讳公孚先生艺名也。先生诞辰一百周年在即,先生长子志江先生精
选乃父部分诗书画印编辑出版,以资纪念,取名《老蚕艺文精粹》。志江先生经
乃父高足杨昭依先生引介,嘱予为该书作序。予才疏学浅,人微言轻,不足以担
当此重任,再三请辞,未能获准,只好勉强为之。

　　公孚先生原名张硕泉,祖籍全椒,1917 年生于盱眙县明光集(今明光市)。
先生祖上曾是大清光绪年间武举人,曾入仕保卫一方安宁。祖父擅长书画篆刻,
自比唐代画家戴敦,自刻石印"何必见戴"悬于腰间,名噪儒乡。新中国成立前,
先生为明光集"公孚糖号"刻印一方,笔法令人叫绝,世人遂以"公孚"呼其人。

　　公孚先生出生于寒门,天资聪慧,敏而好学。入泮之前由祖父教授识字,髫
年仅读五年私塾,即为生计所迫而辍学。束发不久,家道衰落,正是时局动荡,社
会飘摇之际,不料慈父见背,家中栋梁崩塌,无从可依。先生以稚嫩之身,肩负起
家庭生存发展之重任,直至婚妻生子,立户持家,生儿育女,备尝艰辛。为拥有一
技之长,借以谋生养家,安身立命,先生开始苦练篆刻技艺,功夫不断精进,渐渐
悟得篆刻真谛,转而上升为自觉的艺术追求,孜孜不倦,精益求精,深爱一生,始
终不辍,诚乃可贵。

　　篆刻讲究篆法、章法、刀法,但不仅仅如此。娴熟而又有机结合的篆法、章
法、刀法与中华传统国学意蕴融会贯通,才能成为篆刻艺术。公孚先生深谙此
道,在书法、绘画上潜心修炼。成功的书法家、画家必须具备深厚的文学特别是
古诗文功底,而古诗文中的五、七言律诗又是以联语为滥觞的,故先生篆刻系从
联语开始的,先生自己对此认识非常清楚:"……后来入塾,由秦建侯老师教授

联句,获益良多,并知作联对今后作五、七言律诗更是基础课。"

公孚先生的联语作品保存下来共有 2500 余副,这里精选其中 500 副,部分带有明显的 20 世纪 70 年代的时代痕迹:"雪盈大地埋污垢,风过长空扫乱云""不怕道路曲折,当知前途光明""一笔能书虎,双肩可担山"。作于 20 世纪 80 年代以后的联语,以治学、齐家、励志、修身为主,也有名胜联、节令联、行业联、喜庆联、哀挽联、题赠联、杂感联、集句联、集字联、趣巧联,等等,应有尽有,内容丰富,涉猎广泛,对仗工整,颇具艺术性。

公孚先生的诗稿建立在众多的联语之上,跨度近 70 年之久,但篇章不是很多,合计 200 余首。先生自分为两类:一为抒怀,如《悼儿诗·其一》:"乍闻达海忽夭亡,疑是黄粱梦一场。屏内尽除儿小影,恐将触目更心伤。"痛失爱子,伤心断肠,字字滴血,催人泪下。一为叙事,如《平生两好》:"铁壁羊毫常伴吾,生平两样是雕涂。刀伤手指忘乎痛,墨染衣襟未觉污。刻印持恒思脱俗,学书难罢究何如。频知白发增焦躁,老大无能不能居。"记述自己一生爱好和曲折的艺术追求,颇具唐寅《五十言怀诗》风范。当然,所谓抒怀、叙事并非泾渭分明,两者大多是有机结合的,绝大多数诗稿贴近生活,节奏轻快,明白晓畅,情理交融,玩味之余,颇多启迪。

公孚先生受祖父熏染教诲,自幼临摹古碑名帖,刻苦自励,坚持不懈,练就一手好字,逐渐形成书法艺术。先生书法作品,以楷书见擅,兼及行、草、篆、隶,取诸家之优,扬长避短,功底深厚。其笔力匀称遒劲,形体血肉饱满,舒展适度,收放自如,整饬中有变化,空白处显意蕴,平稳中见灵动,朴拙处藏机巧,摒弃模仿,推陈出新,自成一体,奠定了先生坚实的篆刻基础。

公孚先生一生醉心于篆刻,其书房兼卧室取名"醉石轩",足见其对篆刻的痴迷程度。这里选取了 500 余方篆印,几乎皆为精品。宝剑锋从磨砺出,梅花香自苦寒来。经过 40 年的勤奋努力,不懈追求,精心研磨,长期切磋,先生篆刻艺术日臻成熟,改革开放以后,迈上巅峰,进入自我境界,形成自己风格,拥有自身特色。其篆刻艺术作品,既具秦汉印谱之长处,又兼近现代名家邓石如、赵之谦、吴昌硕、沙孟海及西泠八家等名家之优点。技法凝练流畅,笔画古朴沉稳,刀工灵活自如,布局随心所欲,内涵丰富,意蕴深厚,书法篆刻文学艺术融于一体,大漠纵马与小桥流水相得益彰,耐读耐看耐摩耐赏,印中有天地,印外有画面。可以毫不夸张地说,公孚先生的篆刻在明光代表一个时代,自改革开放至 20 世纪末,罕见能出其右者。不仅如此,其篆刻 20 世纪后期在皖东地区,乃至安徽省范围内都占有重要的一席之地,尤其是他的画印,自成一家,是 20 世纪安徽省著名篆刻家之一。先生生前是明光第一位安徽省篆刻家协会会员,县、市、省、全国老年书画联谊会会员,作品曾获 1990 年安徽省"老年杯"书画篆刻大赛头等奖等许多殊荣,令众人仰视。

公孚先生篆刻艺术的成功与其为人是分不开的。先生一生淡泊名利,安贫乐道,坚韧豁达,勤俭持家,虽未富未贵,但其为人极其成功,家庭和睦,家道昌盛,朋友遍及各个领域,同道络绎,弟子盈门,人生大幸,乐在其中。艺品如人品,人品成就了先生的艺品。

予年轻时酷爱文学艺术,30 多年前就闻得公孚先生大名,曾拟登门拜访,始终未能成行。1994 年进城后虽机会益多,但此时予为谋生计,已疏远文学艺术,于浮躁中淡忘此事。本世纪初,予再次亲近文学艺术时,先生已驾鹤云游,故予本该聆听先生教诲,却未曾见过先生,甚为遗憾!今逢先生百年诞辰之际,蒙先生爱子志江先生谬爱,斗胆为先生《老蚕艺文精粹》作序,作为门外之人,诚惶诚恐。但仔细拜读欣赏大作后,如阅先生慈容,如聆先生教诲,受益匪浅,欣慰不已!

是为序。

丙申年己亥月癸丑日于市政协文史委办公室

——《老蚕艺文精粹》一书 2018 年 5 月由黄山书社出版发行。

《岁月如歌》序

韦学忠先生的文集《岁月如歌》出版了,这是在我市文学创作这块肥沃的土地上收获的又一枚硕果,我们向作者表示诚挚的祝贺!

韦学忠先生原是明光市教育局工作人员,2007年退休。退休后先生仍兢兢业业,笔耕不辍,先后应明光花园社区、明光市党史办聘请,与另几位老同志一起编纂地方史书《花园村史》和《明光市志》。历时几年,编纂工作结束后,先生又静心回眸家族百年沧桑,并以家族百年史为素材,巧妙构思,创作出20多万字的散文集《洛河人家》。先生现又将自己近年来创作的大量新作品,汇集起来,编辑出版了第二部文集《岁月如歌》,内容更加丰富,是一部难得的佳作。

我和韦学忠先生勉强算是同学,但不同班。我认识他已近40年了,他认识我应该有30多年。

1983年秋,我于嘉山师范刚毕业就考取蚌埠教育学院中文专科函授班。那一年,蚌埠教育学院在嘉山县招收中文、数学各一个班,面授多是将蚌教院老师请到县教育局讲课,学员生活由教育局安排。中文、数学两个班面授、吃住均在一处,互相都有接触。我当年才20岁,在班里是年龄较小者之一,没有人注意。数学班有一个人,30来岁,中等个头,国字脸,皮肤黝黑,嘴唇厚实,富有亲和力,每当课间,都有一些人围着他,很受大家关注。经打听,才知道他叫韦学忠,新生小学校长,数学函授班班长。当时我想,很多优秀的人辛苦努力20年乃至30年才能在乡下谋得个校长职位,他才30来岁就在城里当上校长,肯定是教育界佼佼者。一年后,不见韦校长来上课了,我以为他退学了,后来打听,得知他改上华东师范大学(教育管理专业)函授了,学习的专业正好与他职务相吻合。

1994 年,嘉山撤县改市,我调进市二中任教。因我是律师,一年后兼任了市教育局(1985—1998 年称教育委员会,简称教委)法律顾问。这时的韦学忠先生已由嘉山县明光镇教育区员,调任明光市教育局人事科工作一两年了。于是我们有了更多的接触机会,开始有了交往,我估计韦学忠先生认识我就在这个时候。曾经有近 10 年时间,我几乎每周都会去教育局一趟,别的科室负责人都在忙碌,往往与我打个招呼,就又开始忙他们的事了,我很知趣,无事便不停留。既不烦我,又很客气的是人事科科长韦学忠先生,他平易近人,不摆架子,因此,我每次去教育局都要去人事科,与韦科长攀谈、交流几分钟,偶尔个把小时。他给我的印象是工作细心,踏踏实实,认认真真;为人正直,朴实敦厚,谦逊严谨;处事公允,真诚热心,和气友善;待人平等,不分老幼,无论贵贱。他常说自己不算什么官。从封建官制上讲,没错,科级教育局的人事科长也许还不能算入流,但在教师和大众眼里,教育局人事科长可是炙手可热。因为全市 8000 余人吃财政饭,有近 5000 人在教育系统,人称教育局人事科就是"小组织部",可见人事科长是了不得的教育官员。韦学忠先生虽然担任人事科长,却能数十年如一日,勤勤恳恳工作,扎扎实实干事,清清白白做人,坦坦荡荡交际;任劳任怨,自警自省,严于律己,宽以待人;讲原则,讲风格,讲分寸,讲方式;不谋权,不专权,不唯权,不越权。修炼到这种境界实属不易,难能可贵。这就是他给我留下的深刻印象。因此,我们得以相识、相处、相交、相知,十分融洽,但清淡如水,距离世俗较远。不过,我看到的还多属表面现象,韦学忠先生将他的 15 年人事工作概括为:"尝遍酸甜苦辣咸,方知人生真味;阅尽红黄蓝白黑,才识世间本色。"说明人人都有苦衷,我现在对此能够充分理解。

2007 年,韦学忠先生光荣退休,被明光花园社区聘去编写《花园村史》,3 年后大功告成,遂又应明光市党史办之聘,参与编撰《明光市志》。他的办公室距离我的任职单位市政协文史委 10 多米,我们因此得以经常相见。在编写《花园村史》时,韦学忠先生撰写了《明光地区农村风俗民情》长文,引起我的浓厚兴趣,我对他的努力赞许不迭。他应市党史办之聘不久后的一天,我们谈到了2000 年的明光市教育改革之事,觉得此事应当认真总结,以垂示后人,就约请他撰写了《对明光市中小学内部管理体制改革的回顾与思考》一文。他很快交稿，且很有存史、借鉴参考价值。不久，他又创作了《退休生活的感悟》等许多短文，都很有见地。随后，不断有文章在《明光报》《明光文学》《人文滁州》《新滁周报》《皖东文史》《皖东晨刊》《滁州日报》等报刊上发表，有的还发表在《中国老年报》上。于是，他写作情趣渐浓，一发而不可收。

我对韦学忠先生的写作经历比较了解，几乎他的每篇文章，我可能都是第一读者。2013 年，一次，他说准备出一个集子，我立马赞同，全力支持。他将取名为《洛河人家》的集子的打印稿送来，请我审阅、作序。我虽才疏识浅，担当不起，但又义不容辞。不过，认真拜读书稿之后，我对韦学忠先生有了更进一步的了解。2018 年，韦学忠先生又出第二部散文集《岁月如歌》。

《岁月如歌》一书由"悠悠情怀""故土乡愁""往事回眸""社会经纬""生活杂感""史话漫谈""美丽明光"和"附录"组成。各部分内容都源于生活，贴近地气，不存在无病呻吟，也没有豪言壮语。作者的作品始终突出一个"情"字，许多作品字里行间，都反映出对父母，对兄长，对党，对国家的感恩之情，热爱之情。《岁月如歌》一书，作者以饱满的热情，歌颂新社会，歌颂新时代，歌颂真、善、美，歌颂生活，歌颂家乡，歌颂明光。其中"史话漫谈"中的《洛河人家》一文，生动详细地叙述了自作者祖辈至作者现在孙辈、淮河下游南岸支流青洛河流域的洛河人家百年简史，是百年中国历史的一个缩影，从中可以窥见中国一个普通农家近百年来的漫长发展过程。百年以来，洛河人家为谋求生存和发展，几度迁徙，最终从苦难走向光明，令人唏嘘不已，感慨有加。尤其是作者童年、少年时期随父兄辗转滁县（今滁州市）沙河镇生活细节，被迫一人留在滁县、明光的读书生涯，在饥饿线上苦苦挣扎，仍然矢志不渝，艰难奋进，自立自励，乐观向上，不懈努力，刻苦求学的曲折成长经历，让人为之动容。"百年"——这个漫长的过程，有黑暗也有光明，有辛酸的泪水也有舒心的笑容，有曲折坎坷也有幸福的坦途。《洛河人家》总结了家族先辈们探索的经验、失误的教训，叙述了先辈们值得继承和弘扬的忠厚善良、坚韧俭朴等优秀传统，告诉后辈们自己一生做了什么，应该给后辈留下什么，告诫今天的家族后辈们应该做什么，发自肺腑，语重心长，颇具启迪意义。整部家族史内容丰富充实,语言朴素,叙事生动流畅,情意深挚,虽少华丽辞藻,却真切感人。《洛河人家》不仅记录了作者一个家族的发展历程,而且也粗线条地勾画出了中国农村具有代表性的一个家庭百年来的变化轮廓:从兴旺走向衰落,再由衰落走向振兴,简略而真实地反映了新中国成立前的黑暗、新中国成立初期的困苦、"三年困难时期"的艰难及动乱的"文化大革命"、辉煌的改革开放等重大历史时期老百姓的生息状况,颇具史料价值,甚为难得。家族发展史明确地告诉家族后辈们:爱家首先须爱国! 这是历史做出的结论,也是作者发自肺腑的、朴素的心声。"附录"部分,概述了明光地区的乡风民俗及其演变,全面详尽,乡土气息浓厚,融史料性、知识性和趣味性为一体,细致生动地记述了明光地区丰富多彩的民间非物质文化遗产,是发掘和研究淮河文化乃至淮河流域风俗民情的珍贵资料,内容丰富翔实,对淮河流域民风民俗非物质文化遗产的传承有重要意义。

韦学忠先生曾从事中学理科教学多年,后又长期从事案牍工作,热爱学习,喜欢读书、写作。他的文章是一组生活小品文,记述了作者所见、所闻、所感、所悟,对生活的重新认识和深切体验,有苦恼,有孤寂,有感慨,有顿悟,有喜悦,有欢笑,有满足,有惬意,文风朴实,情感真挚,语言简洁流畅,形散神聚,行云流水,和风细雨,娓娓道来,意趣盎然,贯穿褒奖真、善、美,鞭挞假、丑、恶的主题。

《岁月如歌》一书内容丰富,构思新颖,风格独特。书中有不少珍贵的历史资料,既具有可读性,又具有收藏价值。该书是韦学忠先生退休后的重要成果之一,也是作者退休后对社会所做的一份奉献。

祝愿韦学忠先生有更多、更好的作品问世!

以上是我拜读《岁月如歌》书稿之后的一点个人粗浅认知,难免孤陋寡闻,敬请方家赐教。

是为序。

2018 年 3 月初稿于市政协文史委办公室

2018 年 7 月 12 日定稿

——韦学忠《岁月如歌》一书 2018 年 10 月由团结出版社出版发行。

《潘维成诗词集》序

我与潘维成老先生相识在 15 年前。2002 年的春天,那时我在做律师,因明光市张八岭供销社改制,国有房产出让侵犯了潘老先生亲属的优先购买权一事打官司,潘老先生慕名前来明光找我代理。我介绍张八岭当地律师办理,潘老先生执意要请我出庭,盛情难却,只得从命。案件结束后,也就没有再联系过。

潘维成先生耄耋之年仍有一心愿未了,一生钟爱诗歌,笔耕不辍,生前希望将诗稿结集出版,留作后人纪念。潘先生养育的六位千金一致赞同,就委托其长女潘悦华女士主办此事。潘悦华女士通过我的老乡陶胜玉女士介绍找到我,托我帮忙,希望把潘先生诗作整理出来,公开出版。我觉得我没有理由推托,当即允诺下来。潘悦华女士回去告诉了其父亲,潘老先生很高兴,说:"好!贡发芹我认识,请他办我放心。"潘悦华女士不大相信,以为是老人家错觉,"你一直住在乡下,与外界很少交往,怎么会认识贡发芹呢?"潘老先生说:"他是不是干过律师?我 2002 年请他打过官司。"潘悦华女士这才相信,老爷子记忆力一点不减当年。不过,我已经没有什么印象,潘老先生却非常清晰。经潘悦华女士提醒,我才想起来,确有此事,真是人生无处不相逢啊!

为此,潘悦华女士再三恳请我为其父亲诗词集作序。我虽资历有限,不足以承担此重任,但仍然觉得不能谢绝,遂勉强而为之。

潘维成,笔名芳华,男,1931 年 7 月出生于山东省莒县城东潘家庄一个贫苦农民家庭,从小跟随父亲在农村耕作劳动,过着饥寒交迫的生活。稍长则与本村同龄人结伴外出乞讨,1948 年在乞讨途中遇到宋时轮的华野十纵队同乡战士,经这位同乡介绍入伍。不久投身淮海战役,在战斗中负伤,出院后与所在连指导员张洪兴一起被分配到山东军区政治部文工团。后因精兵简政,随团并入皮定均24军201师。1952年9月跨过鸭绿江,参加抗美援朝战争,亲历上甘岭等多次重大战役,是一名出生入死的光荣的志愿军战士。因表现勇敢突出,1954年11月由师部从朝鲜战场选送到中国人民解放军第二步兵预备学校学习。1956年2月结业后升入中国人民解放军重庆步兵学校军事营学习。1958年4月随步校指战员集体转业到北大荒军垦农场,被分配到黑龙江合江农场垦荒。1958年7月,农垦部王震部长召集合江农垦局所属各农场有关生产队以上干部汇集宝泉岭农场互相学习,随后,中央慰问团来合江农垦局到转业官兵驻地进行慰问演出。慰问团慰问期间与伤残军人促膝谈心时了解到,北大荒气候寒冷,许多伤残军人不适应当地环境,伤口剧痛,经常彻夜难眠。上级得知此情后,为了更好地安排伤残军人的生活,1959年将潘维成先生调回其父母解放后定居地安徽省嘉山县(今明光市),经人事局安排到张八岭工作,先后在张八岭公社武装部、张八岭供销社等单位任职。1990年先生离休,随女儿入住滁州城区,颐养天年,但仍旧坚持学习,关注世界、关注社会、关注政治、关注民生。据了解,潘老先生一生光明磊落,为人耿直,敢讲真话,敢于担当,不怕吃苦,意志坚定,乐观坦诚,乐善好施,深受领导、同事和当地市民好评。离休后先生仍热情帮助照顾孤寡烈属,积极传递爱心,身体力行,大力弘扬中华传统美德,《安徽日报》《滁州日报》都曾给予报道,真是难能可贵。

潘维成先生一生足迹遍布大半个中国,踏遍了白山黑水。他始终爱好文学,多年来业余时间坚持诗歌写作,其诗作起于1950年之初,止于2017年仲夏,跨度67年。早在1958年,潘维成先生就曾在合江农垦局报纸上发表过诗作,至今他还记得,他多次获得5元稿费,这在当时是一笔不小的数目。从20世纪50年代初开始,潘维成先生一直坚持诗歌写作至现在,对一位只读过一点书的人来说,实属不易。

这次经潘维成先生长女潘悦华女士整理准备出版的《潘维成诗词集》,系按写作年代排序,共收入潘维成诗作260多首。受潘悦华女士请托,我花了两周时间,认真审读了诗词集中全部诗作,觉得这部诗词集还是具备了许多特点的。集中诗作记述了作者与祖国同呼吸共命运的艰难曲折历程,描述了新中国成立后67年来的世界风云变幻、时代巨大变迁和共和国的前进步伐,歌颂了祖国的富强伟大、党的英明领导和新社会美好和谐社会主义生活,咏叹了作者的青春年华和高洁志向,书写了作者人生的见闻感怀和深切的认知思考,抒发了作者浓厚的家国情怀,表达了作者热爱党、热爱祖国、热爱人民、热爱工作、热爱生活的纯洁感情,表现了作者诅咒战争、向往和平、宣扬正义、鞭笞丑恶的崇高愿望。整部诗集概述了作者的人生经历,也见证了祖国的发展轨迹,用形象的语言告诉人们,个人命运与祖国的命运是息息关联的。集中写景、纪事、抒情、言志,各种题材应有尽有;新体、旧体、歌行体、自由体,各种体裁不一而足。诗集主题鲜明,积极向上;格调健康,清新明朗;语言通俗,平易流畅;节奏明快,朗朗上口,值得一读。

当然,潘维成先生的诗作也有明显的不足。一些诗作过于直白,不够含蓄,缺少回味余地。许多旧体诗词只是字数、行数相似而已,并不讲究平仄、对仗、用典等常规,只能算作个性罢了。这也是整部诗词集以时间排序,没有按题材或体裁分类的主要原因,同时也说明潘维成先生年轻时由于家境贫寒、社会动荡,没有机会入学,读书很少,对旧体诗还不十分精通。然而,这并不影响诗集的整体价值,只要能抒情言志,没有必要受旧体诗条条框框左右。最重要的是,这是潘老先生留给女儿及孙辈的一笔宝贵的精神财富,不是用金钱可以衡量的。

以上所述,属于本人一孔之见,敬请方家斧正。

是为序。

2017年10月25日初稿于市政协文史委办公室

2017年11月4日二稿于市政协文史委办公室

——《潘维成诗词集》一书2017年12月由团结出版社出版发行。

《柔声细语》自序

八年前,我出版了第一部诗集《浅唱低吟》,我一直想继续浅唱低吟下去。但《浅唱低吟》出版之后,我的生活、工作、学习环境发生了根本性的变化,我失去了浅唱低吟的心境和氛围,失去了浅唱低吟的闲情和逸致。我有时会一反常态,想咏叹,想呐喊,想怒吼,想放任情感野马脱缰,随意奔腾驰骋,然而那样会无意中伤到别人,也可能会伤着自己,这不是我的人生态度。既然时代不允许我任性而为,理智不允许我随心所欲,使命不允许我我行我素,我又没有了浅唱低吟的平和心态,那只好柔声细语了。

话又说回来,作为一介书生,我的资历不敢去惊扰别人,我的行为不应该惊扰别人,我的文字不足以惊扰别人,但我不认为我就百无一用。我不可以醉酒大喊大叫,我不应当伪装无病呻吟,我不能够冷血麻木不仁,我自以为人活着就应当有责任义务。即使是匹夫,也应有社会担当,有担当就有感触,有感触就要表达,我选择的表达方式是柔声细语,我以为这是最佳选择。柔声细语是一种行为,一种姿态,一种修养,一种存在。我的想法是,尽量把我低微的声音传播出去,尽量把我内心的意念释放出来,以显示我的存在,但我必须做到我的存在不要影响了别人。

柔声细语是我近八年来的诗歌习作(请注意,不是诗歌作品,而是诗歌习作)主调。我没有引吭高歌的天赋,没有余音绕梁的歌喉,没有缠绵悱恻的情愫,没有狂放不羁的个性,没有云山雾罩的技艺,没有朦胧象征的绝活;我的诗歌习作因此没有震撼力,没有穿透力,没有爆发力,没有诱导力,没有带动力,没有凝聚力。一句话,我没有张扬的资本,感动不了别人,感染不了别人,感召不了别人,因而只能自我吟诵,自我欣赏,自我感怀,自我顿悟,自我倾诉,自我倾听,自我感动,自我慰藉,当然唯有柔声细语了。

这里没有易水悲愤,没有蜀道豪情,没有乌江绝唱,没有北国风流,只有淡淡的故园乡愁,细细的生活浪花,真诚的灵魂坦露,真切的心扉思悟;只有真实的情感,直率的心态,舒缓的节奏,和畅的韵律,只合柔声细语。

柔声细语是现状对我的要求,不过,我一直在努力,将柔声细语修炼成我的一种人生的自觉行为、习诗的自觉行为。诗集《柔声细语》就记载了我的修炼过程。我一边潜心修炼,一边又痛苦挣扎,始终纠结不下,何时能修炼成功,最终能不能修炼成功,我自己也不知道。但有了修炼的意识与过程,总算可以无怨无悔了。不过,我仍然渴望方家指点迷津。

是为序。

　　　　2016 年 7 月 22 日—23 日初稿于市政协文史委办公室
　　——诗集《柔声细语》(贡发芹著)2017 年 2 月由团结出版社出版发行。

《轻描淡写》自序

两年前,我公开出版了第二部诗集《柔声细语》。在自序中我曾说:"柔声细语是一种行为,一种姿态,一种修养,一种存在。"存在而不影响别人,一直是我做人的基本原则。

我虽想尽力做到低调低调再低调,但还是遇到莫名其妙的烦扰。我有时因之纠结不已,心烦意躁,真是剪不断,理还乱。我的善良惨遭蹂躏,创伤一时难以抚平,处此情形之下,实在无法继续柔声细语。来自各方面的负荷也是一加再加,重压之下,已没有时间、没有闲情、没有逸致再柔声细语。

宁静、恬然、悠闲的氛围不再,我经常会郁闷、彷徨、忧虑,无所适从。有时我会困惑迷茫,有时我会百思不解,有时我会怒不可遏。

我没有时间深入思考,我静不下心来深入思考,我悟性平平不足深入思考。因此,看问题走马观花,浮光掠影,浅尝辄止,经常遗漏至关重要的环节;干事情不能居高临下,不能举一反三,不能深谋远虑,往往淡化核心主题要旨;流于表象,忽视本质,那就只有轻描淡写了。这种心境之下写出来的诗歌习作(请注意,仍为习作,而非诗作)也只能属于轻描淡写了,看不破问题,看不透生活,看不清实质,止于一个层面,浅显而缺乏深度。

这里没有仰天大笑、壮怀激烈,没有穷忧黎元、秋风送客,没有挑灯看剑、家祭告慰,没有晓风残月、红瘦绿肥,只有览物之情真真切切、平淡无奇,怀梦之愁重重叠叠、浓烈如酒,省世之思清清楚楚、深入浅出,悟道之想坦坦荡荡、后乐先忧。都是轻描淡写,轻轻地描,淡淡地写,力争有所不同,有所起色,有所特别。也许太过直白,没有含蓄朦胧的诗意,但喜爱诗歌之心绝对纯洁,绝对真诚,没有任何私心杂念！有道是，干渴的时候，白开水也让人回味不已！

然而，轻描淡写并非一无是处。艺术上，轻描淡写是一种方式、一种技巧、一种修为、一种境界，非一般人所能企及，我只能是向往而已。做人能做到轻描淡写也非易事，起码远离了世俗，需要长期修炼，绝不可能一蹴而就。总之，能够轻描淡写，是需要一定功夫的，不是人人都能做到的。我愿意为此继续努力。

是为序。

2019 年 2 月 9 日—10 日

——诗集《轻描淡写》（贡发芹著）2019 年 9 月由安徽文艺出版社出版发行。

《故园乡愁》自序

我出生于安徽省明光市女山湖镇山东村(原嘉山县旧县乡山北大队,也曾名为邵岗公社山东大队或邵岗乡山东村)高咀自然村庄,户籍是距高咀150米外的杨套(队)组,不到10岁时迁到杨套庄子上正南面一排居住。原来十多户人家的高咀现在只有一户住房,已没有人居住。杨套原来有数十户人家近300口村民,庄子上还有一所拥有近400名学生(曾经开办小学一年级到初三教学班)的杨套小学,现在庄子上只有几户人家十来个村民,而那个具有半个世纪历史的乡村学校后来迁建到庄南1华里外的费郢与坪西之间的邵北路边,现在已空无一人。这么巨大的变化也就30多年!村庄是明光市的一个细胞,村庄的变化是随着明光市变化而变化的,村庄发生了巨大变化,说明30多年来明光市也发生了巨大变化。

明光虽是共和国年轻的城市之一,但明光历史悠久,文化底蕴丰裕。上溯远古,地属淮夷,祖先迁居于此,男耕女织,世代繁衍。夏、商、周分属扬州、徐州、青州,春秋战国分属吴国、楚国,居于"吴头楚尾"。汉初置县盱眙、淮陵。三国两晋南北朝至隋唐五代十国,先后更名淮陵、睢陵、睢阳、池南、招义、化明。北宋改招信县,南宋置招信军,均治今女山湖镇。元末并招信入盱眙。明属凤阳府泗州盱眙县。清属安徽直隶泗州盱眙县。民国二十一年(1932)析盱眙、滁县、定远、来安四县交界之地设立嘉山县,治老三界。1940年3月成立嘉山县抗日民主政府,驻自来桥镇。1949年1月21日全境解放,嘉山县人民政府成立。1994年5月31日,经国务院批准,撤县设立省辖县级明光市,治明光街道办事处。省政府下文委托滁州市代管三年,至今未变。现辖17个乡镇办事处(12镇1乡4办事处),人口 65 万。另有管店林业总场和白米山、潘村湖农场等省直管单位。1997 年成为对外开放城市。

明光位于千里滔滔的淮河下游,皖东北缘,横跨江淮分水岭,地处中国南北分界线,介于北纬32°27′~33°13′与东经117°56′~118°25′之间。南北长约87.6 千米,东西宽约68.1 千米,总面积 2335 平方千米,约占全省总面积的 1.67%。东临江苏盱眙县,西迄凤阳县,南与滁州市南谯区、来安县、定远县接壤,北隔淮河与五河县和江苏泗洪县相望。境内半处长江水系,半居淮河流域,各种地貌齐全,南部多丘山,冈峦起伏,森林茂密;北边多平原,湖泊纵横,阡陌交通。自然条件优越,气候温和适宜,气温高低适度,雨水充沛适时,空气湿润洁净;地理得天独厚,四季交替适时,花草枯荣有致,水陆交通便捷,商旅往来自如。距京沪高铁不足半小时车程,京沪铁路、宁洛高速、明(光)徐(州)高速、104 国道、307 省道、309 省道穿城而过,宁蚌城际列车、明(光)巢(湖)高速、257 省道已立项勘察,合(肥)青(岛)高铁明光站、明(光)盱(眙)高速已进行规划;千里淮河、九曲池河、浩浩女山湖、悠悠七里湖,帆樯林立,通江达海。明光现为南北枢纽,苏皖通衢,区位独特,优势明显,别处难以比拟,无法抗衡。

这些年来,我一直生活在明光,读书在明光,工作在明光,没有走出明光,今后也不大可能再走出明光了,而且我根本就没想过走出明光。我之所以没有走出明光,就是因为明光是我的故园。故园有我的父母、我的兄弟姐妹、我的妻子女儿,有我的父老乡亲、我的亲戚邻里、我的发小伙伴、我的新朋故旧;故园有我的壮丽山川、秀美溪流,有我的绮丽湖光、怡人景色,有我的清风明月、春华秋实。故园四季分明,空气新鲜;故园山清水秀,生态环保;故园社会安宁,生活和谐。故园哺育了我,教育了我,培养了我,我是故园赤子,故园情深。热爱故园,眷念故园,造福故园,是我义不容辞的责任和义务。我与故园血脉相连,故园的理念已深入我的骨髓,融入我的血液,任何力量也无法将我与故园割舍开来!一切都源于我热爱故园,因此我不能离开故园。

这些年来,故园的古老村庄一片接着一片消逝,故园的农耕文明一天接着一天消逝,故园的优秀传统一个接着一个消逝。故园的山水名胜、自然美景在不断变化,故园的人文历史、珍闻逸事在不断变化,故园的风土人情、生活习惯在不断变化。我和我的父辈们亲身经历过的事情,我的下辈们不可能再经历;我和我的父辈们生活过的村庄,我的下辈们不可能再居住;我和我的父辈们目睹过的场景,我的下辈们不可能再看见。我和我的父辈们眼中的故园模样,与我的下辈们眼中的故园模样截然不同;我和我的父辈们心中的故园情结,与我的下辈们心中的故园情结截然不同;我和我的父辈们命中的故园眷念,与我的下辈们命中的故园眷念截然不同。这些消逝了的、变化了的元素,这些我与父辈们经历的、见闻的、知晓的、体验的、感受的、领悟的事物就是乡愁。2015 年 1 月 20 日,习近平主席在云南洱海边大理市湾桥镇古生村村民李德昌家座谈时曾语重心长地说:"留得住绿水青山,记得住乡愁。什么是乡愁? 乡愁就是你离开这个地方会想念的。"可见乡愁的分量!

乡愁是指人们对故园的感情和眷念,而对故园的眷念是人类共同的情感,是人们亲近关联的纽带,是人类文明的永恒主题。可是,我和我的父辈们的乡愁正在被我的下辈们渐渐淡忘,这让我特别纠结。于是我决定用文字将我的乡愁记录下来,保留下来,这样就有了《故园乡愁》这个集子。

虽然我的语言功底有限,叙述过于朴拙,但我的文字是真实的,情感是真挚的,动机是纯洁的,愿望是美好的。希望大家能理解我的故园乡愁,记得住我的故园乡愁。倘能如此,我将感激不尽!

竭诚感谢政协明光市委员会、明光市旅游局在本书的出版上给予的大力支持!

2016 年 5 月 17 日初稿于市政协文史委办公室

——散文集《故园乡愁》(贡发芹著)2016 年 12 月由安徽文艺出版社出版发行。

《帝乡散记》后记

散文集《帝乡散记》即将付梓,顺便说明一下出版缘起。

今年我原计划有 5 本文史书稿要出版,但由于诸多客观原因,计划难以全部实现,有的计划可能将成为永远的计划。我有很多个人创作任务要完成,但不知从何做起,有的任务需要长时间安静下来才能完成,多数未来得及发表。

不能实现的计划只好放弃,长久任务可以放一放,先做一些眼前的事情。有许多故园风物需要描述出来,有许多依稀往事需要回忆出来,有许多人生感悟需要梳理出来,有许多历史碎片需要整理出来。这些东西在我的脑海里储藏得太久了,总觉得有变成文字保存下来之必要。于是我每天上班后就把自己关在办公室,打开电脑不停地写,不断地改,认为基本满意时就放到我的博客里,有时也发到网上,很快就有 30 多万字,绝大多数文字是在今年 3—9 月半年内完成的。

一天,我正在写作,接到一个北京长途,自称是我的学生,在全国政协工作,叫我到北京找他;他说他已出书几十本,请我看看,给予指正。我当时很是怀疑,是不是冒名做广告的? 因为经常有人冒充同学、亲戚、朋友之类推销产品。但他说我教语文,谁教数学、谁教物理,说得很正确,于是我就觉得不会有假。经再三回忆,确有这个学生,是 20 世纪 90 年代初我在苏巷中学任教时的学生,他叫窦忠如,是 70 后。上网一搜索,得知他先后在海内外出版了《梁思成传》《王国维传》《王世襄传》《罗哲文传》等 50 余部作品,500 多万字,出书几十本,确实如此;他现任全国政协《纵横》杂志执行社长兼主编,中国作家协会会员、中国报告文学学会会员。20 年前,窦忠如是一名中学生,20 年后他已是中国著名青年传记文学家、中国著名近现代史历史学家和文物史专家。20 年前,我是窦忠如的老师,20年后,论学问,他早已是我的老师了。韩愈说:"弟子不必不如师,师不必贤于弟子。"果如其言。

8月底,忠如返乡探亲,专门看望了我,说他一直很关注我,我发到网上的作品,他都研读过了,很为我感动,建议我出一本散文集,我欣然接受。

散文集叫什么名字呢?令我颇费思量。

我出生于明光,成长于明光,工作于明光,是土生土长的明光人,令我最为自豪的是,明光乃帝子之乡。据大量权威史料记载,元天历元年九月十八日(1328年10月21日),大明王朝开国皇帝朱元璋出生于今明光市城北明光街道办事处赵府村,元代属泗州盱眙县太平乡木场里赵郢,明属泗州盱眙县灵迹乡赵府。洪武七年,朱元璋为扩大自己丰沛,降旨设立辖9州18县的凤阳府,其中泗州是凤阳府辖地之一。于是,盱眙县自称帝乡,明万历年间盱眙官修县志冠名《帝里盱眙县志》;泗州自称帝乡,明万历年间泗州知州曾惟诚作品取名《帝乡纪略》;凤阳自称帝乡,自明代就开始传唱:"说凤阳,道凤阳,凤阳是个好地方。自从出了个朱皇帝,十年倒有九年荒。"但我们必须明确一点,这里的凤阳是指凤阳府,而不是设立于府之后的凤阳县,也不是今天的凤阳县。如果说朱元璋出生于安徽省绝对没有任何异议,出生在中国更没有异议,概念的外延越大越正确。但如果将朱元璋出生地概念外延缩小到目前县级行政区划的话,那么朱元璋的出生地就是今天安徽省直辖县级市明光。虽然有些凤阳人(或许还有少数受有些凤阳人影响的专家学者)认为朱元璋出生在今天的凤阳县,但在客观确凿的史实面前,这种片面的争议既是徒劳的,也是毫无意义的。凤阳府是朱元璋的出生地,但不等于今天的凤阳县是朱元璋的出生地,凤阳府和凤阳县是两个有着截然区别的地理概念,是绝对不容混淆的。明光是帝乡,既是历史事实,也是客观事实,是绝对否认不了的。

我的这些散文内容始终围绕明光的过去、现在和未来取材立意,但各自为篇,没有系统,互不关联,篇章较为零散,属于纪略性质,为了区别于曾惟诚的《帝乡纪略》,就取名曰《帝乡散记》。可能是我工作内容的局限,《帝乡散记》有着明显的文史痕迹,叙事过于客观,描写过于实在,而生动形象明显欠缺,文采神韵明显不足,诚恳欢迎方家给予斧正,指点迷津,不吝赐教。

《帝乡散记》得以出版,与窦忠如先生的鼎力相助是分不开的,应窦忠如拜请,中国文联主席团委员、中国民间文艺家协会党组书记、驻会副主席兼秘书长、中国书法家协会理事、博士生导师、著名书法家罗杨先生为本书题写了书名,在此,表示我诚挚的谢意!另外,安徽省民间文艺家协会会员(以下简称省民协会员)、明光市政协委员、明光左岸传媒有限公司总经理颜明洲先生为本书设计了封面;省民协会员、市教育局原人事科长韦学忠先生不辞辛劳,帮助我修改了大部分文稿;颜明洲先生,市党史办原主任王业有先生,中国散文学会会员、安徽省作协会员、省民协会员、市政协文史委副主任冯德斌先生,省民协会员、市政协委员董祖芹女士,安徽作协会员、省民协会员、市二中教师、堂弟贡发祥先生等,于百忙之中帮助我校对了部分书稿;颜明洲先生、董祖芹女士为本书精心配置了插图和摄影图片,在此,一并表示衷心感谢!

2012 年 10 月 12 日于市政协文史委办公室

——发表于 2012 年 12 月 27 日《滁州日报》,散文集《帝乡散记》(贡发芹著)2012 年 12 月由中国文史出版社出版发行。

《帝乡散忆》后记

散文集《帝乡散忆》即将付梓,顺便交代一下相关事宜。

近两年,我依然负责市政协文史委工作,但做的事多是文史以外的事,本职工作没有特别的硬性任务,工作压力不算太大。然而近两年我又特别忙,一是经常被有关部门莫名其妙地强行拉差,占去了大量时间;二是创作特别忙,忙得不可开交,几乎每天都加班在 3 个小时以上,几乎每个节假日都在全天加班。加班的结果就是完成了 42 万字《帝乡散忆》一书的创作任务和 20 万字《明光人文概览》一书的编著任务。当然,还做了点校汪雨相(前海协会会长汪道涵父亲)《嘉山县志》(手稿)等很多其他与工作相关的事务。

《帝乡散忆》一书是《帝乡散记》一书的姊妹篇,两书合在一起就是"帝乡记忆"。2012 年底,我出版了《帝乡散记》一书,2013 年夏又再版了一次。记忆中帝乡明光的物与景、人和事很多,但记忆容易消逝,必须用文字记录下来,用图片保存下来,才能很好地留住记忆,留住乡愁。《帝乡散记》一书只是帝乡记忆中的一部分,《帝乡散忆》一书也是帝乡记忆中的一部分,是对《帝乡散记》的完善和补充。《帝乡散忆》一书原打算 2013 年底出版,后推迟到 2014 年 5 月,再推迟到 2014 年 10 月,手头事务太多太繁忙是最重要原因。现在,终于要与大家见面了,感觉一块石头落地,心里一下子轻松了许多。

不过《帝乡散记》也好,《帝乡散忆》也好,写的都是我个人记忆,我个人的见闻和感受,我个人的乡愁,记录了我对故乡明光的忧虑、关注、热爱和期盼。我对故乡明光的记忆还属于一鳞半爪,算不上广泛全面。我主要目的是抛砖引玉,希望明光有更多的人肩负起历史使命,写出自己心目中特有的故乡明光记忆,写出更好更丰富的故乡明光记忆，写出明光人共同的乡愁。故乡明光是帝乡，我们有义务更好地推介故乡明光，更好地推介帝乡明光。期盼我的美好愿望早日成为现实。

《帝乡散忆》与《帝乡散记》一样，文史痕迹仍旧非常浓厚，生动明显不足，各种缺憾在所难免，恳请方家给予斧正，指点迷津，不吝赐教。文中涉及我原名的，均用笔名亚鲁代替，涉及相关人员不便直呼其名的，均用其姓氏的第一个字母代替，可能会给有关人员带来一些困扰，给读者理解带来一些困难，尚期谅解。

中国近代大文豪老舍之子、中国老舍研究会原会长、中央文史馆馆员、中国现代文学馆原馆长、中国博物馆学会副会长、中华民族团结进步协会常务理事、北京市民族联谊会副会长、中国和平统一促进会理事、著名作家、博士生导师舒乙先生应邀欣然为本书题词；中国文联主席团委员、中国民间文艺家协会党组书记、驻会副主席兼秘书长、中国书法家协会理事、博士生导师、著名书法家罗杨先生再次为本书题写了书名；我任中学教师时的高足、中国文史出版社八编室主任、"中国最具独立精神和践行能力的学者型青年传记文学作家"、中国近现代史著名青年历史学家和中国著名文物史专家窦忠如为我申请了独立书号，在此，向他们表示我诚挚的谢意！另外，明光市政协委员、明光正点传媒有限公司总经理颜明洲先生为本书设计了封面；市文史档案局丁加槐女士、市教育局原人事科长韦学忠先生不辞辛劳，帮助我修改了大部分文稿；市政协经济委主任秦福标先生，市原党史办主任王业有先生，中国散文学会会员、安徽省作协会员、市政协文史委副主任、小说家冯德斌先生，市工人子弟小学党支部书记徐华琪先生，市政协委员、散文作家董祖芹女士，安徽省作协会员、青年诗人、堂弟贡发祥先生等，于百忙之中帮助我校对了部分书稿；颜明洲先生、董祖芹女士为本书精心配置了部分插图和摄影图片，在此，一并表示衷心感谢！

2014 年 9 月 24 日于市政协文史委办公室
——散文集《帝乡散记》（贡发芹著）2014 年 12 月由中国文史出版社出版发行。

滁州文化瑰宝——《南滁会景编》

《南滁会景编》,我只听说过,但没有阅读过,也没有见过该书藏本和相关版本。

网上获悉,《南滁会景编》(十二卷,内府藏本),原书为明嘉靖年间刻、万历年间增刻本。《四库全书存目丛书》亦有收录,见《四库全书总目提要》卷一百九十二《总目类存目·南滁会景编提要》,明赵廷瑞编,林烃又增以十景图,自宋至明,篇什略备。廷瑞,开州人,正德辛巳进士,官至兵部尚书。烃有《覆瓿草》。其二人作是书时,皆为南太仆寺卿。明南太仆寺署建于滁州故也。《南滁会景编》有十卷本、十二卷本、十四卷本,其中十四卷本藏于南京图书馆。

后笔者从相关资料中,阅读了《南滁会景编》有关篇章,对其有了粗浅的认识。

一、《南滁会景编》是滁州历史文化独有的灿烂篇章

滁州自古有"金陵锁钥、江淮保障"之称,"形兼吴楚、气越淮扬""儒风之盛、夙贯淮东"之誉,有东晋琅琊王司马睿寓居之地琅琊山、佛教胜境琅琊寺,有天下第一名亭醉翁亭,有宋代文学家欧阳修修筑的与民同乐的丰乐亭,有南北两京交通必经之道"九省通衢"清流关,有诗人韦应物需要"野渡"的西涧,有北宋奇才苏轼的墨宝,有众多的摩崖石刻真迹等名胜古迹。滁州物华天宝,人杰地灵,具有特殊的人文魅力。

滁州位于吴头楚尾,山川形貌独特,风景旖旎秀美,自然景观与历史遗迹交相辉映,人文底蕴深厚,民风淳朴纯净。所以古往今来文人墨客纷至沓来,游山

玩水,观物赏景,俯仰天地,游目骋怀,感慨人生,放浪形骸,油然生情,挥洒成章,留下了顾况的《题琅琊上方》,韦应物的《滁州西涧》,王禹偁的《八绝诗》,欧阳修的《醉翁亭记》《丰乐亭记》,王安石的《幽谷引》,苏轼的《次韵王滁州见寄》,宋濂的《扈从至清流关》,文徵明的《九月廿日重游琅琊山》,李梦阳的《琅琊行送华双梧桐太守》,王守仁的《坐龙潭梧桐冈用韵》等数以千计的诗文名篇佳作,汇集而成了《南滁会景编》。

《南滁会景编》是一部地方艺文总集,是研究安徽滁州地区文学文化及其发展状貌的重要地方文献。南京太仆寺官员、历代滁州官员及滁州本地人物的诗文尽收其中。其十四卷本保存了唐至明末题咏安徽滁州山水的大量诗文,分门别类,有《柏子潭诗集》《醉翁亭文集》《丰乐亭文集》《醉翁亭诗集》《琅琊山诗集》《环山楼诗集》《清流关诗集》等卷,许多作品未见载于文人总集、别集、选集、诗话、笔记、类书等文献,具有重要的诗文辑佚价值。

《南滁会景编》收录了唐宋元明四个中华文明较为发达朝代近一千年跨度的题咏滁州的诗文作品,是研究滁州历史文化的独有资源,具有较高的文学欣赏价值和滁州地方历史研究价值。通过其中的诗文等文学作品,可以窥见正史没有记载的滁州山川形胜、地理风貌、自然景观、人文遗迹、历史进程、社会发展、江淮地方习俗、历代风土人情等。该书保留了很多关于滁州的文史资料,不少内容为该书所仅见,因而显得弥足珍贵。《南滁会景编》是滁州特有的古代文化财富,是滁州文学史上独有的灿烂篇章。

二、《南滁会景编》见证了滁州历史文化的辉煌地位

明代朱元璋建都南京,明洪武六年(1373),在滁州设立太仆寺,是历史上唯一设在滁州的中央级单位,是明代唯一设在都城南京之外的中央衙门,管辖区域广大,辖应天府、凤阳府等十二个府州六十七个州县及滁州卫。有太仆寺,才有《南滁会景编》。

太仆寺,中国古代朝廷的中央机构之一,秦、汉九卿中有太仆,为掌车马之官。永徽中,太仆寺曰司驭寺,武后光宅元年改曰司仆寺。该机构有府十七人,

史三十四人，兽医六百人，兽医博士四人，学生百人，亭长四人，掌固六人。明于滁州设立南京太仆寺，掌牧马之政令，属兵部。清代因之，皇帝出巡，扈从车马杂物皆为太仆寺总管。1911年，清朝灭亡后，该机构废除。

太仆寺，职责相当于现在的中国人民解放军总装备部、中央警卫团和国家最高畜牧管理部门，是古代重要的中央机构。太仆寺官员为卿一人，从三品；少卿二人，从四品上；丞四人，从六品上；主簿二人，从七品上。卿掌厩牧、辇舆之政，总乘黄、典厩、典牧、车府四署及诸监牧。行幸，供五路属车。凡监牧籍帐，岁受而会之，上驾部以议考课。太仆寺下属乘黄署、典厩署、典牧署、车府署、诸牧监、东宫九牧监等职能部门，每个部门官吏两百至一千人不等，鼎盛时期，整个太仆寺官吏仆役不下万人，可见太仆寺非常庞大。明代这个庞大的中央机构就设在滁州，足见滁州地理位置重要。太仆寺促进了滁州地区政治、经济、军事的繁荣，对滁州历史文化发展产生了深远影响。

太仆寺官员基本上是进士或翰林出身，具有较为丰富的文化知识。其中不少是思想家、文学家、诗人和书法家以及名流高士。朝野闻名的理学家王阳明就担任过太仆寺少卿，作为明代心学一派的开创者，在滁州收徒讲学，留下咏滁诗篇三十六首；明代"吴中四才子"之一文徵明父亲文林、叔父文森，抗清志士冯若愚、东林党健将冯元彪父子，滁州"四贤祠"祭祀的其中三人李一鹏、高倬、王聚奎都曾是太仆寺官员，其中文林在滁州留下了《琅琊漫抄》一书。

明代太仆寺官员，从政之余，喜欢游览滁州山水古迹，触景生情，感慨系之，挥笔成章。他们有众多文友，有朋自远方来，当然得畅游滁州，兴之所至，题咏唱和，佳章迭出。于是就有了《南滁会景编》。

《南滁会景编》不仅是滁州地方文学总集，它涉猎了滁州近千年的历史、人物、政治、经济、景物、遗迹、建筑、民俗等各个方面，是滁州文化的宝贵财富，见证了滁州历史文化的辉煌地位。

三、《南滁会景编》是明代太仆寺官员的智慧结晶

《南滁会景编》编者赵廷瑞，字信臣，号洪洋，今濮阳县五星乡人。正德十

六年(1521)进士,历任户部给事中、刑部给事中、右通政、巡抚陕西右副都御史,兵部左侍郎,北京兵部尚书等职,史称开州"八都"之一。曾任太仆寺卿,嘉靖二十六年(1547)擢南京户部尚书,未及行,改兵部尚书。主修过《陕西通志》等书。

增编者林烃,字贞耀,号仲山,闽县林浦乡人。嘉靖四十一年(1562)进士,授刑部主事,升员外郎。隆庆初年(1567)改南京兵部郎中,次年转库部郎,署武选,废"烙马法",为商人所拥戴。曾任太仆寺少卿,官至工部尚书。家世显赫,祖孙三代五尚书。著有《覆瓿草》六卷。

明代南京太仆寺卿、少卿等官员,虽是中央机构官员,但他们与滁州地方官员相处很好,相互协作,关注地方政治经济发展,关心地方文化事业。在保护、维护琅琊寺、醉翁亭、丰乐亭、清流关、《醉翁亭记》碑等众多滁州名胜古迹上做出了许多贡献。此外,还营建了幽栖寺、绎思亭、揽秀亭等许多碑亭、楼宇、寺院等新的滁州胜迹。维护、兴建胜迹之后,多刻石序记载来龙去脉,题诗纪念,留下了相关地方历史文化元素。

有明一代太仆寺官员之间、太仆寺官员与滁州地方官员之间、太仆寺官员与滁州当地名士之间,以及太仆寺官员、滁州地方官员、滁州当地名士各自的文朋诗友之间经常聚会,饮酒赋诗,题咏滁州胜迹,互相唱和,在滁州留下了众多优美的诗文篇章。

赵廷瑞、林烃均担任过设在滁州的太仆寺卿。他们都是明代较为知名的文学家,思想比较开明,心怀天下,重视地方文化建设。他们有能力、有条件、有经济实力把唐宋元明四代散落民间或录入其他文集中的咏滁诗文,主要是有明一代南京太仆寺官员咏滁诗文,收集起来,以景点为纲,加以整理,汇编成册,刻印面世。是他们的努力,成就了《南滁会景编》一书。应当说,《南滁会景编》是明代太仆寺官员的智慧结晶,是明代太仆寺官员对滁州人文景观和历史文化的一大贡献。

《南滁会景编》是滁州历史文化瑰宝,但并不被滁州人熟知。滁州市政协文史委组织整理研究滁州明代历史文献《南滁会景编》,准备公开出版,充分发掘其文献、史料和应用价值,为现实服务。这是一件功在当代利在千秋的好事,我举双手赞成。如果在《南滁会景编》基础上,再编辑出《南滁会景编续编——清代民国编》《南滁会景编续编——当代编》,那将是一件更有意义的事。这不仅是我个人的愿望,也是众多滁州人的愿望,祈盼这个愿望在不久的将来就能实现。

2015 年 5 月 20 日初稿于市政协文史委办公室

2015 年 5 月 21 日二稿于市政协文史委办公室

——发表于 2015 年 5 月 28 日《新滁周报》、2015 年第 2 期《立德》、2015 年第 4 期《滁州政协》,收入 2015 年 5 月 28 日安徽省滁州市政协文史委编印《〈南滁会景编〉整理工作座谈会文稿》一书。

还历史真实面目 平息六百年争议

——简析政协文史《明光出了个朱元璋》一书

由李亚南策划、许永宁主编、贡发芹主审的《明光出了个朱元璋》一书 2008 年 10 月由北京中国炎黄文化出版社公开出版发行了。这是明史研究的一项新成果，也是明光市政协文史工作的一项新突破，更是明光市文化界前所未有的一件盛事。

元天历元年九月十八日（1328 年 10 月 21 日），大明王朝开国皇帝朱元璋出生在泗州盱眙县太平乡木场里，今明光市城北明光街道办事处赵府村二郎庙里。这是历史事实，也是客观事实。

其实，凤阳县历来是认可朱元璋出生在明光的。明朝建立以后，凤阳府、县两级的 16 种志书《濠梁志》《中都志》《临淮县志》《凤阳新书》《凤阳府志》《凤阳县续志》《凤阳县志略》《新修凤阳县志》等都没有认定朱元璋出生在凤阳县。1999 年 9 月方志出版社出版的新《凤阳县志》第 11 页就明确肯定："元天历元年（1328）九月十八日，朱元璋诞生于钟离之东、盱眙县灵迹乡。"而所有《盱眙县志》都认定朱元璋出生在盱眙。同为明万历年官修的县志，盱眙县修的县志就明确定名为《帝里盱眙县志》，就是皇帝家乡盱眙县志，400 多年来，没有任何地方敢这么做，以后所有的《盱眙县志》也一直都这么说，而凤阳县修的县志《临淮县志》就不敢加"帝里"二字。这两部同时代县志修好后都要上报给凤阳府尹审核再呈送到朝廷的，没有人敢造假。有关于凤阳的各种志书都没有与盱眙县争朱元璋出生地问题，这只能说明朱元璋出生在泗州盱眙也就是今天的明光，既是历史事实，也是客观事实。可惜了解这一史实的人实在太少了。

　　明光市政协委员许永宁同志于2005年提出了"明光出了个朱元璋"这一命题,并着手搜集资料10万余字,开始编纂《明光出了个朱元璋》一书。2006年初得到明光市政协的高度重视,市政协开始指派文史资料委员会组织相关专业人员进行系统调查、研究、论证,广泛征求各方面意见。中国作协会员、中国太平天国研究会理事、滁州市政协文史委原主任吴腾凰先生和明光市政协委员贡发芹同志分别提出了具体的书面修改意见,得到了主席会议的认同,觉得编纂《明光出了个朱元璋》一书非常必要。

　　为走出历史误区,纠正历史偏见,澄清历史事实,还原历史真实面目,平息朱元璋出生地争议,进一步宣传明光,全面提升明光的形象和知名度,2007年初,《明光出了个朱元璋》一书正式列入市政协文史资料编纂出版计划。市政协专门成立了编委会,由滁州市著名作家、史学家姬树明、吴腾凰、俞凤斌先生担任顾问,指定贡发芹同志牵头,所有文稿均由贡发芹同志具体把关,开始全方位搜集资料。

　　因许永宁先生先期搜集10万余字资料多数来自《明光文史》(包括《嘉山文史》)和民间传说,短小零散,缺少正史资料和系统论证,没有一篇学术论证文章,不具有权威性,不足以论证"明光出了个朱元璋"这一命题,经讨论,决定保留其中0.5万字—1万字,其余内容在全国范围内重新搜寻。于是市政协指派贡发芹同志专门带领许永宁同志前往中国第一历史档案馆、中国国家图书馆、南京图书馆以及明祖陵、明皇陵、明孝陵、明十三陵、凤阳县、盱眙县、泗洪县等地查阅搜集史料50余万字,在此基础上,文史委根据多次主席会议要求,集思广益,精心筛选,认真提炼,再三核实,并组织慎贵平、夷风等相关人员撰写了专门考证等文章12余万字,配备了数十张珍贵图片。历时两年多时间,六易其稿,终于编纂成了38万字《明光出了个朱元璋》一书。《明光出了个朱元璋》一书中选编本内容之外,由市政协组织撰写的12万余字文稿均由贡发芹同志负责增删、修改、加工、润色,最后由贡发芹同志审定,选编的史料等内容由贡发芹同志专程赴南京图书馆等地核实,全书由贡发芹同志任主审并统稿。该书共分八章:帝乡明光篇、帝乡考证篇、史志汇编篇、名家著述篇、帝乡灵迹篇、帝乡人物篇、帝乡传奇篇、附录篇。该书初版精装 5000 册,资料丰富,内容翔实,印刷考究,装帧精美。

今年是朱元璋诞辰 680 周年、登基 640 周年、逝世 610 周年,明光市政协组织市政协文史委相关人员编纂出版《明光出了个朱元璋》一书是一件对历史负责、对后人负责的好事,具有深远的历史意义和深刻的现实意义。

该书对朱元璋出生地做了明确定位。全书从一个崭新的角度解读了朱元璋出生地"钟离之东乡"的含义,对"钟离之东乡"的区域范围做了明确界定,初步考证在明光赵府朱元璋出生地设立盱眙县灵迹乡的原因以及"明光"地名的出处,首次揭示了朱元璋出生地"明光"地名的详细历史沿革过程,熔典章史料和探索考证于一炉,集名家观点和客观实际于一体。在历史记载、方志笔记、文物遗迹、墓葬碑刻、口传资料等基础上多方位、多角度考证论述,充分阐明了一个问题:朱元璋出生在明光,而不是出生在凤阳。彻底澄清历史事实,永远平息历代争议,不容置疑。

该书是宣传明光的一张精致名片。该书首篇"帝乡明光"由市政协领导专门商请市委办副主任、市政研室主任张言平同志组织阮洪拾等数位市委办秘书共同撰写,由阮洪拾同志统稿,从明光历史、现状、将来三个方面全面介绍了明光的悠久历史、灿烂文化、丰硕成果、生动局面和发展思路、壮丽前景,全方位推介明光,让人们充分了解帝乡明光辉煌成功的过去、生机盎然的现在、无限美好的未来;让人们知道帝乡明光已成为皖东一颗璀璨的明珠,繁荣昌盛,文明祥和,活力无限,魅力四射,青春焕发,光耀闪亮;让人们相信帝乡明光是有志之士的投资热土、创业天地、发展平台、腾飞起点;让人们向往帝乡明光,建设帝乡明光,发展帝乡明光。

该书奠定了明光市明文化研究和开发明光市明文化旅游资源的基础。朱元璋诞生于明光,因此也造就了明光具有 600 多年历史的明文化,明文化现在已成了明光市宝贵的文化旅游资源。明光市正在酝酿成立中国国际朱元璋文化研究会,将明光明文化研究推上一个崭新的层面,积极引资开发北部富有明文化内涵的东风湖、抹山风景区,形成集观景、娱乐等于一体富有明文化特色的自然气息浓厚的休闲度假场所,突出朱元璋诞生地与"滨水自然景观"的有机融合,构建和谐富有明文化的城市景观体系,让城市充分体现明文化特色和山水灵气。《明光出了个朱元璋》一书的出版发行,将为推动明光市明文化研究、大力开发明文化旅游资源、研发生产明文化旅游产品、发展明文化旅游经济等发挥积极的作用。

总之,《明光出了个朱元璋》一书值得一读。

2008 年 11 月 28 日

——发表于 2008 年 12 月 30 日《滁州日报》、2009 年 3 月 17 日《江淮时报》、2009 年 11 月 4 日中安教育网。

文来友往

滁州也有"三家村"

中学时学过一篇杂文《事事关心》，作者马南邨，老师介绍，他原名邓拓，是"三家村"之一。这是我第一次接触到"三家村"这个名词，但印象并不深刻。

五六年后，我担任初中语文教师，为学生讲析课文《事事关心》时，认真拜读了邓拓的代表作《燕山夜话》和相关资料，才真正记住了"三家村"一词的来历：1961年夏，北京市委理论刊物《前线》请邓拓、吴晗、廖沫沙合作，开辟杂文专栏，以歌颂正义光明、匡正时弊为宗旨。三人各选土木，文责自负。栏目定名为《三家村杂记》，署名吴南星（吴晗的"吴"字，邓拓笔名马南邨的"南"字，廖沫沙笔名繁星的"星"字）。当时，邓拓任北京市委书记处书记，分管思想文化战线工作，兼中华全国新闻工作者协会主席，是著名的新闻工作者、政论家、历史学家、诗人和杂文家、书画收藏家；吴晗任北京市副市长，兼中国科学院哲学社会科学部委员、中国科学院历史研究所学术委员、北京市政协副主席、北京市历史学会会长，是人物传记《朱元璋传》、历史剧本《海瑞罢官》的作者，著名的社会活动家、现代明史研究的开拓者和奠基者之一；廖沫沙任北京市委统战部部长，同时任北京市政协副主席兼秘书长，是著名的作家、杂文家。三人都是当时北京，也是全国文化界名流、代表人物。"三家村"对中国文化的贡献永远被世人铭记。从此，"三家村"一词深深地印在了我的脑海里。

位于皖东的安徽历史文化名城滁州也有"三家村"，我记得是20世纪80年代安徽省文联原党组书记兼副主席、省作协原副主席、《清明》原主编、著名作家鲁彦周先生在首届"醉翁亭散文节"上提出来的。黄山书社原社长、安徽省民间文艺家协会原副主席孔凡仲先生也曾在一次会议上倡导过"滁州三家村"说法，获得了大家的认同。后来有人又进一步明确了他们的"职位":"村长"姬树明,"副村长"吴腾凰,"社员"俞凤斌。还有人戏言:有了梧桐树才能招来金凤凰。"滁州三家村",姬树明是"树",俞凤斌是"凤",吴腾凰是"凰",树是凤凰栖身之所,树保护了凤凰,这可能不是巧合。他们的工作时间呈阶梯形:姬树明先生1949年,吴腾凰先生1964年,俞凤斌先生1974年(之前已在原嘉山县乡下一个扫盲组锻炼过一年)。孔凡仲先生认为,从三人年龄悬殊来看,称为老、中、青三代也不为过。我也基本赞同这个观点。

"滁州三家村"是滁州文化界一道亮丽的风景线,是滁州地域文化的旗帜,引领了滁州文化70年。当然,还有花纯儒、缪文渭、郭瑞年、白振亚等人,但姬树明、吴腾凰、俞凤斌三人是黄金搭档,文化成果也最为丰硕。

姬树明,1931年生,安徽省凤阳县人,著名作家、书法家、地方文化使者。曾任小学教员,省文化局电影组干事,报社编辑,滁县行署农业局农业科副科长、水利局计划科副科长、文化局群众文化科科长,《滁州报》副总编辑,《滁州日报》总编辑,滁州市老年大学常务副校长,书画联谊会会长,书画函授院常务副院长,滁州老年文化艺术学校校长。现为中国民协会员,安徽省作协、书协会员。有著作《江淮丘陵大寨花》《凤阳民间故事》《历史名人咏滁州》《欧阳修与滁州》《幽芳窈然丰乐亭》《学书浅说》《心语》《往事悠悠》《简注三字经》《论老年大学》《姬树明书法集》《姬树明书法作品集》《残月庐文迹》等;合著《朱元璋故事》《古今妙联趣事》《刘伯温与朱元璋》《琅琊山》《吴敬梓的传说》《朱元璋的传说》《洪武奇观》《说凤阳》《滁州古诗选读》等。个人获得过首届"安徽省老作家贡献奖",《吴敬梓的传说》获全国文联民间文艺三等奖。

吴腾凰,1938年生,安徽省蒙城县人,中国著名传记文学作家。曾任滁州文化局编剧、创作员、副局长,滁州市文联文协秘书、副主席、主席,滁州市政协常委及文史委员会主任,滁州市文联名誉主席,滁州市作协名誉主席,安徽省文联委员,安徽省作协理事,副研究员。现为中国作协会员、中国民协会员、中国太平天国史研究会理事、捻军研究学会特聘理事。有著作《蒋光慈传》《郭沫若与读书》《爱的三绝唱》《吴月庄升腾的一颗红星——吴兴娴传略》《欧阳修的故事》等;

合著《蒋光慈与宋若瑜》《蒋光慈与读书》《蒋光慈评传》《美的殉道者——吕荧》《李香君传》《朱元璋的传说》《吴敬梓的传说》等。《爱的三绝唱》获安徽省社科类三等奖,《郭沫若与读书》《蒋光慈与读书》分获 2000 年中国图书奖、冰心儿童文学奖。

俞凤斌,1952 年出生,安徽省全椒县人,中国著名民间文艺家,著名明史研究专家。曾任滁县行署广播电视局副局长,滁县行署文化局局长,滁州市文化局局长,滁州市文化局、新闻出版局(版权局)局长,滁州市委宣传部副部长,中国民协常务理事,第二、三、四届安徽省民协副主席,第四届安徽文联副主席,滁州市首届作家协会主席(任职 13 年),滁州市新闻工作者协会主席,创办滁州市民间文艺家协会并任主席(任职 18 年)。现为中国民协会员,安徽省作协会员,安徽省民协顾问,滁州市作协名誉主席、民协主席。有著作《读史阅人录》《马娘娘传奇》《说不尽的朱元璋》《中国帝王之最》等;合著《朱元璋故事》《古今妙联趣事》《刘伯温与朱元璋》《琅琊山》《吴敬梓的传说》《朱元璋的传说》《洪武奇观》《说凤阳》;主编《滁州民间故事集成》(8 册)、《中国民间故事全书·安徽·滁州卷》(7 卷)、《腰铺记忆》、《滁州风韵》。2010 年获得中国民间文学集成贡献奖。

从三人的简历可以看出,他们是滁州文化界的时代高峰。他们也是我几十年来仰慕的旗帜。他们三人都是从民间文艺创作和地方文化研究开始的,姬树明先生、吴腾凰先生 20 世纪 70 年代就加入了中国民协,俞凤斌先生 20 世纪 80 年代初也加入了中国民协。他们为滁州文化走出滁州、走出安徽做出了重要贡献。因为有了他们"三家村",滁州的历史文化、孝文化、明文化(包括朱元璋文化和凤阳中都城文化)、亭文化(包括琅琊山文化)、儒林文化、山水文化、旅游文化、红色文化、创新文化才得以彰显、传承并发扬光大,才得以名扬神州、名扬世界,才更好地为滁州地方经济社会发展服务。要知道,在民众中间传播明文化,他们的《朱元璋故事》《朱元璋的传说》《洪武奇观》远比吴晗《朱元璋传》、陈梧桐《洪武皇帝大传》等学术著作要给力得多。

20 世纪 80 年代初期,作为一名狂热的文学爱好者,我非常熟悉"滁州三家村"的名字,但一直无缘结识他们。姬树明先生代表了滁州地方文化最高峰,我至今还没有结识他,乃一大遗憾。前几天一个朋友告诉我,姬老跟他说知道我。也许是姬老应付我的朋友,也许知道是近两年的事。不过我个人一直认为我是姬树明先生的再传弟子,因为吴腾凰先生、俞凤斌先生都认为他们是姬树明先生的弟子,我是吴腾凰先生、俞凤斌先生的弟子,这样我也就与"滁州三家村"的领军人物姬树明先生攀上了"关系"。至于姬老认不认我这个再传弟子,那是他的事了,我是一直以再传弟子为自豪的。

吴腾凰先生代表了滁州传记文学最高峰,其传记成果在安徽省乃至全国都占有一席之地。他是我的老师,这是我们俩和全社会广泛认可的。20世纪80年代末,我为寻求人生出路开始自修法律,不久取得律师资格,于是就将文学搁在了一边。多年后我则对历史产生兴趣,因为一篇研究近代历史人物吴棠的文章引起了时任滁州市政协常委、文史委主任吴腾凰先生的注意。吴老最近在一篇文章中叙述了我们的交往过程:"我认识他是二十多年前,那时我任滁州市政协文史委主任,编辑《皖东文史》时发现了一篇研究晚清封疆大吏吴棠的稿件,作者就是贡发芹。我曾两次专程到明光会见他,均未如愿,那时他是明光二中教师兼律师,出差办案了。后来我在家中约见了他,交谈中发现他思维敏捷、勤奋博学、研究深入、为人谦逊,是可造之才。为此我一直关注贡发芹的吴棠研究进展。1998年,我临退休之前又专程去了明光,那天晚上明光市委、市政府、市政协八九个领导陪我吃饭,我特地邀请贡发芹同桌。酒桌上我作为前辈首先敬了后学两个酒,在场的领导很是惊讶!我说:'贡发芹是明光的一位不可多得的专业人才,你们千万不要把他埋没了。'也许我的话起到了一定的作用,贡发芹很快被推荐为市政协常委,并被任命为兼职文史委副主任,几年后破格调入政协任办公室副主任,又过三年升任政协常委、文史委主任。很快,贡发芹就把明光政协文史工作做成了安徽的亮点。经组织推荐,2016年贡发芹被聘为安徽省文史研究馆特约研究员,既是滁州在职干部中的唯一一位,也是省文史馆研究员中最年轻的一位。这让我非常欣慰!"这就是我结识吴腾凰老师的过程。

后来,吴老一直关心鼓励、支持指导我从事明光籍近代历史人物吴棠研究,为此,我曾自费 6 万余元,查阅了中国第一历史档案馆和中国国家图书馆及苏皖川豫等地 30 余家图书馆,为撰写《吴棠评传》积累了众多珍贵的第一手历史资料,编著出版了 35 万字的《吴棠史料》一书。书中近 90% 的史料为当时第一次公之于世,为被世人遗忘的晚清皖东唯一的封疆大吏吴棠走进滁州公众视野做出了不懈努力。随着滁州吴棠故居修复并对外开放,滁州文化人不知道吴棠的已经很少了,这与吴老的教导、鞭策是分不开的。我每次到吴老府上拜访,多是其老伴、滁州市南谯区人大常委会原主任王玉珍阿姨开门,她看到我就会喊道:"腾凰,你心爱的学生贡发芹看你来了!"我听了非常亲切,感到心里暖暖的。吴腾凰先生曾一再跟我说,他关心支持后学,提携后侪,谆谆教诲,循循善诱,都是受姬树明老师的影响。

俞凤斌先生,代表滁州民间文学最高峰,他的民间文学成就在安徽省是数一数二的,在全国也非常著名。他主编的《中国民间故事全书·安徽·滁州卷》属于国家文化遗产抢救工程,领跑安徽省。他的《读史阅人录》内容厚重。他主编的《腰铺记忆》一书是古镇文化的样板。他还有许多工作都具有开创性。他在为姬树明《残月庐文迹》一书作序时详述了他弱冠之时拜姬树明先生为师,跟随姬老师五十年的学艺历程,真挚感人。我一直呼俞凤斌先生为老师,他好像始终没有当众正式收我为徒,也许是我学识太浅,不够资格。不过自 21 世纪初与他交往以来,他一直对我关爱有加:他推荐我加入中国民协,推荐我为安徽民协理事(已三届);他主编《中国民间故事全书·安徽·滁州卷》(7 卷)丛书时,分配我为 42 万字《中国民间故事全书·安徽·滁州卷·明光卷》主编;他主编《滁州风韵》一书,我未出丝毫之力,仍将我列为编委;等等。他的关爱我一直铭记在心,他虽没有正式收我为徒,但我永远尊他为师。

滁州有个"三家村",其成员因年龄关系,均已先后退休了,但他们几十年来携手合作,发掘滁州地方文化的做法、坚持不懈的韧劲、甘于奉献的精神,值得总结和推广。基于我与"滁州三家村"的关联,我愿意为发扬"滁州三家村"的精神,传承"滁州三家村"的精髓,弘扬"滁州三家村"的文脉,为滁州成功申报中国历史文化名城不遗余力。

2020 年 7 月 15 日—16 日于市政协文史委办公室

——发表于 2020 年 7 月 23 日《新滁周报》。

痛哉，魂已散　惜哉，志未酬

——纪念诗人汪海波

海波文友较多，知己者甚少，我算半个，然较我深者大概没有。海波殉情缪斯已逾半载，我觉得有写一点文字的必要。

海波原名汪余发，笔名汪海波，又名汪一微，出生于明光市三关乡北瘳村北瘳村民小组。1980 年，海波与我相识于安徽省嘉山师范，并同窗三载。那时我们风华正茂，书生意气，总想大有作为。我曾想，凭我们的聪明才智，读高中，上大学，考研究生，大概不会有问题，沿此路径直走下去，道路将愈加宽广，前程似锦，不可估量。但因那时我们的家境极端贫寒，海波父母无力供他这个家中的老大，我的双亲也无力供我这个长子。为命运所驱使，我们只好上了师范，既省钱，又能早一点工作挣钱，好为父母排忧解难。穷人家的孩子早当家，但前途也就此黯淡下来了，希望也愈加渺茫了。师范三年中，海波家中曾两度遭遇不幸，给海波打击很大，精神受到严重的刺激，使得他郁郁寡欢，本来就忧郁的性格更加忧郁了，后来很少与人往来，话也很少说，唯与我常在一起交谈。毕业时，我囊中羞涩，无力馈赠贵重礼品，最后只选了王通讯的一本书《你也能成才》相赠，以资纪念。当时海波因病不在学校，我就托人转交，他收到后甚为感激，来信称薄薄的一本书意义非同寻常，知我者贡发芹也。

以后的情形，大家可以想象，海波与我都被分配到乡村小学任教，当时我们年龄不足二十，血气方刚，年轻气盛，不谙世事，直来直往，自然是处处碰壁。苦闷之中，我们都狂热地迷恋上缪斯，觉得唯有缪斯的殿堂才是我们受伤灵魂的避难所，唯有缪斯的玉手才能抚平我们心中的块垒，缪斯能"使穷贱易安，幽居靡闷"（钟嵘语）。于是在友人的敦促、鼓励和支持下，于 1985 年全国文学社团热刚刚兴起之时,我领衔组建了女山湖诗社。这是当时皖东地区最大的一个文学社,海波是这个诗社的积极参与者和中坚力量。但我并非一个百分之百的缪斯信徒,钟情缪斯大半是附庸风雅,不久我移情别恋,专心致力于深造,后又专攻法律,博而不专,当然一事无成。海波则不然,全身心投入到诗歌创作中去,视诗为生命,爱诗成痴,孜孜不倦,刻意追求。苍天不负有心人,海波收获越来越大了,作品常见于《星星》《淮风》《当代诗人》《安徽青年报》《安徽工人报》《安徽人口报》《滁州日报》等报刊,计有百余首。1993年秋,《淮风》在《当代男性实力诗人之页》专栏内隆重推出了他的组诗《走向深沉》。诗中说"二十偏八岁的男人开始立志/跨上你的枣红马/勇闯风起云涌光怪陆离的大世界/渐渐读懂生活",至今我记忆犹新。每读到他的新作,我都为之欣喜,为之喝彩。

1994年秋,我进明光市二中任教,海波曾到我的住所拜访,对我大加赞赏,说我能进市里教高中,又在文学、法律等领域有所建树,已是功成名就,着实了不起。我听后大为汗颜,因为这实在是溢美之词,只好苦笑了之。不过我相信他是真诚的,绝不含半点虚伪的成分。说实在的,这些年来我一直在摸爬滚打,不懈努力,失去得太多太多,得到得却很少很少,经常付出很大代价,结果是一无所获。海波也有同感。那天我们喝了好多酒,说了好多话,感慨万千。临行时,我将他送出了好远好远。

一年后,我们又在明光新华书店邂逅。他告诉我他加入滁州市文联已近十年,但一直未能加入省作协,为此他想把发表的诗作结集出版,以此申请加入省作协。由于银根短缺,出书的念头始终无法付诸现实。我说我支持你出书,可尽微薄之力,并可以帮助销一部分书。他说你也不宽裕,最好积攒点钱留你自己出书用吧。我说我发表的诗作只有几十首,自己满意者不多,读者能欣赏的就更少了,还是不出为好,待以后有佳作再结集。你的作品数量多,也很有个性特色,多年来一直孜孜不倦地追求,还是出一本诗集为好。别的不说,最起码也是一大精神慰藉,我可以尽力帮忙。他当时表示感谢,言回去考虑再说,但并无回音。

又一年后,海波正式调进管店小学任教,并给我来一封信,信中说他精力渐渐下降,先前读书写作每天都能坚持到深夜十二点以后,现在夜里十点都熬不到,写诗太苦太累了,这些年来一直专心于读书爬格子,家中一贫如洗。自己吃苦受累完全是自找的,怨不了别人,但是害妻儿也跟着吃苦受累,太不应该了,这些年来实在对不住他们。当今爱好文学的人多如牛毛,从事诗歌创作并无多大出路,奋斗一辈子,最多能成为一个三四流的作家,甚至三四流也混不上,既成不了名,也得不到利,何苦呢?现在我已良心发现,还是面对现实为好,作为男子汉多挣点钱,让妻儿快乐一点,才是正事,否则,良心上说不过去,整天陷在自责的泥沼中不能自拔,心里始终不能平衡,将会更加痛苦。

此信我一连读了几遍,感慨良多。海波似乎是一只迷途的羔羊,忽然间大彻大悟了,让我吃惊!现在看来,此信已是一个预兆,只是我没有想那么多。我为此复了信,大意是我基本上同意他的看法,在现在这种环境里,在写诗的人比读诗的人要多得多的情形下,写诗的确没有多大出路,既发不了财,也难以成名,诗人都是清贫如洗,是精神上的富翁、生活中的乞丐,还是实实在在生活为妙。诗歌只能作为一种业余爱好,只能作为一种高尚的精神追求,有感而发,但不宜作为终身事业追求,不宜作为唯一事业奋斗终生。太投入,实在是得不偿失。如今是商品经济时代,大多数人的思维定式是向钱看,在这样一个强大的时代潮流面前,诗人的思维方式及其言行是不合时宜的,诗人是很少能被世人理解的,我们必须清醒地领悟其中的奥秘。

此后,我与海波一直没有往来。今年春节后,一位文友来寒舍做客,无意中冒出一句汪海波已追随海子去了。我很诧异,无法理解,但很快就得到证实,我无言以对。回想起来,又很是自责,在这之前的 1997 年 1 月 18 日,原嘉山师范1983 届一班同学曾聚会于滁州,明光市同学由我通知,可惜我因故未曾约他一道,我想他要是去了,十五年后的欢聚,也许能使他从迷失中醒悟过来。可惜我没有通知他,实在后悔,永远没有补救的机会了。我不清楚海波为何如此,也许是诗人太理想化了,而现实又太矛盾了,太无奈了,这使他太痛苦,因痛苦而对生活产生恐惧。德国现代著名哲学家、生存意志论的奠基人叔本华曾经说过,"人生即是痛苦"。当一个人对生的恐惧超过对死的恐惧时,他会毫不犹豫地选择死。海波是这样的吗?海波四年前就说他已"渐渐读懂生活",怎么最终也没有读懂呢？

　　海子卧轨自杀后，其诗作由其友人集资结集出版，传播出去，影响逐渐扩大，北大文学博士王一川先生选编20世纪中国文学大师丛书时，将海子列为诗歌大师。我也想将海波的诗集整理出版，这样可以了却海波生前的夙愿，对于我也是种补偿，希望能得到广大文友的资助。

　　愿海波的灵魂在缪斯的殿堂安息！

——收入2008年3月珠江文艺出版社出版的诗集《浅唱低吟》（贡发芹著）。

戏剧人生和人生戏剧

——《长孙皇后与贞观盛世——洪厚宽戏剧文学剧本选集》（上）读后感

我的尊长洪厚宽先生的戏剧作品《长孙皇后与贞观盛世——洪厚宽戏剧文学剧本选集》（上）最近由全国百佳出版社黄山书社公开出版发行了，这是滁州市乃至安徽省戏剧史上的一件盛事。申请独立书号出版戏剧文学作品集，在新中国成立以来的滁州可能是唯一，在安徽省也很少见，实在可喜可贺！

《长孙皇后与贞观盛世——洪厚宽戏剧文学剧本选集》（上）一书由我策划，由我审校，由我帮助联系出版。为此，我认真拜读了三遍。我有几点感受，在此向大家汇报如下：

一、爱好成就戏剧

熟悉洪老的人都知道，洪老出生于贫苦家庭，解放前读过几年私塾，解放后勉强读完小学。洪老虽只有小学学历，最终却成为滁县地区文化局创作室主任、高级编剧、著名剧作家。洪老一生成功创作了大量戏剧作品，其中 1976 年创作的大型现代戏《翠岭朝霞》被省文化厅确定为参加全国农业学大寨专题文艺调演剧目之一；1979 年，洪老创作的新编历史剧《戴胄护法》受到时任滁县地委书记、后来任安徽省长的王郁昭同志的高度重视，代表滁县地区在安徽省第五届文艺调演第三批演出时获得了意想不到的成功，获得编剧、导演、音乐、舞美等多项优秀奖；1999 年，洪老创作的大型现代戏《感谢农民兄弟》获得了安徽省戏剧创作二等奖（一等奖空缺）；2007 年，洪老创作的戏曲电视连续剧《长孙皇后与贞观盛世》在第五届中国戏剧文学奖的评选中获铜奖，洪老是滁州市首位获此殊荣的剧作者。这些都是滁州有史以来突出的戏剧成就。

这些充分说了一个问题——爱好成就了戏剧。现在很多人都具有高中学历、大专学历、本科学历、研究生学历,但能写出戏剧作品的人并不多,原因是没有爱好。洪老的成功完全源于爱好。一是爱好学习。洪老虽然小学毕业就结束读书生涯,但他后来依然坚持学习,勤奋努力,虽然学历停止了,但学习没有停止。他后来坚持继续学习,学到了较为系统的文化知识,打下了扎实的文学创作功底,为他后来从事戏剧创作积累了深厚的资本。二是爱好戏剧。洪老从小对民间戏曲艺术就抱有浓厚兴趣,这为他后来从事戏剧创作提供了原始动力。他后来有机会受命负责管理公社业余剧团,有机会了解了系统的戏剧专业知识,并挑起剧团编剧大梁,尝试编写排演新戏,虽为业余,但为他最终成长为专业编剧奠定了坚实的基础。这些都缘于爱好,爱好促使他对戏剧创作情有独钟;爱好促使他在戏剧创作道路上不断摸索,不断进步,不断收获;爱好促使他坚持了近二十年的业余戏曲剧本创作,始终热情不减,最终修成正果,成为专业编剧。爱好是他成功的关键。爱好成就了戏剧。

二、戏剧来源于生活

《长孙皇后与贞观盛世——洪厚宽戏剧文学剧本选集》(上)一书是从洪厚宽先生创作的三十多部主要剧本中挑选出来九个优秀剧本汇编而成的。集中的戏剧作品最突出的特点就是来源于生活,主要包括两个方面:一是农村题材剧作。洪老小学毕业后就参加农村生产劳动,长期生活在农村,工作在农村,了解农村状况,了解农民追求,熟悉农村习俗,熟悉农村生活,熟悉农民生活。他的农村戏剧作品生动地描写了发源于皖东大地的中国 20 世纪后期的伟大的农村变革,真切地记录了皖东地区推行农业联产承包责任制的风雨历程,形象地再现了皖东地区原汁原味的风土人情,多维地塑造了历史转折关头众多性格鲜活的农村干群形象,地方色彩鲜明,生活气息浓郁,故事情节生动有趣,方言土语亲切动人。剧中的人和事仿佛就在我们的身边,是皖东大地广大农民生活的生动再现。一是历史题材剧作。20 世纪 70 年代末,农村改革之初,举步维艰,有些前卫意识,还不便于直接表达,也难以取得理想效果,只好借历史来反映现实,以便引起当政者的思考。为此,洪老创作了《戴胄护法》《长孙皇后与贞观盛世》等历史剧,这些历史剧创作也是来源于生活,是历史给现实生活的启示,是现实生活的客观需要,从历史中寻找现实生活的影子,借历史反映现实生活。洪老的历史剧生动地刻画了圣君李世民,贤后长孙皇后,纨绔太子承乾,谏臣戴胄、魏徵、房玄龄,奸佞封德彝、侯君集等众多历史人物,客观公正地评介古代理想的君臣关系,高屋建瓴地解读了历史故事的现实意义,全面细致地透析了古代盛世产生的机理,借古讽今,借古喻今,借古论今,借古说今,为当今人们治理社会、发展生产、创造文明、建设家园提供了许多很好的生动形象的借鉴教材。洪老的历史题材剧本,高度地浓缩了现实生活,从历史角度对现实生活进行精心提炼,最终升华为戏剧主题。

这些都说明戏剧来源于生活。

三、人生就是戏剧

纵观洪老一生,富有戏剧性。新中国成立前,洪老全家人都过着食不果腹、衣不蔽体的苦日子,但其目不识丁的老父亲竟能克服一切困难,把洪老培养成读书人,从而改变了洪老的命运,充满了戏剧性。

洪老虽是高小学历,却能成为津里区委宣传干事,国家干部。"大跃进"时他还担任了公社团委书记,参加公社党委会,曾一度受命负责管理公社业余剧团,有机会了解了系统的戏剧知识,并挑起剧团编剧大梁,尝试编写排演新戏,开始与戏剧结下不解之缘,这些机缘本身就富有戏剧性。

洪老早期的剧作被看成"香花","文革"开始后很快被打成"毒草",洪老由"三反分子""升格"为"现行反革命",被批斗了九年,并因此坐了一年大牢,这是真实的人生戏剧。

1975 年,嘉山县革命委员会给洪老平反后,津里公社党委竟然不予承认,不给恢复工作。正在山穷水尽之时,幸好县革委会宣传小组需要专业人才,就将洪老抽去专门从事曲艺、戏剧创作,于是柳暗花明。矛盾冲突不断,是戏剧的最大特征。

　　1978年,洪老由昔日的放牛娃调到滁县地区文化局,成为地区一名专职文化干部,专门从事专业戏剧创作。英雄有了用武之地,洪老创作了大量戏剧作品,因而后来成了滁县地区文化局创作室主任、高级编剧、著名剧作家。人生坎坷曲折,发生了戏剧性变化。

　　洪老一生跌宕起伏,屡遭挫折,仍旧积极向上。他的人生经历说明一个问题——人生就是戏剧。洪老既是成功的戏剧演员,又是成功的戏剧编剧,成功地演绎了人生,成功地创作出生活戏剧。我愿向洪老学习,演好人生戏剧。

2013年11月16日草于市政协文史委办公室

2013年12月10日整理

　　——2013年11月17日在《长孙皇后与贞观盛世——洪厚宽戏剧文学剧本选集》(上)(2013年9月黄山书社出版)一书首发式上发言。

位卑未敢忘故乡

——在拙作散文集《帝乡散记》首发式上的发言

各位来宾、各位领导、各位文友、女士们、先生们：

大家上午好！今天大家在百忙之中前来参加拙作散文集《帝乡散记》一书的首发式，令我非常感动，在此，我向各位的到来表示热烈欢迎和衷心的感谢！

以前，我曾主持、编写、创作、出版过几个小册子：《明光历史文化集存》《吴棠史料》《浅唱低吟》《明光文史》（第八辑）、《中国民间故事全书·安徽·滁州卷·明光卷》等，都没有举行首发式。因为这些书太平常了，没有举办发行仪式的必要，《帝乡散记》也是如此。因本人文字功力有限，文稿水平也非常一般，没有举办首发式的价值和必要。然而明光文史界同人、文学界同人再三建议我举办首发式，市政协原副主席、市委统战部原部长、明光市作家协会主席傅守乾先生也一再鼓励、支持我举办首发式。我想，恭敬不如从命，在此表示我诚挚的谢意！

我出生于明光市女山湖镇邵岗片山东村杨套组，杨套是我的故乡，山东是我的故乡，邵岗是我的故乡，女山湖是我的故乡，明光是我的故乡。由于我出生于平民之家，没有条件读高中，后来迫于生计和工作，系统读书的机会很少，至今未能走出故乡，今后也不大可能走出故乡了。出生在故乡，成长在故乡，工作在故乡，生活在故乡，故乡与我血脉相连，故乡的理念已深入我的骨髓，融入我的血液，任何力量也无法将我与故乡区分开来！

古人常说，国家兴亡，匹夫有责；位卑未敢忘忧国。作为一介平民，我觉得我的社会身份非常卑微，没有喊出这样豪言壮语的地位和资格，我只能说，位卑未敢忘故乡！

　　这些年,我受到中华传统文化的熏陶,爱国爱家爱乡是我义不容辞的责任。我不能忘本,故乡养育了我,我有做人最起码的感恩意识,有义务报答故乡。更重要的是,明光是帝乡,是大明王朝开国皇帝朱元璋的出生地,这是 65 万明光人民最为自豪的事情。生活在一代帝王的出生地,我们理应宣传好帝乡,建设好帝乡,发展好帝乡,美化好帝乡。基于这个原因,我创作了大量与帝乡紧密关联的散文,结集为《帝乡散记》一书。

　　故乡明光历史悠久,底蕴深厚,钟灵毓秀,人文荟萃,物华天宝,资源丰沛,青春焕发,魅力无限。故乡的山水名胜、风物美景、人文自然、历史典故、珍闻逸事、人情世俗、社会变迁、前进轨迹,我大多了然于心。故乡的发展、变化、进步,让我惊喜;故乡的繁荣、昌盛、康华,令我振奋;故乡的自封、守旧、停滞,叫我忧虑;故乡的矛盾、黯淡、落寞,使我纠结。我把这一切变成文字,就成了《帝乡散记》一书。书中记录了故乡辉煌成功的过去,描绘了故乡生机盎然的现在,憧憬了故乡无限美好的未来;回顾了故乡韵味悠长的昨天,讲述了故乡诗情画意的今天,展望了故乡壮丽灿烂的明天。其中大多篇章表达了我对故乡的热爱、赤诚、希望和期盼,集中了我对故乡人文历史的探索、研究、发现和认识,记述了我在故乡的见闻、经历、思考和感怀,展现了我对故乡生活的体验、理解、参悟和领会。其内容虽然不够全面,语言也没有锤炼到位,但情感是真挚的、真切的、真纯的、真诚的。希望大家能够理解我,希望广大读者能够理解我,理解我对故乡的拳拳之心,理解我对故乡的深深之情,理解我对故乡的长期关切和眷念,理解我对故乡的永久牵挂和挚爱!

　　在此,我诚恳地欢迎方家对《帝乡散记》给予批评指正,不吝赐教,激励我今后把文史工作、文学工作做得更好!

　　我在《帝乡散记》代序中这样说:"日月之光,就是明光;日月并举,更加明光! 明光已焕发盎然生机,充满青春活力,走在时代前列,唱响瑰丽梦想。明光正在继往开来,与时俱进,开拓创新,科学发展。明光正在充分展示帝乡灵气,努力打造帝乡实力,开创帝乡盛世伟业,奔向帝乡灿烂辉煌!"这就是我心目中的美好明光,这就是我心目中的美好故乡,这就是我心目中的美好帝乡!《帝乡散记》意在抛砖引玉,希望从此会涌现出更多的璀璨华章,来讴歌、赞美、颂扬我们的美好帝乡、美好明光、美好故乡!

位卑未敢忘故乡,恳请大家务必相信我!

最后,再一次对举办《帝乡散记》首发式的各家单位,对在百忙中前来参加首发式的各位来宾、各位领导、各位文友、女士们、先生们表示我最真诚的感激!

谢谢!

2012 年 12 月 26 日下午初稿于明光市委党校

2012 年 12 月 30 日上午二稿于市政协文史委办公室

2013 年 1 月 10 日上午三稿于市政协文史委办公室

——2013 年 1 月 15 日在拙作散文集《帝乡散记》首发式上的发言。

年轻的传记文学大家窦忠如

唐代古文运动倡导者韩愈有句名言:"弟子不必不如师,师不必贤于弟子。"这句话我体会尤为深刻。作家窦忠如是从滁州明光市走出的全国知名的文史大家,他虽是我的学生,但他远远"青出于蓝而胜于蓝",作为老师我很惭愧,但也引以为豪。

大约 10 年前,我在办公室接到一个北京电话,自称是我的学生,在全国政协工作,叫我到北京找他,他会全程为我服务,发表文章、出书也都可以找他,他说他已出版文史作品四五十本,请我看看,给予指正。我开始很是怀疑,是不是冒名做广告的,因为经常有人冒充同学、亲戚、朋友、学生之类向我推销文化产品。但他说我在明光苏巷中学教他语文,又说谁教他数学、谁教他物理、谁教他英语,我就觉得不会有假,经再三回忆,确有这个学生,他叫窦忠如。当时他才 30 多岁,就已经是中国著名青年传记文学作家,更是皖东大地出版著作最多的学人了。

窦忠如,其自我简介,先为:1973 年生,字子徽,号嘉山,安徽省嘉山县人;现为:字子徽,号嘉山,斋号谦润,安徽滁州人。我猜想:字子徽,意为自身安徽省子弟;号嘉山,意为自己出生于嘉山县,嘉山县虽于 1994 年撤县设市,但他出生时还是嘉山,尊重史实;安徽省嘉山县人,系说明籍贯;现在加斋号谦润,既是自谦,也是品格追求,是否与字子徽有关联,还不太清楚,徽有美好之意,也是人品修炼目标;安徽滁州人,仍是说明籍贯,嘉山县为滁州属地,改为明光市后由省政府委托滁州代管,嘉山人或明光人,当然也是滁州人。

1991 年,窦忠如自明光市苏巷高级职业中学毕业后即参军,一直在河北保定第 38 军服役。在部队他考上洛阳解放军外国语学院,获军事学学士学位,后考取中国人民大学历史系研究生,获历史学硕士学位之后,仍回第 38 军服役。

1991 年至 2000 年,窦忠如在部队一直从事军事新闻报道和宣传工作,其间发表作品庞杂,约千件百万字。自 1998 年起,窦忠如开始从事中国历史、文物、考古、收藏、世界文化与自然遗产及相关近现代人物传记方面的研究与传播,作品涉及许多专业领域,曾主持、参与多种相关图书的策划出版工作,均相当成功,并获得好评。

2004 年,已是校官的窦忠如复员回地方,按规定可安置到安徽省、河北省石家庄市或保定市的宣传部门工作,组织上让他选择,他选择货币安置。组织上要求他转业后三年内不得到外企、私企就职或自谋职业,因为曾经的工作涉密。窦忠如说他什么都不做,组织关系、户口关系转回老家安徽省明光市苏巷镇牛郢村(原大郢乡窦郢村),归隐田园,潜心研习传统文化,矢志读书,著述怡性。他拟订了一个计划,联合相关人员撰写"中国·世界遗产探秘丛书",为中国的每个世界文化遗产撰写一本 100 万字的推介书稿,精装彩印,55 卷,把中国的世界文化遗产推介到国外。

2007 年 1 月,窦忠如为中国近代建筑之父梁思成撰写的人物传记《梁思成传》一书由天津百花文艺出版社隆重推出,得到了罗哲文先生的高度关注。罗哲文是中国古建筑学家、国家文物局古建筑专家组组长、中国文物研究所所长、中国文物学会会长、全国历史文化名城保护专家委员会副主任、中国长城学会副会长、中国紫禁城学会名誉会长、全国政协委员、梁思成先生的高足。罗哲文阅读过《梁思成传》后给予了高度评价:"市面上关于恩师梁思成先生的书刊文字有很多,但作为全面记述他一生的传记还不曾见到。翻阅忠如同志的《梁思成传》,没想到忠如同志不仅笔墨流畅朴实,文采飞扬,而且对梁先生的性格和情怀把握得极为到位、准确,特别难能可贵的是从事军事新闻出身的忠如同志,竟然将梁先生深邃宏大的建筑思想阐述得浅显明白,而又不乏自己独到的见解,由此可见忠如同志为这部传记所耗费的心血。"为此,罗哲文联合两院院士吴良镛、两院院士周干峙(曾任建设部副部长)、中国城市规划学会会长郑孝燮等 4

名全国政协委员向全国政协办公厅推荐,将窦忠如的《梁思成传》列为礼品装入全国政协春节团拜会礼品袋赠送给所有参会人员,连续四年。"20世纪,有人因出身闻达天下,有人因感情爆得大名,有人因专业研究有着长远的影响力。而梁思成,是将三者合为一体的人。"《梁思成传》一书采访50余位相关人士,参考200余种书,阅读1000余万字资料,还原真实本色、永不沮丧失望的梁思成,重新发现梁思成。书中大量披露梁启超的家书、梁思成与林徽因的通信及晚年再娶之谜。该书受到冯骥才、冯其庸、铁凝、舒乙、吴良镛等顶级文化名流联袂推荐。因该书4次重印、2次再版,窦忠如也因此走进公众视野,逐渐为社会所熟知。

全国政协最高级别文史刊物《纵横》,其负责人多为挂名,年龄偏大,精力有限,工作存在很大困难。2009年,全国政协办公厅决定遴选执行社长兼执行主编,负责纵横杂志社日常工作,要求有文史专长,富有热情,年龄在50岁左右,能力较强。罗哲文联合吴良镛、周干峙、郑孝燮等全国政协委员推荐了窦忠如,他年龄虽不足40岁,但经验丰富,文史功底深厚,创作成果丰硕,足以担当重任。全国政协办公厅经入了解后,非常看好窦忠如。当时窦忠如在集中精力撰写"中国·世界遗产探秘丛书",才完成4卷,第5卷正在进行中,于是以才疏学浅、不足以独当一面为由,一再婉言谢绝此事。但全国政协办公厅没有放弃,而是先后6次派人登门邀请,最后一次是办公厅主要负责人出马并承诺:恢复窦忠如公职和职位;在北京二、三环地段提供约90平方米住房,享有永久居住权;将其爱人安置到全国政协文史馆上班;为其小孩在住所附近选择最好的学校就读。窦忠如面对如此礼遇,没有退路,只好从命。担任全国政协《纵横》执行主编一段时间后,窦忠如被安排到全国政协直属的中国文史出版社任第八编辑室主任,后来升任中国文史出版社编辑部主任、中国文史出版社机关党委书记。其间,经中国作家协会主席铁凝介绍,窦忠如加入中国作家协会、中国报告文学学会。

窦忠如多年来始终笔耕不辍,勤奋努力,创作成果丰硕,先后在海内外出版了《王国维传》、《梁思成传》、《世间绝唱:梁思成与林徽因》、《罗哲文传》、《王世襄传》、《王国维画传》、《合璧——梁思成传、林徽因传》(窦忠如、张清平著)、

《奇士王世襄》、《北京清王府》、《雾开清西陵——中国最后一处帝王陵墓群写实》、《寻找辉煌——红军团历史寻访记》、《大匠踪迹——中国近现代经典建筑掠影》、《纷纭庐山》、《庐山国家公园》、《朝拜"三孔"》、《魅力苏州园林》、《神秘布达拉》、《绿色痕迹》等作品;出版了丛书:"中华之谜丛书"5卷——《国宝流失之谜》《国宝传世之谜》《国宝盗案之谜》《国宝消亡之谜》《国宝回归之谜》,"中国·世界遗产探秘丛书"4卷(中文繁简体两种版本)——《迷失——周口店》《守望——紫禁城》《追忆——明清皇陵》《悲欢——颐和园》,"中华古建名胜丛书"3卷——《中国名楼》《中国名匾》《中国名关》,"汉唐文化丛书"1卷——《惊世奢华——解读满城汉墓》,"中华文物传奇书系"——《书法传奇》《名画传奇》《陶瓷传奇》《青铜传奇》等:合计50余部。其中多部著作相关内容被各类学术论文征引及被书刊转载、评介。《迷失——周口店》《守望——紫禁城》《追忆——明清皇陵》《悲欢——颐和园》与《中国名匾》等书受到中国科学院院士阳含熙、中国文物学会会长罗哲文、国家历史文化名城保护专家委员会副主任郑孝燮诸位先生鼎力推荐;《中国名匾》收录了自唐代开始,历经宋辽、金、元、明、清、民国时期和新中国成立以来的知名牌匾,精湛的书法艺术和书写的内容相映成趣,是难得的学习资料;"中华文物传奇书系"——《书法传奇》《名画传奇》《陶瓷传奇》《青铜传奇》等深度揭示200件国宝级文物辗转传承的奇闻秘史,获得铁凝、冯骥才、陈建功、郑欣淼、李学勤、耿宝昌、刘庆柱等联名推荐,深受读者青睐。

窦忠如传记作品情趣盎然,独具特色,其中《王国维传》以崭新的人文视野、凝重的历史笔触,从新旧世纪之交的广阔背景上,再现了两千多年封建社会最后一位国学大师王国维在短暂而又辉煌的50年跌宕人生中,经历的时代风云、世事沧桑。全书记述了王国维怎样从清末"诸生"、寒门"布衣",通过"独学"成为融汇中西、学贯古今的一代大师;并从宏观与微观的结合上,比较全面而翔实地展示了他作为新文艺理论的先导、新史学的开山和甲骨"四堂"之一、清华"四大师"之一的学术巨子,对近代中国文化学术的多方面建树及世界性贡献;同时,从思想上揭示了他在从帝制到共和的大变局中,追求、苦恼、矛盾、徘徊,最后

"自沉"的悲剧性结局。作者以严谨细致但不失激情飞扬的文字,对国学巨人王国维的短暂人生进行了理性而客观的记述和解析,掩卷遐思,令人如沐惠雨,又似有钟吕之音震颤心鼓,共鸣不绝。

《梁思成传》是一部感人至深的文学传记。作品真实地展现了梁启超之子、20世纪中国知识分子杰出代表、世界伟大的建筑大师、中国古建筑研究领域的著名学者、解放后致力于保护古建筑的旗帜性人物梁思成波澜起伏的生命历程,以及他与20世纪"第一美女和第一才女"林徽因的爱情和婚姻故事,语言平实而不乏精妙,理性述说而满含深情,结构宏大而细致入微,情节跌宕而激流奔涌……写得不仅用心、用情,而且更为用理、用智,令人感慨万端。《世间绝唱:梁思成与林徽因》由梁思成、林徽因爱徒、著名文物学家罗哲文题字、作序,得到了郑孝燮、吴良镛、罗哲文、周干峙诸名家的一致赞许和倾心力荐。该书讲述了,无论是梁思成与林徽因,还是林徽因与徐志摩、金岳霖,抑或是梁思成与林洙,他们之间缤纷多彩的爱情、恋情、友情、婚姻,都因为他们各自充满魅力的生命而隽永长存……《世间绝唱:梁思成与林徽因》一书确实是世间绝唱。

《罗哲文传》刻画了国家文物局古建筑专家组组长、中国文物学会名誉会长、中国著名古建筑学家罗哲文的智慧人生。

业界普遍认为窦忠如55万字的《奇士王世襄》最具学术价值和文学特性。《奇士王世襄》为窦忠如积十年时间而著成,真实地记录了一代奇人王世襄的人生之路。数百张弥足珍贵的照片,立体再现了王世襄多彩多姿的人生传奇。该书的出版,引起了爱好王世襄的人们的极大关注,在出版界引起了轰动。此前,中国作协副主席、书记处书记兼中国现代文学馆馆长陈建功已赞誉窦忠如为"中国最具独立精神和践行能力的学者型青年传记文学作家"。收集、阅读相关传主的所有资料是传记文学最大的难点,即所谓"砍柴还须十年功"。窦忠如选择文物与民俗大家王世襄作为传主,因王世襄一生经历与学识的复杂与驳杂,所付出的努力则需更多。曾有人冠以王世襄放鸽家、斗虫家、驯鹰家、养狗家、摔跤家、火绘家、烹饪家、美食家、书法家、诗词家、美术史家、文物鉴定家、民俗学家、漆器家、明式家具家、中国古典音乐史家和"中国第一玩家"等众多头衔。面对如此浩繁的材料,为了建构、还原传主的物质空间与精神时间,作者建构了自己的"三重证据法",传记中,有日记摘录、档案选用、图片采用、学术摘要、口述材料、田野调查等等,正如傅斯年先生所说,需要"上穷碧落下黄泉,动手动脚找材料",几乎接近了历史学家的考证功夫。这部砖头式的传记著作的一个显著特色是,全书图文并茂,材料翔实,引证可信,而且具备学术实证性的解读。香港版繁体字《奇士王世襄》配以金丝楠木盒包装,在海外售价达 5800 美元一本,依然十分抢手。2014 年,《奇士王世襄》一书获得中宣部、中央广播电视总台"中国好书"奖,名列文学类第二名,此后又获得"中国大众好书"奖,"中国影响力图书"奖。2018 年,《奇士王世襄》一书入选"第五届中国传记文学优秀作品(长篇)"。该奖项从 1995 年起,每 6 年评选一次,以思想性与艺术性高度统一为评选原则,旨在表彰中国优秀的传记文学作品,推动和繁荣当代中国传记文学创作。《奇士王世襄》一书获得此奖乃实至名归。

窦忠如的散文作品也有一定的影响力,其中《王国维的最后时光》排在"中国 2008 年随笔佳作"第 1 位。

窦忠如 10 多年来,领衔编辑文史类图书近 1500 部,多次应邀做客央视及香港凤凰卫视等主流媒体,向国人解读王国维、梁思成等历史名人。目前窦忠如正在承担新版《明实录》出版工程和卷帙浩繁的"中国民间文学大系"图书出版工程的编辑工作。作为中国知名的年轻的文史大家,窦忠如是滁州人的骄傲。

2020 年 4 月 10 日于市政协文史委办公室

——发表于 2020 年 4 月 16 日《新滁周报》专版。

再现山水日月　鉴往存史资政

——浅析傅守乾先生《那山那水那人》一书

安徽省作协会员、安徽省散文家协会会员、安徽省民间文艺家协会会员、明光市委统战部原部长、市政协原副主席、明光市作家协会主席傅守乾先生作品集《那山那水那人》2013 年 3 月份由中国文联出版社作为《江淮作家美伦文库》丛书第二辑之一隆重推出。《那山那水那人》一书为 16 开本,400 多页,图文并茂,装帧典雅,精美大气。该书的出版是江淮文坛一件盛事,可喜可贺。

傅守乾先生是土生土长的明光人,一生从事基层行政工作,10 年乡镇办事员,20 年乡镇长、党委书记,10 年市领导,足迹遍布明光的山山水水,沟沟坎坎,走过了既平凡而又极不平凡的 60 多年风雨历程。他踏上社会后的 40 多年成长经历、生活见闻、工作想法、学习心得、人生感悟、社会认识、参观考察、视察调研都集中在《那山那水那人》一书里。尽管书中的文章大都拜读过,但这次集中翻阅后仍然倍感亲切。

《那山那水那人》一书由五个部分组成,外加一个附录。前三个部分以记录为主,主要属于文学作品的散文;后两个部分以调研报告、工作设想、总结为主,基本上属于行政事务的应用文;附录是社会各界对傅守乾先生工作和文章的评价。

傅守乾先生的散文富有生活情趣,富有真情实感。他担任乡镇领导时,除关注经济指标、民生福祉、社会发展外,还特别关注当地人文自然资源,调查、挖掘、研究、总结、开发、利用人文自然资源,着眼于现状,谋划于长远,进行科学规划,借人文自然推介当地,提升当地知名度。傅守乾先生担任女山湖镇党委书记期间,在百忙之中,就亲自撰写了清新自然、简洁凝练的《女山湖新十景述略》一文在《滁州日报》上连载。女山湖是一个千年古镇,古为招信,有十大著名景点,已随历史湮灭,文字记载虽保存下来,但知者甚少。为此,傅守乾先生在繁忙的工作之余,查阅了大量史料,撰写出了内容翔实、意蕴深沉的《古招信旧十景钩沉》一文,收入市政协《皖东明珠——女山湖》一书,后来又将《古招信十景诗》刻石镶在嘉祐院内墙上,让更多的人知晓。傅守乾先生对女山湖的一草一木都了然在胸,如数家珍,怀有深厚感情。多年后,他仍对女山湖情有独钟,并撰写了文辞优美、语言流畅的《记女山湖一日游》一文发表在《明光报》上,也收入市政协《皖东明珠——女山湖》一书。不光如此,傅守乾先生一直在不遗余力地宣传女山湖,记述与女山湖有关的人物和事件,如《省委书记卢荣景来到渔家船上》《两次盛大活动 女山湖崭头露角》《老省长胡坦同志的故乡情》等。后面的政务文章有许多篇章记录了女山湖的发展思路和进程,与前面散文内容相关,是对前面散文内容的印证和补充,如《女山湖做"活"水文章》《女山湖四珍》《抓好五个配套 向渔业产业化迈进》《渔业第一镇》《化解突出矛盾,办好企业为渔业产业化服务》《发展女山湖渔业生产的几点思考》《围绕渔业致富工程 促进经济全面发展》《发展女山湖渔业生产的再思考》等。这些文章再现了女山湖的山水,见证了女山湖的日月,为女山湖的发展竭尽了心智。

古人云,为官一任,造福一方。造福的前提是热爱这个地方,赞颂她,讴歌她,美化她,这样才有动力,才能治理好地方,才能留下政绩。傅守乾先生做到了这一点。他的描绘女山湖人文自然的散文,语言优美,情趣盎然,富有神韵,别有滋味,让更多的人了解了女山湖,激起更多的人热爱女山湖之情,在明光市乡镇领导中属于唯一,在滁州乃至安徽省也不多见,实在难能可贵。常言道,雁过留声,人过留名。当一个地方官员离开这个地方之后,当地老百姓仍旧认为你"政声卓著,令名远扬",这就是你一生最大的成功,这就是对你一生的最大褒奖。

女山湖镇是我的家乡。我的家在安徽省级地质公园女山脚下原邵岗乡山东村杨套组,邵岗乡原来是从女山湖分出的,后又并入女山湖。长期以来,我一直关注家乡的发展变化,当然也就关注家乡的每一任官员。傅守乾先生在邵岗、女山湖任书记时,就在我的高度关注之中。不过我只是一介平民,无缘结识。但我早就知道他，他发表的有关女山湖的文章，我都一直珍藏着。十几年后，他任市委统战部长、政协副主席时，我们有了交往，当我把他发表的文章交给他时，他很是惊讶。这说明一个问题，只要你为地方做出贡献，一定会有人记住你的。特别是能让一个文人记住你，就会有更多的人记住你。我一直希望能有更多的地方官能像傅守乾先生一样，有人记住你！

《那山那水那人》一书中的政务应用文占据很大篇幅，我个人认为全书真正的价值也集中在这里。安徽省作协常务副主席兼秘书长、著名作家许辉先生在本书序言中是这样评价的："傅守乾先生的作品集《那山那水那人》按照文体，约略可分为两大部分，一大部分是散文，另一大部分是我们常说的应用文体，这让我们读起来别见天地，另有风味。"事实上让我们"别见天地，另有风味"的就是这些政务文章。因为描写山水自然和人文景观的文章多如牛毛，可以说描写女山湖、女山的诗文成百上千，我不敢说傅守乾先生的散文最好。我的一个同学出版了一本诗集，多次写信、打电话告诉我，他的诗集是 20 世纪中国最好最优秀的诗集，虽然我绝对不敢苟同，但我还是帮他做了推介，结果有人对我说，他的诗集是半篓乱七八糟蹩脚的文字游戏，是几个颠来倒去杂乱无章的青春梦呓，是一通莫名其妙的胡乱怪叫。我于是无语。这说明文学作品往往仁者见仁，智者见智，孰高孰低，孰优孰劣，有时难以客观评判。而《那山那水那人》一书中的政务应用文在明光却是唯一，无人争锋，无人抗衡，且种类繁多，样式各异，各种场合或者大会发言、工作计划、方案、设想、思考、经验总结、教训剖析、社会调研、实践、实验、建议、参观心得、体会，等等，不拘一格，应有尽有。在这里可以寻找到明光市大部分乡镇的发展轨迹、改革步伐和前进的脚印，也可以阅见作者 40 多年曲折丰富的心路历程。这是一部高度浓缩的明光市乡镇发展史，是生动的明光市乡镇改革开放史。傅守乾先生曾经先后在三关、三界、桥头、官山、邵岗、女山湖、津里、涧溪、张八岭、明光镇等乡镇任职，每到一处都会留下浓重的一笔，后任可以从这里获得借鉴，知道过去，了解往昔，着眼现在，规划未来，鉴往知来。

我的一个同学，厦门大学历史学博士、现任非洲尼日利亚孔子学院院长的纪能文先生曾多次与我讨论明清、民国乡镇一级的政权治理情况，中央、省和县一级政权是如何将政令布施到民众中间的,社会是如何治理的,治安秩序是如何维持的,保甲制度具体内容是什么,我们查阅了大量档案资料,但收获不大,原因是没有全面详细的文字记载。再过几十年,想要了解明光一些乡镇改革开放以来的具体发展历史,一如我们了解明清、民国乡镇史料,恐怕非常困难。但只要查阅傅守乾先生的《那山那水那人》一书,将会大有所获。因此,《那山那水那人》一书中的政务应用文具有很高的存史价值。这种具体史料在正史教科书中绝对查不到,在党史、方志中也难以查到,随着时间的推移,将越来越重要,越来越弥足珍贵。

存史的目的是资政,作为榜样和经验,做后任治理地方参考依据。千里长淮治理有方法,潘村洼抗洪抢险有先例,涧溪镇防汛有经验,桥头区三年规划有设想,张八岭新大街建设有得失,津里镇发展乡镇企业有思考,三界镇经济建设有优势,"安徽渔业第一镇"女山湖渔业发展有举措,明光市生态旅游发展有思路,新农村建设有体会,社区工作有进展,统战工作有策略,等等,主要都是一定时期明光市有关乡镇的具体发展理念和乡镇执政智慧的结晶,可供借鉴的地方很多,是现在和今后明光市乡镇建设的资政资料,非常珍贵。前事不忘,后事之师。有了这些资政资料,等于有了捷径,你可以沿着前任铺好的道路径直走下去,少走许多弯路,你可以借助前任已经搭建好的平台,居高临下,得心应手地做事,做成事,做大事,做好事。

由此可见,读傅守乾先生《那山那水那人》一书要选准一定的角度、站在一定的高度领会书中每一篇文章的精神实质,充分认识该书在明光市现在和今后的特有价值。

以上只是我个人的一孔之见,欢迎方家批评指正。

　　　　2013 年 4 月 25 日—26 日初稿于市政协文史委办公室
　　——在傅守乾先生《那山那水那人》(2013 年 3 月由中国文联出版社出版)一书首发式上的发言。

那人入景更入情

——在傅守乾先生《那人那景那情》悦读分享会上的发言

安徽省散文家协会副主席、安徽散文馆馆长、明光市作协主席傅守乾先生新书《那人那景那情》2020 年 11 月由团结出版社作为《皖风文苑》丛书（本辑丛书由傅守乾先生主编）隆重推出。这是江淮文坛一朵盛开的鲜花，更是明光市文艺界一件盛事。

《那人那景那情》是傅守乾先生继 2013 年《那山那水那人》、2016 年《明光风》之后的又一本重量级散文集。我个人认为，《那山那水那人》的突出特点是"再现山水日月，鉴往存史资政"，日月就是指明光，存史即明光乡镇工作经历和记忆；《明光风》的贡献是呼应明光市委、市政府"美好新明光"发展战略，作为明光旅游开发的底本，图文并茂，通俗简明，全面有力地推介了明光山水人文的内涵和外延，提升了明光旅游文化的品质和品位。我以为这两本书，都具有一个共性——富有生活情趣，富有真实情感，展示了明光地域文化的风貌。

今天首发的这本《那人那景那情》是一部地地道道的散文集，既保留了上两部书的特点，又是对上两部书的升华。"艺术来源于生活，又高于生活"的理念在这本书里得到了充分体现。

《那山那水那人》是呈现，《明光风》是表达，《那人那景那情》是感悟。感悟人物，感悟景物，感悟事物，感悟生活，感中带情，感中生情，感中抒情。江山情浓，故园情深，寻觅真情，追忆往情，都在情中。

一、内涵丰裕，底蕴深厚

《那人那景那情》视觉扩大到祖国各地，大江南北，长城内外，都已涉猎。从东北的小村防川到江南的古镇西塘,从水木清华的荷塘到魅力乌镇的街巷,从长春一汽到南京李府,从京都圆明园到蒙城庄子祠,从嫦娥奔月的温泉镇到李白寻仙的雁荡山,从陈廷敬的宰相邸到唐宫女的小雁塔,等等。每次采风笔会、旅游观光、主题研讨,乃至出差办事、走亲访友、接待远客,作者都能收获满满,每一道风景名胜,都能用心观察,用文字描摹出来,栩栩如生地呈现在读者的眼前,让人身临其境;每一处历史遗迹,都能用心探究,用文字记载下来,一丝不苟地呈现在读者的眼前,融入读者的心里,让人充实开阔;每一地文化积淀都能用心体验,用文字诠释出来,深入浅出地融会到读者的脑海,让人丰富博识。

大家都知道法国雕刻家罗丹有句名言:“生活中不是缺少美,而是缺少发现美的眼睛。”去过黄山的人很多,我也游了多次,但是一个字没写出来,原因是走马观花,浮光掠影,浅尝辄止,心不在焉,就是“缺少发现美的眼睛”。作者去了七次,每次都有新的发现,每次都有新的感受,每次都有新的认识,于是有了《我与黄山的七次约会》一文,文章的内涵也就体现在这里。古往今来,写黄山的诗文不胜枚举,我们今天再写黄山,不能拾人牙慧,不能人云亦云,不能局限表象,必须独具慧眼,写出新意。写出新意的前提是,善于观察,善于发现,善于思考,善于贯通,善于表现,善于提炼。作者做到了,我们是去观光,他是去约会,带着目的而去,自有独特感受。这就值得我学习和借鉴,我想对大家也是有启发的。

如果说,黄山有点远了,我们就到明光的南部乡镇去看看吧。我经常去,大家可能也经常去,如果你没去过,可以随时去,只需半个小时左右车程。但很少人写过这里,因为没有发现新意。这里最突出的景致是绿色,为此作者就写了《一个绿色尽然的地方》这篇美文,许多身处异乡的明光人到了这里都“醉倒”了,作者希望“明光的绿色尽然中国,尽然世界”。这是于别人司空见惯中拥有的个人独特发现,常见的“绿色”在这里有了丰裕的内涵,深厚的底蕴,因此能够感动读者。同一个地方,作者还有一篇《岭南春色》一文,这里:“出了街头,我们便走进了绿色的海洋,树是绿的,草是绿的,水是绿的,山是绿的,麦子也是绿的,我被满目的绿色所陶醉,被春天的气息所感染,被自然界的生命所折服。”除了喜悦之情跃然纸上,画面背后当然也是富有内涵和底蕴的。再看看《雁荡山“三绝"》，我们游览雁荡山看到的是古人前人看到的美景，作者游览雁荡山，看到的是自己的雁荡山"三绝"，这个发现明显富有内涵和底蕴。

《大横山下另一个故事》，故事发人深省。既然是另一个故事，那就是说之前还有一个故事，我不知道是什么故事。我知道作者还写过一篇与明南大横山有关的文章《我对大横山的最初印象》，写的是作者年轻时结伴游大横山的经历，实写对山的印象，虚写对人的印象，是对山和人的印象，是对青春岁月的追忆，是对友谊交往的回首，印象深刻，细细品茗，内涵很深，意蕴很厚，值得回味思考。

《那天，我在八岭湖》《昨天，我在八岭湖》，据说还有《今天，我在八岭湖》没来得及收入，另外《珍珠泉与龙躺沟》《黄寨草场的来历与黄寨八景》《仙人桥下有"仙人"》《古旧县的十二座寺庙》等等，都是我们身边的文化因素，同样富有内涵和底蕴，还是请大家自己去体验吧。

二、入景入情，情景交融

孔子曰："知者乐水，仁者乐山；知者动，仁者静；知者乐，仁者寿。"（孔子说："智慧的人喜爱水，仁义的人喜爱山；智慧的人懂得变通，仁义的人心境平和。智慧的人快乐，仁义的人长寿。"）这里的山、水就是景，喜山亦好，爱水亦罢，都缘于情，情之所至，不能自已，才会产生冲动，诉诸文字，泼墨山水，情满山水。《那人那景那情》作者既是仁者，也是智者，别人是身临景中，他是心入其境；别人是一饱眼福，他是探求体验。触景生情，情随景生，情景相依，情景交融。别人是感动一时，最终随时间淡化，如烟云四散，了无痕迹。《那人那景那情》作者是体验深刻，用文字细致入微地再现出鲜活的图景，绘声绘色，抒发了个人内心独特的感受，把情与景融为一体，实在难能可贵。

特别感动我的是集中《清明节的记忆》一文，作者主要记述了两个人：父亲和他的未婚妻潘天娥。可以这样说，父亲是一个农民，他普通得不能再普通，但他又伟大得不能再伟大，让人肃然起敬。潘天娥又是一番情致，她一直活在父亲的心里，她只活在父亲的心里。父亲走了，潘的坟成了"荒凉的野树丛中""低矮的土堆静静地躺在那里","没有路,草很深,衰草寒烟,荆榛满目",可谓"凄凄、惨惨、戚戚"。作者面临此境"无言以对,真想跪下去大哭一场……"。我以为此文可以写成一万字以上甚至更长,都能感动人,作者浓缩到一千字以下,读后令人回肠荡气,令人唏嘘不已,令人永远不能忘怀。可以这样说,人间的情义都沉淀在这里,人性的光辉都闪耀在这里。情到深处,全在不言之中,真是那人那景那情呀!

我们认识许多文化名人,名人并不认识我们,即使在某个场合见过面,印象也会渐渐模糊;即使在哪听过别人介绍,也会渐渐遗忘。但作者不一样,他能将这位名人的作品,在宁夏影视城见过这位名人的印象,在盱眙听过别人介绍这位名人的故事,关联到一起,把人物放进背景中,把人物置入情感里,于是有了《永远的张贤亮》一文。该文虽然写人,但亦有多处景物描写,在此基础上,把别人对张贤亮的纪念和自己对张贤亮的缅怀结合在一起,表达了自己对文化名人张贤亮的无比崇敬景仰之情。借人抒情,人高情重,读后心情久久不能平静。斯人已去,真情犹在。

《丰乐亭里享丰乐》一文,在记述游览丰乐亭历程、描写丰乐亭景致、抒写丰乐亭感触之后,表达了自己的美好期盼:"无论如何,我坚信未来的滁州人民生活一定会如欧公建亭命名时所愿,更加丰足安乐。"这里的期盼就是作者的内心愿望,也就是情感,这就是触景生情,借景抒情,升华了主题。《他为采集日月之光而苦苦追求》是一篇缅怀安徽散文家协会第三届主席高正文先生的文章。高正文先生经过多方考察和慎重选择,最后决定安徽散文馆落户明光,利在当代,功在千秋,了却了高正文先生个人的最后一桩心愿,满足了明光广大读者的长期美好期盼,是作者不懈努力的结果。高正文癌症去世前,专门来明光参加安徽散文馆揭牌仪式,并发表了热情洋溢的致辞,作者听后感受深刻:"那一刻,全场响起了热烈而长时间的掌声;那一刻,我为我是明光人而骄傲;那一刻,我为我是散文作家而自豪;那一刻,我为高正文主席对文学事业的苦苦追求、对安徽散文馆的锲而不舍的努力而深深感动。"

三、文笔清雅，语言洗练

《那人那景那情》一书的文笔清雅，富有个性特色；语言平易，洗练简洁，具备自身风格。叙事平实凝练、直接流畅，绝不拖泥带水；描写形象细腻、栩栩如生，绝不辞藻泛滥；抒情真挚恳切、发自内心，绝不矫揉造作；议论准确得当、客观公允，绝不哗众取宠。

叙述以精练清晰为纲。

《中国最早迎接阳光的地方》一文这样叙述防川："在我国吉林省的地图上，在延吉市东侧，有一个偏僻的县级市——珲春市。珲春市的南部，有一个伸进俄罗斯和朝鲜的小角，它就是著名的、有'鸡鸣闻三国，犬吠惊三疆，花开香四邻，笑语传三邦'之称的中、俄、朝三国交界处的边境小村——防川。"语言平易，精练简洁，叙事明了，清晰流畅，防川所在，清清楚楚。有这段介绍文字，驱车游览，不带地图，不用导航，也不会摸错。

描写以形象生动为要。

《盛夏，醉在西塘》一文这样描写西塘："西塘，最迷人的还是水和桥。在西塘大半天时间，我们辗转迂回，始终没有离开水。像很多江南小镇一样，去水乡要坐船才有味道，一叶小船，一户人家，一扇舵，一条橹，一口锅，一方小桌。小船晃晃悠悠地前行，浪花拍打着船帮，发出噼噼啪啪的声音，犹如从遥远的空中传来的丝竹声，尖尖的船头划破寂静的水面，溪水驯服地向两边分开，翻着浪花流向我们身后。'摇啊摇，摇到外婆桥'，远远的水上的桥和水下的桥连成一片，水影摇曳，光影摇曳，近了，小船从水下的桥身穿过，从水上的桥洞穿过，眼前豁然开朗，鳞次栉比的房舍出现在我们面前，粉墙黛瓦，柳绿竹翠。……"虽没有华丽的辞藻，没有赋体的铺排，没有整饬的语势，但语言清新雅致，扎根生活，非常生动，形象贴切，似乎作者正领着我们乘坐月亮船，置身于西塘街河之中，摇啊摇，摇向外婆桥。

抒情以真切诚挚为宗。

《美哉，鄢陵》一文这样抒情："这一切，是天地灵气和人类精神的最为完美的交融,是自然之美和人类之灵的必然结合,是天人合一,是惠风和畅的时代强音。漫步田野绿畴,林海滔滔,鸟欢蝉鸣,花香阵阵,蝶飞燕舞,清泉,香茗,妙景,花醉,无一处不美,无一处不魅。美哉,鄢陵!"情真意切,赞美之情洋溢于字里行间,真切但不夸饰,真诚但不虚浮,真挚但不矫情,情随景牵,触景生情,真情感人。

议论以明理服人为旨。

《我在圆明园看到的历史》一文这样议论:"圆明园的惨痛、赛金花的传说都告诉我们一大道理,那就是:只有国强民富,我们才能挺直腰杆说话,才能在世界民族之林崭露头角,才能实现中国人梦寐以求的愿望和梦想,为此,我们都要为之做出不懈的努力!"虽然属于大道理,但建立在游览圆明园看到的历史基础上,一点都不生硬,一点都不突兀,而是水到渠成,以理服人,很是自然,很有力度。

由此可见,傅守乾先生散文集《那人那景那情》一书值得一读。当然,这只是我个人的点滴领悟,不妥之处,还请方家指正!

2020 年 11 月 22 日草于市政协文史委办公室
2020 年 12 月 12 日修改于市政协文史委办公室

捻军历史题材文学一大突破

——简评马昌凡长篇历史小说《捻军演义》

马昌凡先生 55 万字长篇历史小说《捻军演义》最近由中国文史出版社公开出版发行。小说《捻军演义》以真实的历史事件为背景，精心构思故事情节，着力塑造了众多历史人物形象，详细地描写了捻军起义的兴起和发展过程，是捻军历史文学作品一大收获，更是捻军文学题材一大突破。

《捻军演义》描写的对象是捻军。捻军是一个历史概念，是太平天国时期北方的农民起义军。早在清嘉庆年间，淮北淝水、涡河流域的亳州、蒙城、寿州等地产生了贫苦百姓为生活所迫，铤而走险，贩运或保送私盐，赚取差价或保费，用来养家糊口、填饱肚子，多人聚在一起为一股，"每一股称一捻"，"捻"即一股、一伙的意思，当地称自发组织在一起共同从事某项事务的一伙人为捻子。

咸丰初年，受太平天国起义影响，在朝廷和地方官吏、恶霸的逼迫下，由农民、手工业者、盐贩、饥民、游勇组成的一小股一小股捻子开始联合，由几人、几十人、几百人到上千人甚至数千人，已形成规模，发展壮大为民间穷苦百姓的反清结社，活动地域早期在淮北淝水和涡河流域，后逐渐扩展到山东、河南、江苏、湖北各地。他们居则为民，出则为捻，平时种地糊口，关键时聚成武装，带有比较明显的地方武装性质，开始公开贩运、保送私盐、劫富济贫，有时敢于公开对抗官府，以武力抗拒官兵弹压。清廷已开始恐慌并高度重视这支新生的反抗势力，称之为捻党。

1853 年，在太平天国运动的推动下，在官府的强大逼迫下，一小股一小股捻党慢慢会聚，终于有了核心，形成了气候。1855 年秋，捻党在今涡阳县城雉河集会盟，力量最大的当地捻党首领张乐行被推为盟主。联合后的捻党建立五旗军制,用黄白红蓝黑五色旗区分军队。总黄旗主由张乐行自兼,总白旗主龚得树,总红旗主侯士维,总蓝旗主韩奇峰,总黑旗主苏天福。总旗下有大旗、小旗,每一旗主左右都有一个以宗族、亲戚、乡里关系结合起来的领导集团。他们高举五色义旗,公开反清,聚成纵横数省的大军,后人称之为捻军。

捻军是中国近代史上最后一支声势浩大的北方农民起义队伍。捻军竖旗抗清,兵锋波及黄河南北十省,歼灭清军及地方团练十余万人,有力地配合了太平天国和北方各地的农民起义,给清朝统治以沉重打击,作为 19 世纪仅次于太平天国的中国北方规模巨大的民众运动队伍,既是太平天国的北方屏障和盟友,又是太平天国运动的继承者,活动范围广大,影响深远,成了腐朽的清王朝的心腹之患,沉重地打击了清朝的统治势力,彻底地动摇了清朝的统治基础,有力地加速了清朝的灭亡进程,在中国历史上写下了厚重的一笔。

但人们对捻军知之甚少,远不如太平天国运动。其中一个重要原因,就是全面真实地反映捻军历史的非常有影响的文学作品太少。清代就有太平天国文学作品黄小佩的《太平天国演义》(又名《洪秀全演义》),是一部晚清文学名著,影响很大。此外还有顾汶光、顾朴光的《天国恨》,王庆林的《太平天国》,罗俊义、王小方的《太平风云》,寒波的《天朝悲歌》,庐山的《北王韦昌辉》《东王杨秀清》《忠王李秀成》《西王妃洪宣娇》,彭道诚的《裂变——太平天国》,张笑天的《太平天国》,阿毛的《太平天国》,李晴的《天京之变》,杨搴的(台湾)《太平天国》,陈舜臣的(日本)《太平天国》,依旧笑春风的《天国遗梦正传》,鄂华的小说《翼王伞》等太平天国题材作品近 100 部,单田芳的长篇评书《天京血泪》进一步扩大了对太平天国的宣传。根据张笑天的同名剧本拍摄的 48 集电视连续剧《太平天国》影响最大,几乎让太平天国家喻户晓。捻军文学虽然有 20 世纪五六十年代出过的历史剧《捻军》、电影文学剧本《捻军》,凌力的《星星草》、史清禄的《捻军》、牛泽的《军殇》、张文清的《捻党起义》、吴龙的《捻军风云》等长篇历史小说,但数量有限,影响远远不能与太平天国题材文学作品相比。马昌凡先生的长篇历史小说《捻军演义》是捻军历史文学作品的一大收获,又一次壮大了捻军题材文学作品阵容。

历史学家把捻军发展分为三个阶段，1850—1856年为准备和兴起阶段，1857—1863年为发展阶段，1864—1868年为全盛和衰亡阶段。前两个阶段领袖为张乐行，后一个阶段领袖为张宗禹、任化邦、赖汶光。马昌凡先生的《捻军演义》，主要描述的是捻军的兴起和发展过程，以清朝咸丰年间为背景，反映安徽淮北平原的亳州、蒙城、宿州等地的农民，在大趟主张乐行和太平军北伐部队的影响下，组织捻军武装，打击地主武装，聚五色大旗与清朝军队英勇作战的生动故事。《捻军演义》在历史事实和生活的基础上，精心构思故事情节，着力塑造了捻军领袖张乐行从顺从到反抗，从尚勇到斗志，从结捻到起义的成长过程，塑造了丰满的张乐行光辉形象，全方位地反映了咸丰朝前半段淮北平原上掀起的这场风起云涌的农民起义运动从酝酿、准备、发动，到爆发的兴起过程和发展过程，展示了淮北大地特有的风俗民情，描绘了涡河流域的山川地貌，刻画了当时真实的生活场景，再现了当年宏大的战争场面，带领人们走进晚清鲜活的历史画面，为人们还原了一百五十多年前动人的生活场景，诅咒了奄奄一息的大清王朝，抨击了黑暗腐朽的封建没落制度，描绘了捻军奋起反抗清王朝的可歌可泣的英雄事迹，歌颂了捻军战士前仆后继的牺牲精神和浴血奋战的革命壮举。

安徽省涡阳县是捻军起义发祥地，但省内至今没有人创作捻军历史题材长篇文学作品，马昌凡先生是安徽第一人。马昌凡幼年常听其母亲讲述捻军故事，对捻军产生极大好奇之心。其长兄马昌华先生是安徽省社科院历史研究所近代史研究室主任、研究员，李鸿章和淮系集团研究中心主任，省历史学会名誉会长，中国著名近代史专家、捻军史专家，著有《捻军调查与研究》等专著，为研究捻军走遍了涡阳每一个村落，在捻军研究上具有开创性贡献。马昌凡先生经常到长兄家，有条件阅读了大量捻军历史资料和捻军故事，受捻军精神感染，由感性上升到理性，萌生了用文学作品歌颂捻军的想法。经过二十余载艰辛努力，四易其稿，费心耗神，终于结出硕果。

小说《捻军演义》成功地塑造了捻军大趟主、大汉盟主、黄旗捻军总首领张乐行，捻军军师、白旗捻军总首领龚得树，红旗捻军总首领侯士维，蓝旗捻军总首领韩奇峰，黑旗捻军总首领苏天福；捻军其他首领张敏行、任乾、任柱、任化邦、刘玉渊、李成、孙葵心、李庭秀、姜台凌、胡九岳、张案儒、张守墨等;捻军女捻首领杜金蝉、陈八姑、胡自清等;捻军黄旗童子军首领张禹爵、张宗禹等众多可亲可敬的捻军英雄形象;刻画了清廷官员周天爵、袁甲三、胜保、僧格林沁和地方官员孙椿等许多令人憎恨的官吏形象;刻画了牛庚等许多让人不齿的地方恶霸形象。虽人物众多,但个性鲜明。

淮北大地,民风彪悍,历来有尚武习惯。捻军在长期发展壮大和抗清作战过程中,形成一套独特的作战方式——武术技击。当时,捻军没有大炮洋枪、战车战船等先进武器,只有凭借自身武术技击优势对付强敌,这是捻军克敌制胜的根本因素。以前反映捻军的文学作品极少涉猎这方面内容,容易脱离生活实际和典型环境。与凌力长篇历史小说《星星草》、史清禄长篇历史小说《捻军》等捻军文学作品相比,马昌凡先生的《捻军演义》在结构、语言上,虽然尚有不尽如人意的地方,但在现有的捻军题材文学作品中应当说还是别具一格的。小说采用传统章回体叙述形式,突出武术技击这一点,刻画了张乐行等众多身怀绝技、武功盖世的捻军领袖形象,对武术技击场面描写尤为细腻逼真、鲜明生动,刀枪剑戟、鞭棍戈矛,应有尽有,南拳北腿、武当少林,各具特点,十八般武艺精彩纷呈,有力地弘扬了中华传统武术精神。这也是这部小说的最大亮点和成功之处。

当然,《捻军演义》也有缺憾,与历史对接不够十分紧密,对清廷、清军、太平军及捻军的其他友军的描写较少且比较概念化,历史画面尚有不够完整之处,但成功还是主要的。

总之,《捻军演义》是捻军历史题材文学作品的一大突破,值得一读。

2012 年 8 月 29 日草于市政协文史委办公室
2012 年 9 月 7 日修改于市政协文史委办公室
——2012 年 8 月 29 日在马昌凡长篇历史小说《捻军演义》(2012 年 4 月中国文史出版社出版发行)首发式上的发言。

真事真写　实话实说
——简析郭怡君散文集《凤凰栖息的地方》

朋友交往

安徽省作协会员、安徽省民间文艺家协会会员郭怡君(原名郭仪军)先生散文集《凤凰栖息的地方》2014 年 1 月由合肥工业大学出版社隆重推出。这是明光文坛今年第一件盛事,值得庆贺!

因许永宁先生引见,我与郭怡君先生相识交往已近十年。相识的原因缘于我曾经是律师,当时林东水库职工集体购买某知名小区商品房,更换合同时与开发商产生较大分歧,郭怡君先生作为林东水库管理所主任代表职工聘请我维权,于是我们相识,并开始交往,双方合作很好。

郭怡君先生为人谦逊真诚,热心乐善,给我留下了深刻印象。一般情况下,我与当事人的交往大多数是案件结束,交往也就了结。与郭怡君先生继续交往下去的原因主要是他的行为感动了我。为了维护水库购房职工的集体利益,他果断及时(晚上 10 点多钟到次日早上上班前)地退还了开发商的一笔可观的"厚礼"(五位数以上现金),为维权争取了主动,赢得了我的信任、崇敬和钦佩,我觉得这样一个光明磊落、正直无私和立场坚定的人值得相处,可以成为朋友。更何况,他在写作、文史方面,与我志趣相投,就更可以成为朋友了。古人云,同学为朋,同志为友嘛。志趣相投的人就是友,也就是现在我们所说的朋友。

我到政协后主持编写《明光历史文化集存》一书时,想上一篇林东水库的文章,既要写景,又要具备文史因素和内涵,就请郭怡君先生执笔。他很谦虚,以水平有限为由婉拒此事,经我再三恳请,才接受下来,结果很成功,就是本书里的同名文章《凤凰栖息的地方》一文,也是林东水库更名为栖凤湖的渊源。我因此对郭怡君先生有了新的认识,他不光是基层水务部门的一位领导,还是具有较高文学素养和近现代史学功底的一位达人。后来,我主持编写《明光出了个朱元璋》、《明光文史》(第八辑)、《中国民间故事全书·安徽·滁州卷·明光卷》等书时,又约请了郭怡君先生先后赐稿《明太祖朱元璋与武定侯郭英》、《明光市官店镇惊现至今居住还很集中的杨六郎后裔》(即集中《杨六郎后裔考》一文)、《落凤台的传说》、《大越的传说》等,均具有相当功力和影响。后来,我又将他的文史稿件推荐给了《皖东文史》《人文滁州》等刊物发表。再后来我又发现,郭怡君先生还在《安徽政协》《江淮文史》等知名刊物上发表了文史稿件,具有一定的深度和广度,他不愧为一名潜力很好的文史作者,令我不得不刮目相看。

近两年,我又在《安徽文学》、《散文选刊》(原创版)、《作家文荟》、《醉翁亭文学》、《滁州日报》等报刊上拜读到了郭怡君先生的小说、散文。不仅如此,我还了解到他是一位多面手,情趣高雅丰富,酷爱书法、武术等,且造诣渐近精深,令我羡慕,我从心底对郭怡君先生肃然起敬。

认识郭怡君先生,也同时大致了解了他的散文集《凤凰栖息的地方》这本书,这里面的文章,不少我已拜读过或听他讲述过,现在集中起来拜读,则感觉更加形象具体。该书给我的总体感受是真事真写,实话实说。

真事真写

所谓真事真写是说集中文章的生活素材都是真实之事,都是发生在明光、发生在作者家乡、发生在作者生活之中、发生在大家熟悉的区域里、发生在大家经历过的领域中的真事,无论是遥远的史事(《明太祖朱元璋与武定侯郭英》《凤凰栖息的地方》),过去不久的事(《丢失的狗》《财神庙》),还是现在发生的事(《感受低调》《我上了安徽电视台〈第一时间〉栏目》);无论是自己亲历的事(《1991年记忆》《遭遇尴尬》),他人经历的事(《风骨峻峭华梦庄》《郭记分子》),还是旁观之事(《冬日里的栖凤湖》《北方的平房有感》),都是真事,来自本地,来自故乡,来自现实,来自生活,来自眼前,来自身边。真事给人真实感,真事给人真切感。

所谓真事真写是说集中文章的表现手法都是真实写法。作者无论刻画自然景物(《秋游大横山》《夜游铁山寺》),还是记录生活场面(《南湖早晨》《平湖农家》);无论是叙述历史事件(《杨佩伟之死》《老嘉山怀古》),还是再现现实情景(《童年生活往事之一:游戏》《童年生活往事之二:小人书》),笔触都是真实的。写真不写假,写实不写虚;写原形,不变形,不夸缩;写原貌,扣原貌,不粉饰;写事件,来龙去脉一清二楚,顺顺畅畅;写情状,外观细节原原本本,真真切切,不脱离客观现实,不违背生活情理,犹如小桥流水,可见可闻,可感可触,可亲可近,可联可想,真实原始,真切自然,真心真意,真挚真率。

实话实说

实话是指集中文章所说都是实话,所写的是历史实际,生活实际,客观实际,艺术实际,是客观风物呈现(《柿子红了》《那白色的绣球花》),是客观场面再现(《平民农家》《北方的平房有感》),是客观情景重现(《我的父亲》《感受低调》),是实际经历记录(《体育场》《草根书法家》),是实际事件记载(《我上了安徽电视台〈第一时间〉栏目》、《遭遇尴尬》之一、二、三、四),是实际生活记忆(《1991年记忆》《关于父亲的回忆录》一、二、三)。无论是写景抒情,还是叙事议论,围绕实际,注重实在。眼前景,身边事,心中思,脑海想,都是原汁原味,不兑汤,不加水,不浓缩,不偏斜,完全是实话,实情实景,实心实意,爱憎分明,是非有别。

实说是指集中文章客观地反映了人世经历、生活原貌,有一说一,有二说二,想什么说什么,有什么说什么,不顾忌,不违心,不信口,不放肆,做到真实客观,准确公允,全面完整,实事求是。书中景物描绘(《北方冬日的垂柳》),事件记述(《我是民选的》),场面再现(《百米大赛》),情感抒发(《母亲在天上》)都是真真实实的、清清楚楚的,不奉承,不迎合,不曲解,不隐晦,不拔高,不贬低,不浮夸,不走样,有话则长,无话则短,该叙则叙,该议则议,不粉饰太平,不虚情假意,不无病呻吟,不违背良知,真实地说出自己的想法,摆出自己的观点,表明自己的意念,表达自己的思考。

　　总之,郭怡君先生的散文集《凤凰栖息的地方》是一本很好的书,值得大家品读。

2014 年 3 月 13 日—14 日初稿于市政协文史委办公室

2014 年 3 月 17 日二稿于市政协文史委办公室

　　——2014 年 3 月 15 日在郭怡君散文集《凤凰栖息的地方》(2014 年 1 月由合肥工业大学出版发行)首发式上的发言。

诗人毕祥的可贵之处

安徽省作协会员、安徽省民间文艺家协会会员、明光市政协委员、明光市作家协会副主席兼秘书长毕祥先生诗集《心灵天籁》2013 年 3 月由中国文联出版社作为《江淮作家美伦文库》丛书第二辑之一隆重推出。这是江淮诗歌园地里一朵盛开的奇葩,令人赞叹!

我因最近太忙,没有读完《心灵天籁》一书,在此,不敢轻易对此书妄加评论;又因本人才疏学浅,对现代诗的了解连一知半解都算不上,完全是外行,没有资格评价内行,为避免贻笑大方,评也好,论也罢,都只好放弃。

这里,我想从另一个方面谈谈我对毕祥先生的认识。

一、毕祥长期坚持在诗歌园地耕耘,难能可贵

毕祥先生从学生时代就热爱诗歌,开始诗歌创作。我与毕祥认识较早。我在年轻时曾一度对诗歌有些好感,1984 年秋天,曾领衔创办了当时在皖东地区富有影响的文学社——女山湖诗社,并一直任社长兼主编。当年滁县地区文联主席郭瑞年先生曾两次专门莅临女山湖诗社指导工作,给了我们巨大鼓舞。1985 年秋,我在《诗歌报》上发表诗歌两首,后来又陆续在《滁州报》等报刊上发表一些诗文。为此,毕祥先生曾于 20 世纪 90 年代初专门到苏巷访问过我,很有古人遍访群贤而上下求索之精神。当然,我不是贤人,也没有突出之处,但毕祥先生从自来桥乡下不远两百里登门造访,却是我的荣幸。说实话,我丝毫没有值得他学习之处,倒是他的举动很值得我学习。

因我缺乏专一精神,见异思迁,不久就改修法律,从事律师业务,后来又改攻

近代史、地方史,渐渐疏远诗歌,渐渐淡忘诗歌,以致现在基本上读不懂诗歌。但毕祥先生二三十年来,基本上一直在诗歌园地里辛勤耕耘,执着一念,孜孜以求,几乎投入了全部的精力,对诗歌始终保持着高度的热情,令人钦佩。作为诗人,毕祥先生诗心永远年轻,创作始终充满活力,实在难能可贵。

二、毕祥的诗歌创作取得了丰硕成果,难能可贵

早在 2007 年,毕祥先生就公开出版了诗集《倾心自然》,清新自然,充满灵气,在诗歌界产生了很大影响。近几年来,毕祥先生益加勤奋努力,笔耕不辍,创作了大量诗歌精品,经常在《安徽文学》《上海诗人》《淮风诗刊》《醉翁亭文学》《滁州日报》等全国各地报刊上发表,经常在各地获奖。这足以说明毕祥先生诗歌创作成果丰硕。

我对安徽诗坛知之甚少,据著名评论家、安徽省文联编审、安徽省文史馆研究馆员、《艺术界》主编孙叙伦先生和著名作家、诗人、《安徽文学》二编室主任何冰凌女士去年春天在《安徽文学》黄山太平湖培训班上介绍,毕祥先生是安徽诗坛的佼佼者,他的诗作水准在整个安徽诗坛已名列前茅,且位次是非常靠前的。

这次出版的诗集《心灵天籁》收入了毕祥先生 230 首诗歌精品。这本沉甸甸的诗集,装帧精美典雅,高贵大气,设计颇具匠心,16 开本,300 多页,比各地出版社出版的 2012 年中国文学年选系列中诗歌精选本子都精美厚实。据我所知,这是明光诗坛第一,滁州诗坛第一,恐怕安徽诗坛目前也没有与之匹敌的。能取得这样的丰硕成果,实在难能可贵。

三、毕祥坚持为明光文学事业默默奉献,难能可贵

明光市作家协会自 2010 年底成立以来,为明光文学事业做了大量工作,明光市荣获全省首批文学创作先进县(市)称号,就是明光作协一大实绩;创办纯文学刊物《明光文学》,已出版五期,是明光作协又一大实绩;开展明光作家与周边作家交往,进一步推介明光,也是明光作协一大实绩。取得这些实绩,除了作协傅守乾主席卓有成效的领导,毕祥先生也做出了默默奉献。

在明光市文联 2010 年成立的六个协会当中，唯有作协安排了专门工作人员，那就是毕祥先生，任作协副主席兼秘书长。按照常规，民间协会的主要工作都依赖秘书长，一个称职的秘书长是民间协会工作成功的一大半。而毕祥先生的工作远不止这些，《明光文学》五期共发表 100 多万字文学作品，要看三四百万字稿件，才能选出这 100 多万字作品；这 100 多万字作品，毕祥先生又要阅看几遍，再三修改润色，才能定稿，可以想象毕祥先生在此事上的巨大付出和辛劳程度。当然，每期我们也帮助审稿了，但我们付出的心血与毕祥相比，还是有限的。

另外，明光作协自成立以来，开展了许多次高规格的访问、交流，都是毕祥先生利用个人在文学界的人脉联络往来的。毕祥先生无私地贡献出个人的人脉资源，为明光市作家走出明光做出了贡献。因此，我认为，毕祥先生这种为明光的文学事业默默奉献的精神，实在难能可贵。

综上，我认为，我们大家应当向毕祥先生学习，为繁荣明光文学事业共同努力。同时希望毕祥先生创作出更多的诗歌精品，为繁荣明光文学事业做出更多的贡献。

2013 年 5 月 8 日晚于家中

——2013 年 5 月 9 日在毕祥诗集《心灵天籁》首发式上的发言。

谁言寸草心 报得三春晖

——简析许永宁散文集《亲人》

明光知名作家许永宁先生 31.6 万字散文集《亲人》2016 年 1 月由合肥工业大学出版社出版发行。这是许永宁先生又一项重大创作成果，值得庆贺。

认真拜读散文集《亲人》之后，感触很多。

首先，这是一部作者亲情史。亲情就是亲人之间的感情，父母和子女之间的感情，兄弟姐妹之间的感情，以及由此衍生的感情，是人世间最珍贵的感情。许永宁先生散文集《亲人》中写到了父亲、母亲、岳父、岳母、小舅、大老爷、大姐、大哥、二姐、二哥、弟弟、妹妹、妻子、儿孙。真实地描述了亲人们的有趣事例、感人事例、成功事例、闪光事例，真情地刻画了亲人们可敬之处、可亲之处、可爱之处、可贵之处，真实地概括了亲人们的性格、品格、人格，真率地呈现了亲人们的爱好、喜好、乐好。虽是亲人们的人生片段、生活浪花，或一言一行、一喜一忧，或一举手、一投足，但从中却能反映亲人们的精神全貌或内心世界；虽是亲人中个例，但从中却能映照出中华传统美德的全部。父亲的坚强淡定、宽厚仁和，母亲的善良柔韧、勤劳俭朴，感人至深；大姐的吃苦耐劳、自励自立，大哥的敦信奋进、谦逊友善，自然亲切。等等。每一个亲人都有自己的人生历程，每一个亲人都有自我的生动故事，每一个亲人都有自身的鲜明特征。他们都鲜活地立现在我们的眼前，呼之欲出，历历在目。落叶归根，饮水思源，一切都缘于作者父亲。作者父亲原是泗县大许庄人，13 岁逃荒至盱眙县西乡津里古镇，寄生津里古镇、立足津里古镇、融入津里古镇、持家津里古镇，由挣扎、生存到生活、发展，由娶妻、生子到养家、交游，奠定了许氏基业，光大了许氏门楣，成就了许氏家族，打造了许氏辉煌。其个人成了津里古镇的杰出代表，其家族成了津里古镇的名门望族，非常艰难但非常成功,非常平常但非常高大,非常平淡但非常特别,非常不容易,非常了不起。抒写亲情的每篇文章的字里行间都洋溢着作者的感恩之情、怀念之情、热爱之情、赞美之情,感人、动人、诲人、化人。亲情是作者一家生存的毅力、生活的合力、奋进的推力、发展的动力。亲情是力量的源泉,能把亲人间所有的优势凝聚起来,体现出来,发挥出来,展示出来。亲情非常宝贵,亲情非常珍贵,是亲情成就了作者自己,是亲情成就了许氏家族,因此说,这是一部作者亲情史。人生经历无数事情,唯有亲情不可忘记。作者将其所有亲人的亲情完整地记录下来,抒发出来,呈现出来,保存下来,很有必要,很有味道,很有意义,很有价值。文中颂扬了亲情的伟大,闪烁着人性的光芒,看上去似乎很简单,但富有开创性。从这个角度上说,我估计许永宁先生是明光第一人,安徽省恐怕也难找几个,能做到这样的人不多。坦率地说,我没有做到,今后能不能做到,也是个未知数,从这一点上讲,许永宁先生值得我学习。

其次,这是一部明光文化史。网上词条是这样解释"文化"一词的,笼统地说,文化是一种社会现象,是人们长期创造形成的产物,同时又是一种历史现象,是社会历史的积淀物。确切地说,文化是凝结在物质之中又游离于物质之外的,能够被传承的国家或民族的历史、地理、风土人情、传统习俗、生活方式、文学艺术、行为规范、思维方式、价值观念等,是人类之间进行交流的普遍认可的一种能够传承的意识形态。明光文化史就是代表明光地域特殊的意识形态。许永宁先生散文集《亲人》涉及了著名摄影家张荫曾先生和他的全国金奖作品《鹅场》,著名剧作家洪厚宽先生的人生历程和艺术追求,著名书法家赵子云先生的书法业绩和文学作品,篆刻家张公孚先生的为人处世和艺术成就,师尊杨照明先生与作者的交往和对作者的影响,凡人小舅汤德文先生的诗文遗存;涉及了明光文化的领头雁傅守乾先生和他的文集《那山那水那人》,作家马昌凡先生和他的长篇章回体历史小说《捻军演义》,自学成家的中国书法家协会会员戴静波和他的书法作品,现代派诗人毕子祥先生和他的第二部诗集《心灵天籁》,激情诗人范循青先生和他的诗集《风与火的情谊》,实力派作家郭怡君先生和他的散文集《凤凰栖息的地方》;涉及了青年才俊张俊昌先生和他的散文,文学新秀逍遥女士和她的小说《表姐》，屡屡获奖的洪浩先生和他的奇石收藏，点墨成趣的卢刚先生和他的习书经历，诗画互通的曹丽丽女士和她的工笔画《绣球花》，自学成才的孙克云先生和他的山水国画，等等。此外，还涉及了明光作协和会刊《明光文学》，高地文学座谈会，明光三本民间故事集、多次明光艺术作品展，诗人兴会，花协活动，涉及了明光的文学、书法、绘画、摄影、根雕、收藏，等等。散文集《亲人》基本上囊括了明光的文化活动、文化交流、文化盛事、文化现象。每次文化活动，作者多是组织者、参与者、亲历者、见证者。具体到明光文化的某个达人、某部书刊、某个篇章、某个细节，每个文化达人都是作者的好友、佳朋、知己、至交。一切都缘于文化，文化是作者与明光数十位文化人广泛接触、相处、往来、交流的纽带和桥梁，许永宁先生作为明光文化圈里的一员，写明光的文化，写明光的文化人，写明光的文化事，写明光的文化作品，更有优势，别具特色，有特别之处，有新奇之见，有独到之悟，有深刻之解。所以说，这是一部明光文化史。社会飞速发展，世界日新月异，很多东西都在消失，消失了就不再回来，但文化是一个地方的灵魂，是一个地方的精髓，不但不能消失，还要永葆青春。许永宁先生从情感的角度，记录了明光文化领域、明光儒林阶层的林林总总，具有特别的存史价值、传承价值，是一件大好事，值得称道！

　　谁言寸草心，报得三春晖。作者许永宁先生创作散文集《亲人》的主要意图可能就在这里。当然，散文集《亲人》中还有许多内容和篇章，还有许多人和许多事，涉及领域很广泛，这里再赘述。

　　关于本书的写作特色，这里我也概述为两点。

　　一是语言简明，朴素贴切。散文集《亲人》的每篇散文，语言基本上简洁扼要，自然明了，不铺垫，不渲染，不夸饰，不雕琢，直接道来，干净利索。首篇《恩父如山》中写道："父亲的一生虽然平平淡淡，没有做过什么所谓惊天动地的大事，就凭他13岁孤身一人，能在异乡落户，还能学成手艺，并且成家立业，又和母亲一起养育了8个子女，自己还以良好的精神状态和健康的体魄，在这个世界上，从容不迫地走完了90多个春秋，就可以说是惊心动魄、光彩照人。"这段文字虽没有华丽的辞藻，没有刻意的铺排，没有浓烈的抒情，却准确客观地概述了父亲一生的成功之处和品质特点,非常简明,非常朴素,非常贴切,贴近泥土,贴近自然,贴近生活,贴近现实,可谓"清水出芙蓉,天然去雕饰",原汁原味,值得玩味。

二是叙述流畅,自然通俗。散文集《亲人》里的散文多是写人、写事的,有经过,有故事,有时空,有情节,如何叙述很重要,就像小河流水,没有曲曲折折、弯弯绕绕,才能顺顺畅畅、坦坦荡荡流下去。散文集《亲人》里的散文一篇写一人,一人联系多人,多人突出一人,一人互现多人,最终构成一个人物集体;一篇写一事,一事关联多事,多事突出一事,一事互现多事,最终构成一个故事整体。叙述基本上按照时间先后顺序,空间转换顺序,娓娓道来,有条不紊。在叙述中表达了作品的主体,抒发了作者的情感,阐明了生活的哲理,蕴含着人生的启迪,清清楚楚,明明白白,自然通俗,平白如话,有话则长,无话则短,不拖泥带水,不啰啰唆唆,如行云流水,颇具自身特色,理应得到充分肯定。

以上为本人一孔之见,不妥之处难免,恳请方家教正!

2016 年 3 月 4 日—5 日初稿于市政协文史委办公室

——2016 年 3 月 6 日在许永宁散文集《亲人》首发式上的发言。

诗人佐夫与他的《大地之魂》

我与佐夫相识于三十五年前的全国文学社团遍地开花、高潮迭起之时,我领衔办起了皖东地区较早的诗社之一——女山湖诗社,曾受到已故中国作协会员、原滁县地区文联主席、知名诗人郭瑞年先生的高度关注和扶持。佐夫是诗社里的中坚力量,很多人都中途放弃了,佐夫与我是坚持下来的主要实践者。这些年来,我们相处非常融洽。文友中,比我了解佐夫的人应当不多。

佐夫原名阚涛,是一位出色的语文教师,曾经一个人教授三个高三毕业班语文还兼一个班的班主任,多年来教学成绩斐然,受到学生、家长及社会的好评。

佐夫还是一位优秀的父亲。他对子女言传身教,潜移默化,训诲有方,启发得当,如春风轻拂,雨露滋润。子女得以健康成长,更在学业上青出于蓝。

佐夫是一位才华出众的作家、诗人。十多年前,他就加入了安徽省作协、民协。他早在少年时代即在省级报刊发表文学作品,本世纪初出版了长篇小说《青春宣言》,形象地再现了改革开放初期淮河岸边农村青年的奋斗成长史。2008 年 12 月,他出版了诗集《向午夜靠近》,旨在告诉人们:在那遥远的梦之都,有个人正独自朝我们走来,那时,所有的气息都变得神秘与宁静,而他,正步履轻盈,眼眸里蓄满旷世的风声。我曾撰文在《当代小说》刊物上对该诗集专门予以介绍。可以说,他的创作成就在明光是不容忽视的。

这些年来,佐夫的作品,我多是第一读者。2010 年 4 月,佐夫的一部全面反映我国农村土地改革及热情讴歌安徽凤阳小岗村原第一书记沈浩同志的大型史诗《大地之魂》诗集闪亮面世,这是佐夫为赞颂沈浩精神而专门创作的一部长篇政治抒情诗。我当然也是诗集《大地之魂》的第一读者。

作为中国农村改革领头羊的小岗村,"一朝越过温饱线,廿年没进富裕门"。为改变这一现状,安徽省委派遣省财政厅干部沈浩担任小岗村党委第一书记。他到任后带领小岗村村民分析原因,找准思路,群策群力,再次出发,修建公路,集中土地,引进资源,发展特色农业、旅游业、村办工业,终于使小岗村走出迷茫,从而踏上新的改革征程,乘风破浪,一往无前。沈浩为推进中国农村继续改革、为"三农"事业做出了重大贡献。时任党中央总书记、国家主席、中央军委主席胡锦涛同志曾经握着沈浩的手勉励他说:"群众拥护你,这是对你最大的褒奖。"2009 年 11 月 6 日,沈浩因过度疲劳导致心脏病突发逝世于他在小岗村临时租住的房子内。得知消息后,胡锦涛同志在批示中,对沈浩的去世表示沉痛悼念,对沈浩的亲属和小岗村村民表示亲切慰问。随后,全国掀起了缅怀沈浩、学习沈浩的热潮。从淮畔农村走出来的诗人佐夫被沈浩竭忠尽智、鞠躬尽瘁的高尚精神所感动,在不到四十天的时间里,利用工作之余,夜以继日,挥泪创作了热情洋溢的英雄史诗——《大地之魂》,为人们奉献上一部世纪颂歌。诚如诗人在后记中所言:"在这些锋芒的穿刺之下,在历经四十天的磨砺之后,《大地之魂》的雏形终于得以完成。"

《大地之魂》是一个系列组合。全诗共分三篇五章四十七节,约四千行,称其气势恢宏,并不为过。

上篇属于序幕。第一章"春天在草根下呼喊",是写自新中国成立到 20 世纪 70 年代末小岗村村民对土地的困顿与焦虑,从内心呼唤春天(顺应民心的改革开放政策)的到来;第二章"失语的村庄",是写小岗村开创中国农村改革"大包干"后,进入迷茫和徘徊期,"一朝越过温饱线,廿年没进富裕门",中国改革第一村在犹豫中失语多时。上篇为大地之子沈浩的出现设置了时代背景,起到烘云托月的作用。

中篇属于全书的主旨。第三章"大地之魂"之一,第四章"大地之魂"之二,艺术地再现了沈浩在近六年的时间里坚定地带领小岗村村民集思广益、承前启后、开拓创新、团结奋进的艰辛历程,全面、生动、形象地展现了沈浩在建设社会主义新农村小岗村过程中的光辉业绩,成功地塑造了沈浩事必躬亲、身先士卒、以人为本、一心为民、敢于担当、勇于作为、无私奉献、不辱使命的高大形象，多层次多角度多方位地揭示了平凡而又崇高的沈浩精神内涵，凸显了创作的初衷，诠释了信念的要义，彰显了时代的风采，树立了一面引领农村改革继续阔步前进、迎风飘扬的鲜艳旗帜。

下篇属于结语。第五章"在坚强中站立"，通过英雄的溘然离去，表达了小岗人对沈浩的深切缅怀与思念，坚信小岗村村民将更加自觉地沿着沈浩引领的方向继续前进，开始中国农村改革的新长征，努力开启新的思路，不断实现新的突破，继续创造新的辉煌。全诗以此有力收尾，令人回味悠长。

这样的结构，前后关联，首尾照应，思路缜密，结构完整，一气呵成，自然顺畅。

《大地之魂》无疑是成功的，而且是多方面的。

其一，深度的诗意开拓。集中在中篇里，《爱上一个不关门的人》描述沈浩："你压根儿就不想让/老百姓在门外久等"、"我们不是一家人/又多像一家人"，之后深入开掘："你是想听小岗的心跳/还是想握住远方的虫鸣/你是要录制庄稼的私语/还是要收藏大地的风声"、"你是想打开明天的路/你是想找到小岗人的梦/你是要释放思想的彩蝶/你是要引爆灵魂的雪崩"，用诗歌语言将沈浩对小岗的细微牵挂和一心为小岗的谋虑，充分表达了出来。《那件破毛衣》刻意描绘仍旧穿在沈浩身上的一件破毛衣，这已不是从普通意义上赞颂毛衣主人的艰苦朴素品质，而是高度评介："这是一件看了让人酸涩/又温暖人心的毛衣/这是一件阳光底下/最灿烂无私的毛衣/这是一件小岗人的心坎上/永远高悬的毛衣/这是一件普普通通又实实在在的/像一段小岗人昨天的历史/的毛衣"，"这样的破毛衣/正是一名共产党人/生命的胎衣"。《神奇的归速》是对沈浩中午十二点去省城、下午六点又回到小岗办公的工作热忱的记述，透过严谨认真的工作作风的表层现象，上升到"爱心""责任""使命"的历史高度，深情歌咏："一个闪身/是闪电一样找到了自身/通体的透明里隐喻着火焰/永远烧不尽/是大爱里的激情"，"一个闪身/是大海一样找到了自身/辽阔的血液里澎湃着闪烁/永远流不尽/是对大地的歌吟"，"你把小岗的速度/写在日记里/写在时间里/写在/焦虑的眼神里/写在/追梦的想象里"。这样的例子在诗中俯拾皆是。

其次，排比的灵活运用。上篇《春雷从大地滚过》："每一座山脉/每一条河流/每一片庄稼/每一间农舍/无不飘散着春的歌声"、"经历了多少孕育/忍受了多少阵痛/设下了多少埋伏/走过了多少隐忍/春雷/终于在中国的天空爆响"。中篇《他是来"镀金"的》："然而/他还是来了/带着组织上的重托与信任来了/带着共产党员的责任与情操来了/带着一家老少的牵挂与思念来了/带着一腔报效土地的大爱与赤诚来了"；《"岗人治岗"》："有一种声音穿壁而过/有一种声音穿风而过/有一种声音穿心而过/有一种声音穿时而过/……意义在文明之外/内涵在背景之外/锋芒在阳光之外/酸涩在季节之外//'岗人治岗'冷凝几多排他的阴霾"；再如《脱下西装》，开头是五个排比诗节，接着又是三个排比诗节；《你留下来》开头一连三个排比诗节，后半部四个排比诗节接四个排比诗节又接两个排比诗节；《年度新闻人物》除倒数第三诗节像新闻稿一样叙事外，其余十二个诗节，或是诗节排比，或是诗句排比。下篇《沈浩走了》："……这是一个扎心刺肺的时刻/这是一个撕心裂胆的时刻/这是一个天空倾倒的时刻/这是一个大地沉陷的时刻/这深秋的时刻/这阴沉的黎明/这泪水般的露滴/这低垂的一切/都在晨风里哭泣"。等等。排比的娴熟运用，形式整饬，气势磅礴，铺陈得当，畅快利落，有力地强化了抒情氛围，诵读起来铿锵有力，音韵悠扬。

此外，比喻、对比、反复、反语、反衬、呼告、象征等修辞方法与抒情、议论等表现手法运用，也都得心应手，挥洒自如，自不待言。

当然，由于时间仓促，《大地之魂》还存在明显不足之处，主题尚需进一步提炼，语言尚需进一步打磨，手法尚需进一步融合，意境尚需进一步开掘。但成功是主要的，全诗以恢宏的气势，磅礴的抒情，凝练的语言，灵活的表达，全面深刻地诠释了时代英雄的价值内涵，唱响了时代凯歌的主旋律，实践了一次思想性与艺术性相结合的诗性探索，受到了业界的充分肯定和省财政厅的奖励，实属难能可贵。诗集出版十年之后，仍值得一读。

愿佐夫有更多的精品问世。

2020 年 10 月 2 日于市政协文史委办公室

摄撷天籁的情韵　升凝湖畔的帆影

——读许永宁摄影作品随笔

　　通过明光市政协,特别是调入政协工作以来,得以和明光市政协委员许永宁先生相识共处。此前早已久仰许永宁先生的声名,除了知晓他是国土资源局地矿工作者、优秀的企业管理者,让我耳熟能详的是他在摄影方面的骄人成就和诗歌、绘画、根雕艺术方面的不俗造诣。许永宁是安徽省摄影家协会会员、滁州市作家协会会员、安徽省炳烛诗书画联谊会常务理事兼第五分会会长、明光市诗歌学会第一副会长。这些头衔的得来都源于他的作品。

　　许永宁先生为人谦和,谈吐自然风趣。他的作品一如他的为人,读他的作品倍感亲切,一幅幅艺术佳构如天籁情韵,如山野吹来的风,沁人心脾,让人志清神爽,回味无穷。

　　许永宁的早期艺术创作来源于乡村,来源于山川河流,来源于大自然,他经常深入生活,搜集素材,拍摄许多具有风土人情和时代气息的作品。他善于观察事物、发现事物,从中寻找灵感,甚至于一草一木都是他创作的源泉,即所谓"世上并不缺少美,而是缺少发现美的眼睛"。他的散文《悠悠思乡情》,以及摄影作品《田园曲》等几百件作品,在国家、省、市级报刊以及展览中多次获奖,有的获得全国大奖。

　　有目共睹,改革开放给我们脚下这块热恋的土地带来了阵痛、嬗变和生机。中国人民特别是广大有良知的知识分子、文艺家欣欣鼓舞,心情舒畅,积郁而发。他们张开双臂呼吸新鲜空气,迎八面来风,用手中的机、刀、笔废寝忘食地采摄、雕刻、倾诉……许永宁就是新中国培养、铸就,沐浴着改革开放的春风雨露拔节成长起来的摄影艺术家。"欸乃一声山水绿",是啊,看到改革开放一声春雷给自己家乡带来翻天覆地的变化,家乡一度沉寂的山水田园被唤醒,山湖披锦绣,田野织彩绸……作为一个为了人民的艺术家,许永宁怎能不心旌摇荡?他肩背相机,怀揣对生活对艺术的虔诚炽爱,农民一样辛苦、蜜蜂一样辛勤、园丁一样辛劳,在自己的艺术园地、在希望的田野上忘我地耕耘,不问收获。许永宁深深懂得:党和人民的培养教育,火热的社会实践,源远流长的民族文化,尤其是滋润过自己生命和半生情旅的淮河支脉七里湖畔的山水、树林、村舍、牛羊、青石小桥,家乡的一抔泥土、一滴甘泉无不是自己生命和艺术之帆的动力之源。包括诗歌《我是人》《生命·家园》,以及摄影《田野放歌》《泊》《场头》等一批作品,真切反映了作者热爱生活、眷恋故土亲情和崇尚劳动创造的心声与纯美情怀。

从许永宁的近期作品看,其摄影技法创意更加炉火纯青,尤为注重意象要素,其光影、色彩、情韵互相融洽,浑然天成,意蕴内敛,从对现实的理解和把握转向对理念世界的探索和超度,从对生活的初级体验升华为对生命乃至宇宙时空的高级感悟。作品《初恋》《晨练》就反映了作者这一艺术追求的新趣向。

许永宁不仅是摄影艺术家,还是一位诗人,或者说他首先是一位诗人。出于个人的兴趣和审美习惯,我特别欣赏许永宁的配诗摄影作品,有的是读者配诗,有的是作者自己配,作者与读者共鸣互动,诗情画意,图文并茂,意韵不尽,回味无穷,时而给人以美的陶冶,时而给人以哲理的启迪,时而让人唏嘘慨叹,时而让人深沉思索。亲情、恋情、友情,对生活的热爱,对理想的追求,以及对真善美的真诚呼唤,寄寓其中。高贵华丽、暗香浮动、意境悠远的《月下海棠》让人沉迷:"袅袅月色沐阿娇/翠绿中点红玛瑙/情郎应有归期日/断肠血泪向谁抛?"(本文未注明诗作均引自许永宁的《欸乃集》和其配诗摄影作品。下同。)诙谐幽默的《纯情无代沟》寓意颇深:"除了童心/谁跳出了三界外/不在五行中/一切都在围城之中/一切都在糊里糊涂之中/如同大大小小大智若愚的静物/都携着虚幻的光和影子/如同这位慈祥的老者/注视着眼前的情景/思忖着自己的曾经……"《列队》构思精巧,一行大雁,把我带进秋的思索。一幅《晨曲》让我从朦胧中醒来:"请你不要敲门/恐惊醒宁静的早晨/也恐把低回在篱笆上/清新的乐曲/搅浑……"《等待》则传达了作者对事业爱情、对理想追求的忠贞:"嫩绿的春天/我等/墨绿的夏天/我等/金黄的秋天/我等/一直等到白雪如银/等到所有等待的人/都不再等待/等到生命萌芽的微笑、惊喜……"作品《初恋》《初探》《对话》看似同题，旨名各异，细微处见功夫，体现了艺术家的匠心和功力。《初恋》题旨有些平淡："伴随着春天的脚步/我们来到人间/沐浴着阳光雨露/我们朦胧初恋/酒一样醉/蜜一样的甜/我们将迈开大步/迎接金色的秋天/迎接风雨……"《初探》的意蕴稍显直白："莫要说/初探朦胧/莫要说/初恋稚嫩/我们同一地平线上升起/去追逐心中共同的太阳……"读了《对话》是否勾起了你这样一种人生体验呢："日子还长着呢/不知还有多少人生磨难/在等着你/管他呢，我们两小无猜/我们不违心灵两情相悦/我们大胆地爱和恨/我们又不是诗人/又不是先哲/我们只顾好好享受生活/我们的信念是:/现实永远是生活最美丽的花朵……"出污泥而不染，亭亭玉立风姿绰约的荷花不知引发了多少文人墨客的悠思，却常写常新，佳作不绝。我们不禁赞叹，人类永远是大自然的子女，是万类霜天之灵。许永宁的摄影作品《犹抱琵琶半遮面》别出心裁，不落俗套，"清水出芙蓉，天然去雕饰"，大大方方，坦坦荡荡，不仅是许永宁的艺术追求，也是他人格的写真!

许永宁十分谦虚谨慎，不为名利所牵，潇潇洒洒，保持一颗恬淡的心，在坚持现实主义创作的前提下，借鉴前人、借鉴名家的创作经验，不断探索、实验、创新。他的很大一部分摄影作品明显受到了古代诗人、散文家陶潜的影响。他的摄影作品《静物·土豆》同罗马尼亚著名诗人图多尔·阿尔盖齐的同题散文《土豆》立意构思内涵不谋而合，有异曲同工之妙。从古今中外伟大的、优秀的艺术大师那里汲取营养，铸陶我们的艺术灵魂，开阔视野，丰富表现手法，是我们所有文艺工作者和艺术家共同的任务、责任和必由之路。

岁月峥嵘，憧憬和追求的驿道上蹄迹深深，沟沟坎坎，风风雨雨，涛涛浪浪，许永宁的生命和艺术之帆上溅落了点点斑渍，但鼓荡着理想、见证着历史、弘扬着正义和友爱的不屈的帆影的背后永远是一轮生机勃勃的朝阳。祝愿许永宁的生命之源永远清纯："亿万年岩石额头上的皱纹/被你轻轻地抹平/寂静大山的喉管里/回荡着你的歌声/飘浮在高天上的白云/收入你的心底……"(《清泉》)祝愿许永宁的爱情之花永远清爽热烈:"为了你/我保持虔诚/为了你/我保持孤独/为了你/我保持纯情/假如有一天我们老了/不,我们都不能说/因为生活如此美丽……"祝愿许永宁艺术之树常青,走向更加清纯、深邃、宽广的境界!

另外,许永宁先生连续多届担任明光市政协委员,市政协六、七届文史资料委员会副主任,八届文史资料委员会成员。长期以来,许永宁先生在完成本职工作的同时,关注社会民生,认真调查研究,积极参政议政,主动建言献策,有不少提案建议被市委、市政府采纳,产生了较大的社会影响。由于履行职能成绩突出,许永宁先生连续两年被评为市政协"四个一"先进个人,受到市政协的隆重表彰。

许永宁先生热爱政协文史工作,业余时间坚持参加政协文史资料的搜集、整理和编辑工作,在政协文史工作领域取得了较大收获,编著有明光政协文史资料特辑《明光揽胜》,参编政协文史资料有《皖东明珠——女山湖》《明光历史文化集存》《吴棠史料》等书。由他主编的政协文史资料《明光出了个朱元璋》近期将由中国炎黄文化出版社出版,此书将大明王朝开国皇帝朱元璋出生地定位在明光,对于 600 年来史学界在朱元璋出生地问题上的争议有重要参考价值,成为明史研究领域一项新成果,具有深刻的现实意义,将在社会上产生一定的影响。

——收入 2008 年 12 月中国文史出版社《中国政协理论与实践汇编》一书和 2011 年 10 月大众文艺出版社《家园》(许永宁著)一书。

后　记

《管见孔识》即将付梓，现将相关情况说明一下。

本人十几年前放弃教师岗位和律师业务，开始专职从事政协文化文史工作，业余时间专门致力于研究家乡明光市近代著名历史人物吴棠，常写写散文、诗歌，偶尔也涉足杂文、报告文学、小说等领域。文艺评论主要都是受人之托，谈些个人心得感受而已，时间一长，就积累了一定数量，这次结集出版的《管见孔识》就是其中的一部分。

取名《管见孔识》，意为管中看见，视觉范围很窄，不够广博；孔中认识，视线程度很浅，不够深远。但狭窄也好，浅近也好，只要不是人云亦云，不是拾人牙慧，不是邯郸学步，而是个人发现，个人见闻，个人思悟，或许就有可取之处吧。怒放的玫瑰鲜丽夺目，低微的野草也清芬袭人。

《管见孔识》共收录文稿四十八篇，分为品鉴赏读、初知浅感、短序简跋、文来友往四个部分。集中文稿虽多为请托，但尽量做到不夸饰、不粉饰、不掩饰，不唯心、不唯情、不唯势，评介力求得当、适当、恰当，力求准确、客观、公允。虽然本人悟性较低，至今不能精通作文原则，但做人原则还是了然于心的。不美溢，不贬低，不过界线，不欠火候；肯定为主，批评为辅；鼓励为要，鞭策为次。虽然说起来容易，但做起来很难，本人已尽了最大努力。俗话说，金无赤足，人无完人。由于本人学识肤浅，修为有限，评介文字不可能做到百分之百精准、精确、精当，还请各位文士务必见谅！

完美是每一个人的追求，但客观上任何事情都会有遗憾，《管见孔识》一书自然不可能例外，竭诚欢迎方家不吝赐教！

最后,感谢吴腾凰先生为拙作作序,感谢安徽文艺出版社张磊老师为本书出版所付出的艰辛努力。

贡发芹

2020 年 4 月 28 日于明光